Зоран Љ. Николић

ГРАД ТАЈНИ

Пето издање

Laguna

Сваку цивилизацију краси нека грађевина или макар „свети" камен. Тако и у Србији постоји прича о једном од њих, а мени су је пренеле старије колеге које су слушале сликовито, кафанско приповедање Бранка В. Радичевића. Тај камен био је, према његовој причи, незграпна, укриво положена надгробна плоча, а речи уклесане на њој обраћале би се добронамерном пролазнику: „Путниче намерниче, ево ме како трулим у српској земљи, па не буди ти заповеђено, окрени камен на другу страну, ужасно ме притиска." Када би „путник намерник", потрешен покојниковим епитафом, урадио како му је наложено, са друге стране дочекао би га нови натпис: „Хајде, врати сад камен као што је био, па да опет некога пређемо."

1.

На београдски аеродром „Никола Тесла“ чешће сам долазио да некога сачекам или испратим него да бих некуда отпутовао. Није ми било суђено да често одлазим далеко, па ми авион није био потребан као превозно средство. Мада сам стално био у покрету, чак и природом мог новинарског посла, свуда где сам се кретао био је довољан аутомобил или аутобус. Понекад воз, који је на размеђу миленијума ипак био више архаично превозно средство јер се ни пруга ни вагони деценијама нису мењали. Једино што су умели било је да остаре.

Зато сам се на аеродрому осећао помало као странац, посебно се лоше уклапајући међу такозване пословне људе. Разумео сам потребу да захуктала цивилизација изнедри нове професије чија је искључива сврха да се баве стварањем пара или простим мотањем око њих, али на мене то није остављало богзна какав утисак.

Био је тежак и влажан мајски дан, а гломазне зграде, попут аеродромске, које уоквирују велики, затворен простор, најбоље скупљају спарину, па смо сви, чекајући лет из Париза, били мало нервозни. Вероватно понајвише ја, јер нисам знао кога чекам. Сигурно сам изгледао збуњено држећи у руци таблу на којој су била имена Мари Ан Фонтен и Клаус Моргенштерн. Био сам спреман да је покажем у тренутку када путници изађу кроз капију на којој је писало „страни доласци" и да привучем пажњу својих гостију, археолога из Европе, који је требало да се прикључе заједничком истраживању.

Мада сам био врло скептичан према послу који ме је очекивао наредних недеља, још више сам био нервозан зато што нисам знао са ким ћу га радити, а понајмање зашто ми тако нешто уопште треба. Чика Мајкл је одредио ово двоје поменутих, из неких само њему знаних разлога, да буду експерти током ископавања, а мене је изабрао зато што сам му се због нечега допао. Тај избор, односно питање откуд ја у овој екипи, био ми је највећа непознаница, тим пре што сам био прилично намћорасто расположен последњих месеци.

Али ето, тако се наместило и сада смо нас троје, уз пратећи тим људи који би требало да буду логистика овом експерименту, започели археолошку авантуру чији исход нисам ни слутио, а још мање сам веровао да би нешто паметно из свега могло да се изроди.

Без обзира на то у шта се упуштам, увек имам слутњу о исходу онога што ме чека. Није важно да ли очекујем нешто позитивно или негативно, увек када кренем на пут, имам неки јак предосећај везан за његово исходиште. Овог пута, преиспитујући себе, схватио сам да не осећам ништа...

2.

За све је био крив „чика Мајкл", како сам га у прво време звао, односно Михајло Поповић, човек који је већ педесет година живео у Америци, а сада је имао довољно новца да, поред озбиљних година и још озбиљнијег утицаја преко Атлантика, покуша да оствари неке своје дечачке снове.

Са њим сам започео лепо дружење када је дошао на промоцију моје прве књиге која је истраживала тајне заборављеног Београда. Он је тада био у посети завичају који дуго није видео, а најава коју је видео у штампи привукла му је пажњу.

Тада нисам био свестан колико дубоко сам загазио у сентимент неких људи који су имали јасна сећања на пределе и забита места које сам у књизи описивао. Они су у заборављени простор некадашњег града узидали део младости, а она их је, вребајући иза неких заборављених ћошкова, приморавала да се с времена на време у њу врате. Тако је чика Мајкл видео у мени обрисе свог,

младалачког ентузијазма, а то је трајало и сада, када сам
загазио у зрелих четрдесет година. Додуше, он је имао
око седамдесет, што му је давало значајно преимућство,
и онолико пара колико ја нећу видети никад, па је одмах
на почетку нашег дружења већ било два нула за њега.
Као што рекох, ја новац нисам осећао као капиталну
предност и нисам се улагивао Мајклу само зато што га
има, већ сам, напротив, умео на то и да се обрецнем,
што га није вређало, већ је умело да у њему изазове чак
и неку врсту симпатије. У томе нисам претеривао, али
не због пара и раскоши којој је био склон, већ пре због
поштовања према његовим годинама и чињеници да је
био вршњак мог оца.

Аверзија коју сам осећао према новцу била је двојака.
Са једне стране, заиста су ми се смучили они који су при-
хватали живот само и искључиво као робију током које
треба прикупити довољно пара, а истовремено су знали
да им никада није довољно, али са друге стране, искрено
сам патио јер га и сам нисам имао онолико колико ми
треба. Проблем са људима који су сишли са истог калу-
па са којег и ја јесте у томе што нису посветили живот
искључиво зарађивању, у ком случају би, можда, некако
и стекли значајнији иметак.

Знао сам: када би Господ сваком човеку дао да сачини
листу својих жеља и прохтева, а затим учинио да се све
те жеље баш свима некако испуне, за неколико година
би на планети поново беснео рат због некога ко је неза-
довољан расподелом.

Мајкл је препознао ту моју особину и она га није оду-
шевила. Његов живот је био сушта дисциплина, али је,
као нека врста мецене мене могао да употреби, док би

гледао себе од пре три деценије како се бави оним што воли, а не оним што мора. Док је био млад штедео је за мирну старост, а када је остарио покушавао је за исте паре да се врати у младост. Видео је мој таленат који га је водио у прошлост и био је спреман да плати за ту услугу.

Ја сам имао неку своју временску рупу у коју бих упадао с времена на време и тада бих осећао некада постојеће пределе свог града и људе који су у њему живели. Тај таленат сам добио од Бога и нисам увек био срећан због тог дара, јер сам често имао чудна сновиђења и доживљавао јасне обрисе улица, зграда и људи који су некада постојали. У мојим визијама се све понекад оцртавало толико верно да сам, чини ми се, у неким тренуцима могао да призовем и мирисе те заборављене вароши.

Људе који су некада настањивали Београд нисам доживљавао само као сушту прошлост и гомилу костију које су сада посејане по његовим знаним и незнаним гробљима. Осећао сам их узидане у здања која су их надживела, у старе бродове који су се још мотали београдским рекама или су немарно остављени остали да труле на његовим обалама... Имао сам тренутке када бих затворио очи и могао јасно да их видим. То су била чудна стања када човеку дубоко зароњеном у мисли, осим звездица које види од сопственог крвотока на затвореним капцима и буке коју ствара тишина у ушима, однекуд изникну прецизне слике и јасни предели града чију прошлост је заволео мада никада није боравио у њој. Даме би шетале у дугим кринолинама, а господа куцкала по тек покислом плочнику штаповима којима би обележавала кораке. Сиротиња би просила на улици у ритама, запреге би тандркале по увек лоше одржаваној калдрми, а сељаци се гласно хвалили ониме што су изложили на пијаци. Ратници, тако често окупљени на бедемима мог града, седели би у рововима и у паузама би међу прстима гњечили ваши или играли карте, како би убили време пред наступајућу битку која би после могла да убије њих.

Могао сам да призовем атмосферу боемских кафана, тачно сам видео како су конобари убацивали цепанице у пећ која је грејала госте у зимско време и служили јела која данас нису примерена монденским ресторанима. Осећао сам загушљивост од дуванског дима и лепљивост чаша у које је било сипано вино, као и светлост фењера која се пробија кроз црвенкаст садржај у чаши правећи трепераве одсјаје на зиду. У свему томе сам налазио неугасле сокове страсти према постојању, и нисам се мирио да је живот мојих предака тек тако прошао, да га сада више нема.

Чини ми се да сам једном уснио причу, или сам је негде чуо – па ако је тако, нека ми аутор опрости што сам заборавио чија је – како на Небу, међу покојницима, буде нека врста празника када их се неко сети и обиђе им гроб или упали свећу за душу. Недуго по доласку на други свет, за свеже упокојене та су славља нешто чешћа, али како време пролази тако се и она озбиљно прореде. Када су покојници већ дуго тамо, светковине се више не приређују. Они који су оставили неки траг на планети имају привилегију да их се о значајним годишњицама рођења или смрти поново неко сети у знак поштовања према делу које су оставили за собом, али и то је реткост и више је везана за неко декларативно поштовање. Осећај љубави и искреног недостајања више не постоји. Тада, ваљда, и тамо знају да коначно више нису потребни овде доле. С временом, у том свету где време више не постоји, остају без својих малих празника.

Осећао сам неку спрегу, контакт са тим људима који више нису ту, и можда је то разлог што ме је чича тако срдачно прихватио. Мислио је да ћу му бити ваљана спона између овог света и оног којем је, притиснут годинама, стремио.

3.

Први сусрет са Мајклом, мада се не сећам најбоље детаља, био је на самој промоцији. Мистерија тајних пролаза, сакривених пећина и водотокова заробљених испод плочника набубрелог велеграда заинтересовала је многе, будећи дечачку машту која се распали у свакоме ко наслути авантуру. Мени је било необично тако велико интересовање публике, јер сам желео само да ухватим део прошлости и верно га пресликам, показујући њене данашње остатке. Мада, док сам са пријатељима радио на тој књизи, имао сам утисак да смо препливали на неку другу страну и да неће само нас занимати оно што смо пронашли. Правио сам неку врсту путописа не померајући се из свог града, него враћајући се у неке далеке и многима стране периоде његовог трајања.

Било је ту још нечега – српско новинарство је у то доба, док је започињао трећи миленијум, било углавном сапето. Баш као и цела планета, било је скучено између оних који држе новац, па се самим тим посвећују климавој политичкој пропаганди, док је са друге стране доминирала вулгарност која је у пристојно васпитаном човеку рађала гађење. И то је углавном било то.

Писање књиге представљало је некакав искорак који је мојој деци једног дана требало да оправда очево делање и докаже да није био само пуки елемент једног напорног, али духовно безличног и злослутно декадентног времена.

Размеђе миленијума обиловало је мноштвом оних који се стварањем баве искључиво циљно, посвећени само ономе што би неко требало или морао да чује, а никако се нису окретали унутра, да би мало чули себе саме. Изгледало ми је банално да неко, на пример, заврши тако важан факултет као што је психологија, уђе у свет науке у којој су стварали невероватно умни људи, а онда се посвети маркетингу и целу каријеру подреди размишљању како да убеди човека да купи нешто што му не треба. Био сам мало накриво насађен и никако ми није ишло у главу нешто што је свима било потпуно природно.

Истраживање о којем говорим представљало ми је једну врсту терапије. Поред новинарског заната, који је био моја званична професија, изабрао сам још један којим сам желео да се бавим, који је био моје скровиште, ма како да од њега није могло да се живи.

Пуна свечана сала представљала је прилично изненађење, поготово за анонимуса који промовише прву књигу и то, како рече мој рецензент, „о тако нелукративној теми као што је историја“.

Док сам растеривао трему, признао сам себи да у сали не препознајем много ликове, међу које се ушуњао и времешни Мајкл, заузевши неко место далеко у дну дворане. Сигурност ми је враћало присуство групе пријатеља који су дошли да би попунили места у, како сам стрепео, полупразној сали, а значио ми је и поглед моје, сада увелико бивше, жене.

Када је промоција најзад почела, потпуно сам се опустио предавши се свету предака; пустио сам фотографије са видео-бима да допричају све оно што је публика почела да осећа, „времеплов“ је прорадио и сви смо се, током тог једног сата, вратили у недопричани свет прошлости, некако указујући претходницима заостало и заборављено поштовање.

Чаша вина после тога, за време коктела, а благо мени и још неколико њих које су по природи ствари одмах уследиле, потпуно су ме опустиле и скоро да се не сећам зализаног, седокосог Мајкла кога су ми представили и који ми је рекао неколико уљудних комплимената када је све било завршено.

У руку сам му гурнуо визит карту, потпуно заборавивши да ми је стигла неколико минута пре промоције. У вреви која ме је окруживала, нисам се сетио да сам једну серију направио у чистој шали, по угледу на драгог писца који је правио сличне ујдурме. На њој је, испод мог имена, писало само: „новинар овдашњи“. Ни телефон, ни адреса, ништа. Чиста спрдачина.

Нити сам знао ко је он, нити какав папир сам му ставио у руку. Несрећник није ни слутио да ће са промоције да понесе такву будалаштину какву је управо спустио у џеп.

Па ипак, већ сутрадан ујутру неко се љубазно јавио телефоном, представио ми се као секретар господина Мајкла Поповића и позвао ме на необавезан састанак у кафани у Кнез Михаиловој улици. Једино што сам знао било је да број мог телефона није могао да сазна са визит карте.

Док сам „уживао" у благодетима мамурлука, који ме је подсећао на вече које је прошло, и полако сакупљао делове слика од претходног дана, записао сам на папиру поред кревета време и место састанка, како се не бих ослонио на своју свеже пробуђену и расклимину меморију. Тај рецепт сам увео давно, током момачких дана са кумом Гавром, када бисмо се обавезно налазили сутрадан после јачих теревенки не би ли смо заједнички укрстили сегменте којих се сваки од нас сећа. Тако бисмо, уз тешке муке, склапали мозаик и ток догађаја од претходне вечери.

Два сата касније седео сам у *Коларцу*, цедио кроз зубе хладну нес кафу и чекао некаквог Мајкла из неке Америке. Како је умела да каже моја жена, глава ми је била „кô Цоцин бубањ" (ето неког несрећног Циге Цоце чија животна мисија је окончана тако што је остао запамћен као вашарски бубњар), а имао сам утисак да кроз врата морам да изађем бочно, јер ако бих нагрнуо фронтално мора бити да бих се заглавио у довратку због силне предимензионираности сопствене тинтаре изазване малиганима.

Ништа није личило на Богарта, *Казабланку* и реченицу: „Ово је почетак једног дивног пријатељства." Срећом, стигао сам неки минут раније, па је било времена да се полако пробудим и устоличим у започетом дану, и да лагано разбудим све полупоспане центре у мозгу.

Он је прилазио тако да се са сто метара јасно видело да је Американац. Имао је седу, зачешљану косу, какву носе тамошњи кандидати усред неке политичке агитације, театрално игноришући своју оматорелост. У Београду сам чуо изреку да „неки људи старе као злато, а неки као ципеле", али код многих Американаца то није случај јер се, посебно у озбиљним годинама, понашају као да ће све што су стицали однети тамо где им је Бог одредио коначну дестинацију. Не дозвољавају себи да остаре као ципеле, али се и не труде да се приближе мудрости коју носе макар неки људи, који „у власништву“ већ имају много година, гледајући на живот бар мало изван оквира бизниса и стицања. Један искусан економиста ми је најсликовитије објаснио њихов начин поимања света кроз тамошњи либерални капитализам: „То је комбинација страха и похлепе.“ Тачка. Дефинитивно сам и ја тако гледао на најграмзивији део планете. Њима нико није јавио да, како неко рече, целог живота раде за једно одело.

После сам закључио да је чика Мајкл, како сам га у прво време отворено звао, сачувао и нешто што је било његово, аутентично. Не бих из неке претенциозности рекао „београдско“ или „српско“, али било је ту неких манира и примеса мангупског држања које је мора бити некада давно понео одавде. Јер, у сваком граду људи другачије миришу, корачају, машу рукама док ходају… Када би посматрача неко могао да посади на место где често проводи доколицу, поред неког шеталишта, па онда неочекиваном магијом уместо његових суграђана ту спусти друге људе, из места које је само стотинак километара удаљено, овај би осетио ту разлику. Не кажем да би нешто било лошије или боље, али да би било другачије – у то сам сигуран.

Тако је он, уместо да буде неки страни Американац, у суштини био пријатан конгломерат којечега што је само показивало да је успео да споји два далека и страна света. Гледајући га помислих како је судбина човека да буде као вода. Разлије се на простору који му је дат, па нађе начин да га прво попуни, а онда и заузме.

4.

За мене је касно пролеће у Београду најпријатније доба године, под условом да је сунчан дан. Ако је време викенда, пуштам преподне да траје најмање до 15 сати, уколико пронађем добро место у башти неког ресторана и притом имам довољно новца да у њој останем довољно дуго.

Мајкл је сео поред мене и врло отворено почео разговор. Био је одевен на начин који је приличио статусу имућног странца: лежерно и елегантно. Од сакоа до кошуље и ципела све је на њему деловало складно и ненападно. Уложио је велики напор како би изгледало да се уопште не труди око свог изгледа. Некако слично је и говорио. Па ипак, његову младалачку фигуру кварило је лице које је било јасно исцртано траговима година које је носио.

Брзо ми је објаснио да се сећа једне улице близу Студентског трга, једне куће, подрума и старијег човека који га је тамо одвео као младића, тек мало пре него што се упутио у далеки свет.

– Комшија је у подруму имао очувану римску надгробну плочу, и чврсто је веровао да је антички становник Сингидунума сахрањен ту, испод ње – почео је са причом. – После су му то потврдили и археолози, претпостављајући да се ради о неком центуриону.

– Није то неко чудо, цео Београд је на гробљу – укључих се. – Да нама двојици, који нисмо томе вични, дају овећи ашов, за два сата насумичног копања ишчепркали бисмо и ми неку кост. Ово је варош која постоји дуже од Париза и Берлина. Само, то је мање познато јер никада није била престоница неке од империја које су агресивно одређивале историју. Када би духови београдских покојника били видљиви, попут оних у стрипу, цео град би био у огромном облаку. У овом граду је сахрањено незнано пута више људи него што их данас у њему живи.

– Сада ми је то познато – настављао је. – Али другачије је када нека знања покупите из књига или учећи о њима, а другачије када их осетите, када вам, док сте довољно млади, „улете у крвоток“. Мени је силазак тим степеницама био попут пролаза у неки други свет. Подрум је био велик, простран, као и у свакој господској кући грађеној почетком 20. века у центру града. На једној страни, пошто је била укључена слаба електрична сијалица, видео сам уредно наслагана дрва за огрев која је домаћин већ припремио за зиму. У оно време, а то ми је увек било чудно, у подрумима је увек била лошија расвета него у становима, иако су сијалична грла и електричне инсталације били исти. Некад сам умео да помислим како је то био чист немар, или осећај да је та безначајна просторија испод темеља мање важна, али видим да се ни данас ништа није променило. Подруми морају да буду мрачна места. Нешто нас тера да их одржавамо таквима.

Низ неговано, свеже обријано али наборано лице прелио му се осмех који је тражио моју подршку и разумевање његове приче. Видевши да га пажљиво слушам, наставио је.

– Тај старац, мој комшија Александар, разгрнуо је штапом на који се ослањао неке гране и старудију које су покривале угао подрума. Испод се налазио бели камен који је извирао из набијеног, земљаног пода. Тада ме је значајно погледао. То је било то. Римљанин. Спавао је ту око две хиљаде година. Сећам се да сам тада клекнуо поред плоче и имао неиздрживу потребу да пређем руком преко ње. На прстима су ми остали трагови прашине. „Ко ли је ово последњи пут урадио?“, помислио сам, уз свечани осећај моје тајновите везе са некадашњим становником Сингидунума. Посебно ми је остало чудно осећање одсуства смрти на овом месту. Сваки пут када бих био на гробљу, осећао сам њено присуство, што је природно, али овде тога није било. Подрум је, као и сваки други, деловао запуштено и сабласно, у њему се налазио гроб, тачно испод куће. Боже мој, па то је морбидно, али нисам осећао сукоб са центурионом којем сам пореметио мир, већ неку врсту достојанствене радости, као да му је било драго што сам га посетио. Слични остаци саркофага постоје широм Београда, на различитим местима и изложени у музејима. Али овај није имао везе с њима. Он је био ту, испред мене, испод мојих ногу, не као експонат, већ као прави, „живи“ покојник. Тај господин Александар после ми је говорио да он свом центуриону увек пред спавање пожели лаку ноћ. То је била његова копча између сна и смрти. То сам хтео да вам кажем. Тада су ми се отвориле капије кроз које сам видео прошлост. Од тада, још неколико година док сам живео овде, био сам опчињен тајнама улица и кућа поред којих сам пролазио. После рата, као дечаци, налазили смо често остатке оружја. Један малишан који се играо са мном чак је настрадао када смо пронашли једну неексплодирану ручну гранату.

– Зла срећа – почех и ја мало опуштеније да учествујем у разговору. – Није био једини. Страдали су и многи после. Деца све марљиво скупљају. Некада буде ту и зле судбине. Мој прадеда је у Првом светском рату прегурао прелазак преко Албаније, болести које су га сачекале у Грчкој, па повратак назад и Солунски фронт, и онда, када је све прошло, стрефио га је неки залутали метак на повратку кући. Неко ће то назвати усудом, неко заборављеном клетвом… Ето симболике, и он се звао Александар. И сада мислим да постоји нека посебна релација између њега и мене, нешто што ми је задатак да докучим, а нисам то у стању. Не постоји фотографија мог прадеде Александра, не знам му ни гроб, али нека струјања између нас двојице су очувана. Када сам довољно тих сам са собом, умем да осетим неку вибрацију која ми стиже однекуд, а сигуран сам да има везе с њим…

Знао сам још много прича о судбинама људи, попут оне коју је Мајкл поменуо. Једна група радника је слично прошла пре неколико деценија. За време рестаурације зидина на Калемегдану у зимско време, покушали су да се огреју запаливши ватру. Ко је могао да претпостави да ће то урадити тачно изнад бомбе заостале из 1941.

године? Тада је један човек погинуо. Однела га је неугасла прошлост. Дошла је да каже још нешто.

– И вас је нешто мотивисало да проучавате историју града. Веома ме интересује ваша прича.

– Ма није то ништа озбиљно. Можда само уобичајен страх од пролазности и смрти. А можда баш прадеда о чијој судбини никада нећу сазнати више него што сада знам. Смрт рађа емоције само међу савременицима. За све остале то је прост историјски податак и ординарна чињеница.

– Чекајте, зашто такве речи, па ви сте још млад човек?

– Почетак четрдесетих је право доба за подвлачење линија. Чини ми се да баш тада почиње сабирање у којем буде више негативних него позитивних ствари на листи. Да признам, ово је идеално доба када бих волео да зауставим време. Још ме слушају и интелигенција и потенција, али слутим да ће довољно брзо доћи време када ће бар једно од то двоје почети да ме издаје.

– Ипак сте ви млади.

– Старији увек имају право на ту реченицу. Свако има у себи сат за откуцавање сопственог времена, свако слути своју старост. Млади смо само другима.

Био је прилично опуштен и заинтересовано је гледао људе који пролазе Кнез Михаиловом улицом, чак и радозналије него што се мени чинило пристојним. Није избегавао мој поглед зато што бих рекао нешто што му није пријало, већ је увек проналазио неки много интересантнији призор него што сам био ја. Било је у њему неке дрске радозналости која ми се свиђала.

– Чини ми се да сте на Ташмајдану пронашли „свог" центуриона – наставио је. – Читао сам ваше описе тог дела града и мислим да сте осетили нешто слично као и ја приликом силаска у „мој“ подрум.

То је била истина. Мени је Ташмајдански парк био драгоцен. Нека врста реликвије, личног молитвеног простора који је у својој садашњости свима постао незграпно непознат. Београђани знају где се налази, али нико шта представља. Када се налазим тамо осећам се знатно другачије него пролазници који су изашли у обичну, породичну шетњу или јуре на заказани љубавни састанак.

Скоро да му предложих да одемо и тамо наставимо разговор, али ме је предухтрио.

– Да ли још ради *Последња шанса*? – упита.

– Ради, али одавно више није „последња“ – одговорих.

Пре неколико деценија та кафана је била једино место где је ноћ трајала и после поноћи. *Последња шанса* била је уточиште многима који нису хтели „суви“ у кревет, који су имали још нешто смртно важно да допричају ономе с ким деле ноћ.

– Да ли би вам сметало да разговор наставимо тамо?

Није чекао одговор, већ је одмах устао. Волео је да се његов ауторитет подразумева, то је било природно тамо негде, у његовом свету у којем је имао поданике, али ја сам остао у столици.

– Да завршим кафу – рекох.

Играли смо приглупу партију шаха усред Кнез Михаилове, у којој је Мајкл остао затечен, као неки времешни, зарђали громобран, тако стојећи поред стола, док ја за инат нисам хтео да устанем. Знао сам да неће поново сести, то би већ било понижење за њега, али сам га пустио да одстоји пар тренутака дуже него што му је

пријало. Затим прогутах последњи гутљај кафе и полако
се одлепих из наслоњаче.

„Његово време је новац“, помислих, „а моје време је
моје“.

Позвао је такси чим смо избили на Студентски трг и
убрзо смо били у башти *Шансе*. Ћутао је док смо се вози-
ли, једном ми се учинило да се сам себи насмејао у брк,
али сам се правио да то не примећујем.

5.

Ташмајдан је „моја престоница“ Београда, његова скривена душа. Високе крошње одавно су убедиле људе који овде живе да су међу уобичајеним дрворедима. А ја сам ту налазио васколику симболику свега што је моје порекло, што је српско, београдско, понекад толико космополитско, али странцима непрепознатљиво...

Мој град има две суштинске тачке. Они најбитнији догађаји који су се урезивали у градску историју одигравали су се на Калемегдану. Од прастарих времена тамо је било насеље, па римски каструм, угарска и византијска утврђења, град деспота Стефана Лазаревића, аустријске и турске утврде... Као код човека, Београду су тамо, ближе Ушћу, били глава и разум. Чак и једно романтично место, у најлепшем смислу те речи, којем је име остало још од Турака – Фићир баир. Тако су Османлије назвале оно калемегданско узвишење близу данашњег споменика *Победник*. То у преводу значи „Брег за размишљање“. Све онако туђи, немилосрдни и бесни, Турци су

наденули овом месту име које су потоње године сасуши-
ле. Време није оставило макар смислу тих речи да живи,
ма како да је име било савршено прикладно овом месту.
Ипак, не знам за посетиоца Калемегдана који није имао
жељу да се диви погледу на Ушће, и макар мало буде
затечен потребом да застане и примири ритам корака
док је ту.

За мене је друга важна тачка био онај део градског тела
где се налази душа, из којег се не гледа очима. Ташмајдан.
Као што је данашња Црква Светог Марка изнутра нео-
сликана већ деценијама, тако ми је симболично изгледа-
ла историја места мог бивствовања. Импозантна у својој
недоречености. Унутра, у храму, тешко сам стварао пре-
цизан утисак простора. Некад је досезао до неба, сводови
су ми изгледали недодирљиви, а било је дана кад сам се у
њему, све тако великом, осећао готово клаустрофобично.
Као што човеково несвесно скрива своје тајне и од њега
самог, тако је било мени у овој цркви. И увек када сам
близу парка. То је за мене био Ташмајдан.

Конобари у *Шанси* ме увек љубазно поздраве. Тако је
било и када смо Мајкл и ја изабрали сто који нам је дело-
вао издвојено, да нам дечја граја не би реметила разговор.

– Водио сам једном људе који овде раде да обиђу пећи-
не које се налазе испод – реког када смо се удобно сме-
стили. – Они су у *Шанси* провели године, па сам их, у
време док је мој тим истраживао подземље дубоко испод
ресторана, позвао да виде изнад каквог простора проводе
дане док су на послу. Морам признати да сам уживао у
њиховом запрепашћењу.

– Читао сам детаље из ваше књиге – показао је да
се пристојно припремио за овај сусрет. – Испод парка

налазе се пећине чија је површина две или три хиљаде квадратних метара, зар не?

Док је тражио одговор који је већ знао, питао сам се шта он, у ствари, жели од мене. Долази из света где не постоје случајни сусрети, поготово не они који су заказани унапред. Није ми се чинило да је одвојио дан само да би са мном седео у баштама београдских кафана и прелиставао оно што сам ја написао. Ипак, наставио сам. Ово је била моја територија. Можда баш зато што ништа није било моје, а много тога јесте.

На шеталишту између Цркве Светог Марка и Руске цркве постоји поплочана камена стаза која води ка здању Главне поште. Ето, и ту има нешто што доживљавам као „своје“. Мој поручник. Тако зовем један камен посвећен духу човека који се, верујем, и сада некако врзма ту. Он је један од оних којима понекад запалим свећу да би негде горе остао незаборављен до краја. Сада је то имагинаран лик, некадашњи становник града, којем никада нећу сазнати име нити наслутити какве су му биле црте лица.

На стази начињеној од комада углаченог камена поткрао се један, тек мало другачији од осталих, на којем се, када се добро загледам, виде отисци слова. Тај комад некада је био надгробна плоча једног младог српског официра. Пошто је гробље дуго било баш овде, простирући се на месту данашњег шеталишта, један срушен и занемарен споменик послужио је да се од његових разломљених делова макар направи стаза. Добра, стара, српска иронија. Од комадића оног што су били наши преци, па макар и спомен на њихово постојање, правимо нешто што они нису ни слутили да ћемо урадити…

Данас су остала само два слова имена покојника, и то последња „...ан“, а презиме му је почињало са „Стру...“ Име је могло да му буде Милан, а презиме Стругар или како год... Једина потпуно читка реч на делу некадашње надгробне плоче била је „поручник“, ћирилицом исписана испод имена, па је извесно да се несрећник преселио на онај свет као млад човек, јер је тај чин припадао углавном онима који су на почетку војничке каријере.

То је било све што сам знао о њему. Није ми било јасно зашто ми је постао толико близак и због чега сам толико пута „одлазио“ у његово доба и стварао слике о томе како је провео живот. Како ли је он замишљао ове наше године далеке будућности? Све ме је то интересовало оном снагом којом човека вечито занимају питања за која поуздано зна да на њих неће добити одговор. Ипак сам маштао о томе и често сам, пролазећи овом стазом, поздрављао „мог поручника“. Признајем, пут ме је често водио поред Цркве Светог Марка, али врло ретко са ове, поручникове стране. Није ми било тешко да заобиђем храм, па да ипак направим своју малу церемонију, мимоход поред њега, наново му се клањајући. И увек ме је било страх да неко не премести тај камен, да ми не украде тако безначајну, а драгоцену реликвију. Чак сам једном помислио да га негде склоним, али одмах сам одагнао ту примисао, јер је његово место било ту. Какав би тек то апсурд био! Док сви у Србији краду све што стигну, само ако то нико не види, ја сам се заносио да украдем део нечије заборављене надгробне плоче...

– Ми сада, у овом ресторану, у ствари седимо на гробљу? – прену ме Мајкл и врати ме са „путовања“.

На памет ми није пало да му испричам причу о поручнику. Ничим још није заслужио такво поверење.

– Да, Старо гробље је пресељено на Ново, у данашњу Рузвелтову улицу, 1886. године. Тада је и та улица носила назив какав ред налаже – Гробљанска. Али то је званична верзија. Премештени су остаци оних који су били довољно угледни или су имали наследнике. Тако су се селиле кости Ђуре Јакшића или, на пример, Јосифа Панчића. За овог другог био је направљен и посебан ковчег направљен од „његове", Панчићеве оморике. Многи други, обични смртници, остали су овде. Нова времена потиру онај део наслеђа који не могу да „прогутају". Гробље је заузимало овај простор који прво видимо из баште. Тај централни део данашњег шеталишта био је православни, онај ближи згради телевизије и Таковској улици био је намењен протестантима, а овде, баш испод места где седимо, сахрањивани су војници, утопљеници и самоубице.

– Зар то није мало сабласно?

– Зависи од тога у каквим сте односима са смрћу и покојницима.

Да је Београд достојно обележио сваки гроб оних који су се од настанка града у њему упокојили, за живе не би било места.

– Дубоко испод земље су пећине из којих су још Римљани вадили камен – наставио сам. Мајкл није могао да зна шта ја осећам, одакле у мени бију звукови који долазе изнутра кад сам на овом месту. Могао је само да слуша и покуша да све разуме, баш као што сам се ја надао да то, макар понекад, могу и моји читаоци. – Ту су после Турци имали свој мајдан, а Карађорђе штаб када је отимао варош од њих. У утробу Ташмајдана скривали су

жене и нејач за време страшног бомбардовања аустро-
угарских хаубица у Првом светском рату. Насумице су
гађали град, било је мртвих по целом Дорћолу, па тако
узбрдо, све до Теразија. И после се стално управо овде
догађало нешто значајно, Ташмајдану никада нису били
суђени обични, свакодневни догађаји. Испод земље је
била скривена Општина града када је почео Други свет-
ски рат, а на крају ту је командант Вермахта за југоисток,
Александер фон Лер, направио подземно склониште за
своју команду. Ту је могло да се сакрије око две хиљаде
војника који су под земљом могли да бораве до шест
месеци без потребе да излазе напоље. Имали су струју, из
генератора, разведену телефонску мрежу… То је, пого-
тово за оно време, био озбиљан подземни град.

Испричао сам му да су покојници са Старог гробља
били сахрањени у танком слоју земље који је раздвајао
површину на којој се налази парк од амбиса испод њега.

– Постојао је један стари обичај, који су бележили
путописци кроз „варош београдску“, а мени је увек лепо
да се тога сетим – настављао сам јер ми је увек било
тешко да се зауставим када говорим о овом месту. – У
време светковина које су се одржавале на дан Светог
Марка, омладина се облачила што је лепше могла и сви
би излазили на гробље. Они старији попунили би околне
кафане, док су млади играли и певали између спомени-
ка. То је био стари, пагански обичај, у то време сачуван
по различитим словенским државама. Тада се младост
супротстављала смрти и песма која се орила око гробова
није била никакав богохулни гест, већ слављење живота
и његове победе над смрћу.

Мајкл се умирио слушајући ме. Руке су му биле спу-
штене у крило и ничим није показивао жељу да ме пре-
кине. Када сам ипак направио паузу и запалио цигарету,
решио је да проговори.

– Па ви сте опседнути. По вама сваки камен овде има
некакву историју?

– Сваки камен увек има некакву историју.

Гледао ме је мирно и са смешком на лицу преко којег
су се намрешкале боре. Дубоки зарез нарочито му се
урезивао међу обрве.

– Има још много тога што вам нисам рекао – захуктао
сам се. – Дан није довољно дуг да вам поменем римски
водовод који је протицао овуда, од Малог Мокрог Луга
до Калемегдана, односно римског каструма. Направљен
је тек неколико година после Христове смрти и ишао је
отприлике уз трасу данашњег Булевара краља Алексан-
дра. Постојао је готово 18. векова, колико је кроз њега
текла пијаћа вода.

Међу многим причама из београдске прошлости једна
ми је била ванвременска, недодирљива, посебна… Подла
у намери, сакрална у трајању. Баш овде, можда баш ту
где смо ми седели, Турци су спалили мошти Светог Саве.
Када су хтели да се освете српском народу, решили су да
му задају бескрајно мучки ударац, спремивши ломачу за
највећег светитеља. То се све одиграло на Малом Вра-
чару, месту у близини садашњег парка, а не на Врачару,
како многи данас мисле. Претурајући бројне заборавље-
не књиге и разговарајући са неким мени важним и умним
црквеним људима, добио сам значајне потврде те тезе.
Врачар, на којем се сада налази велелепни храм, био је
веома удаљен од места где се тада завршавала варош,

негде у околини данашњег Народног позоришта и Стам-
бол капије.

То је ипак било сазнање о којем нисам желео да раз-
говарам са Мајклом. Иако сам понешто о том догађају
већ писао за новине, осећао сам то и даље као тајну, без
обзира на бројне читаоце који су текст имали у рукама.
Зашто сам тако мислио, тешко бих могао да објасним, јер
сам ту тајну већ поделио са хиљадама људи.

Некада човек осети да странцу не треба говорити оно
што је ствар куће, породице и њихова четири зида. Па ма
колико та породица била бројна. Читаоци новина за које
сам радио били су ми „домаћи“, а Мајкл је само условно
био „наш“, али у суштини нисам га осећао другачије него
као странца. Домаће порекло му није било довољно да
би заслужио такво поверење.

Зауставио сам се. Рекао сам довољно за овај дан.
Можда и превише.

– Имам један план, једну жељу, сан, ни сам не знам
како бих то назвао – био је његов ред да отпочне разго-
вор због којег смо се срели. – Можда бисте могли да ми
помогнете да га реализујем.

„Шта то ја имам што њему треба“, питао сам се у себи,
куртоазно настављајући разговор. „Зашто да не? Хајде
да га чујем.“

Живео сам у такозваној транзицији, процесу који
сам доживљавао као прелазни облик из социјализма у
феудализам. Није ми се догађало да странац помене реч
„хонорар“, па да разговор добије макар какав оптимисти-
чан призвук. То се дешавало мојим колегама, али махом
онима са телевизије. Овакви попут мене људима са Запа-
да нису били интересантни, али су наша осећања била

углавном узајамна. Ни мене није интересовала она врста пропаганде коју су они упорно називали „новинарством".

– Шта знате о Атили? – сасу изненада питање Мајкл.

Значајно ме је погледао, чекајући брзу реакцију, **али** ми на памет није падало да журим са одговором. Пресабрао сам знање које сам скупљао раније и управо тако му и одговорио.

– Знам да је похарао Београд, односно Сингидунум, у петом веку – рекох. – Знам понешто и о легенди о његовом гробу.

– Молим вас, реците ми то што знате – био је љубазан, али упоран.

„Чекај, бре, чича, ал' си навалио кô смрт на бабу…"

– Звали су га и Бич Божји, био је хунски војсковођа, а наводно је био изузетно крвожедан човек – почех да говорим оно чега се сећам, не мало изненађен питањем. – Нисам се много бавио њиме, али колико знам описиван је као зао, мада би се можда нешто од тога могло ставити на душу Римљанима којима је био директан непријатељ. На челу свог номадског народа харао је Европом, па је прво опколио, а затим запосео Сингидунум.

Одједном сам се нашао под пресијом, па сам почео да се присећам легенди везаних за Хуне и Атилу. Нисам журио јер ми је требало мало времена да пресаберем сећања о теми коју сам некада додиривао, али ми никада није била блиска.

Браниоци давног Сингидунума силно су се уплашили јер нису очекивали Атилину фуриозну војску, па су се многи од њих одмах разбежали. Остали несрећници су се предали јер су се надали да ће им тако главе бити поштеђене, али су се грдно преварили. Додуше, последњи пут.

Пошто их је побио, Атила се улогорио негде у околини града, али се не зна тачно где.

– Атила је умро десетак година касније, али и ту постоје две верзије – полако сам наставио.– Једна говори да га је издало срце и да су га нашли мртвог у постељи са девојком која се звала Хилда и вероватно је била Германка. Друга претпоставља да је несуђена невеста можда била и убица, јер је овај претходно побио њену браћу, па се ова дрзнула да га отрује. Било како било, легенда о његовом гробу и сахрани остала је вечита.

Предање говори да је на обреду који је претходио сахрани свих седам његових жена извршило самоубиство. Његово тело стављено је у три ковчега, један од гвожђа, други од сребра, а трећи од злата. Гробница је била смештена у корито реке, која је била заустављена насипом. Када је војсковођа положен у раку у коју су га, заједно са богатим поклонима, спустиле слуге, сви су одмах побијени, да би тајност његовог последњег коначишта остала вечна. Наводно је само неколико најближих Атилиних војсковођа надгледало посао, али како су били заклети и до смрти одани, тајна никада није обелодањена.

Када је уминула нервоза после изненадног питања, баш као на испиту, полако су се склопила сећања на лекцију коју сам некада учио. Сетио сам се плаичастог омота књиге у којој сам давно прочитао ово предање, као и питања које је остало без одговора: Да ли је река у којој је хунски вођа сахрањен била Тиса, Златица, Тамиш или Бегеј.

– Реке су од тада, за више од хиљаду и по година, значајно промениле корита – коментарисао сам даље. – Неке су потпуно нестале, а биле су важне у то доба. Тиса је мењала ток, Сава је до пре само триста година имала два до три фосилна корита која су се налазила негде око данашњег Сава центра у Новом Београду. Ко би могао знати где се то десило?

– Онај ко тражи – Мајкл је глумио тајанственост.

– Шта да тражи? Атилин гроб?

У знак одговора само ме је значајно погледао.

– Побогу, човече… Да ли ви Американци стварно верујете да је Индијана Џонс истинита личност?

Ћутао је.

Али ја нисам.

– Правите смешну митологију, а онда се сами „примате“ на њу. Па то је стварно очаравајуће. А да позовемо и Супермена? Тај ми тек личи на инфантилну пројекцију бубуљичавог полудебила.

Мајкл се осмехнуо, помало цинично, слушајући моје расипање неуместним реченицама које саме од себе почну да истичу из мене када ме неко добро продрма и „нагази ми на живац“. Осетио сам да га године још нису прегазиле. Напротив, имао је нерава да пажљиво саслуша саговорнике са којима се не слаже. Иако сам био знатно млађи, мени је тај део нервног система већ бивао прилично утањен.

– Индијана Џонс није постојао када су отварани узлази у гробнице египатских фараона, па их је неко ипак открио – јетко је одговорио Мајкл.– А ја планирам да пробам. Ништа ме не кошта.

Шта је њему значила фраза „ништа ме не кошта“ могао сам само да замислим. Али ми се одједном допао. Можда човек ипак има сан, и може му се, и на крају зашто да не?

Једном се живи. Да ли је матори ипак чувао у себи неку неусахлу кап београдске крви?

– Могу да вас разумем – одговорих много уљудније, кад ми је било јасно да сам претерао. – Али какве то везе има са мном?

– Свиђа ми се начин на који доживљавате прошлост – одговори кратко. – Истина је да она није умрла. Ништа не може бити црно-бело. То је начин размишљања који одговара ленчугама. Можда ви и не знате све о чему причате, али говорите са пуно назнака да сте на путу да нешто и научите. Осећате више него што умете да искажете.

То је било превише. Директан фронтални погодак у сујету. Тим пре што је вероватно био у праву. Знам да сам увек мислио боље него што могу да напишем. Али нисам ја први имао тај проблем. Многи су очајавали због тога. На крају, то је била само моја лична теза коју нико није могао да провери.

– Па добро, шта ћу вам ја кад толико не ваљам?

– Могли бисте да будете подршка тиму који хоћу да направим. Нека врста домаћина, водича. Менаџера. Како год вам се свиђа.

Какав преврат… Само, о тако нечем нисам размишљао. „Ово стварно личи на изазов…“, помислих на трен. Мада сам био убеђен да је бесмислен. А то је већ добар разлог да га прихватим. То личи на мене. Ех, да ме сад види бивша жена. Тачно јој видим лице док говори: „А лепо сам ти рекла да ћеш да научеш на врат неку невољу.“ Ма била је она мени добра.

Пристао сам.

6.

Признајем да се један део мог живота готово по прави-
лу одвијао тако што бих се прво ја упетљао у гужву, а
онда би се гужва упетљала у мене. Тако је било и сада,
док сам у аеродромској врви чекао двоје људи који се
међусобно познају, а ја не познајем њих, и требало би да
им будем добар домаћин. Ауто ми је у квару, морам да
наручим такси, а таксисти са београдског аеродрома су
деценијама синоним за дерикоже. Када би се сада сви
напрасно профинили, требало би још пола века да вра-
те поверење. А до тада ће и аутомобили бити укинути,
захуктало човечанство ће већ смислити нека нова пре-
возна средства, па зашто онда да се зноје и профињују
кад им је добро и овако?

Све је у суштини било једноставно и махнито се врте-
ло око новца. Када западњаци немају онолико колико
мисле да им треба они направе рат, по могућности што
даље од куће, а када ми немамо, окренемо се лоповлуку,
по могућности што ближе кући.

На екрану пише да је авион слетео, путници су већ на
пасошкој контроли и први ускоро излазе. Како у мом
случају зле слутње често нису тачне, већ су само ствар
лошег расположења, тако се и овог пута преда мном
појавило двоје опуштених и прилично пријатних људи.
Клаус је био висок, мршав, плавокос човек чији оквир
наочара је веома лепо и чисто одбијао сунчеве зраке, а
лице му је показивало помало резервисаности и смуше-
ности које имају они који су превише времена провели
над књигом да би стигли да се посвете и практичном
животу. На први поглед ми је изгледао као неко кога је
одгајила само брижна мајка, па није стигао да постане
ни хомосексуалац ни мушкарац. Ипак, зрачио је неком
скривеном добронамерношћу човека који је навикао да
гледа своја посла.

Мари Ен је деловала другачије. Лепа жена. Зрела у сво-
јим четрдесетим, очуване, достојанствене лепоте. Није
јој било тешко да изгледа елегантно у смеђем комплету
који је носила, док јој се плава коса степенасто спуштала
до рамена, а сукња до колена откривала дамску грацио-
зност. Имала је, можда, само осмех вишка, онај који
показује пренаглашену срдачност коју нисам очекивао
при првом сусрету. „Па добро“, помислих, „боље и то
него да се одмах мршти“.

Европљани при доласку на Балкан увек очекују да су
у некаквој предности јер су они, боже мој, у центру све-
га важног што се догађа, а ми смо некаква периферија.

Клаус се уљудно представио на енглеском, што ми је
на почетку представљало значајно олакшање, мада дуго
нисам говорио тим језиком, али чим смо почели разго-
вор схватио сам да ћемо, уз малу помоћ гестикулације,

лако да се споразумемо. Плашио сам се шта ћу ако Французкиња не зна Енглески, у ствари, само тога сам се и плашио. Заузврат, она ми се обрати на чистом српском, назвавши ми добар дан.

– У бре, снајка, па ти си наша – одвратих спонтано, језиком који је палацао много брже од памети, сећајући се неких жаргонских, кафанских штосова које сам употребљавао са пријатељима и који, дабоме, нису никако били примерени првом сусрету.

– Нисам ти ја снајка... – одговорила је више него „срдачно“.

„Сјајно“, помислих. „Ја сам светски рекордер у муњевитом прављењу глупости.“

Некако ми то ипак није узела за зло, па сам лако променио тему, објашњавајући да нисам очекивао, уз њено име и лет из Париза, жену која савршено говори српски.

– Зашто да не говорим кад ми је матерњи? – питала је.

Мени Мајкл ништа није рекао о њеном пореклу, па сам осетио да још дубље тонем у бесмисленост питања која постављам.

– Шта бих следеће могао да те питам, а да се после не осећам глупо? – био сам искрен, што јој се допало.

Интересантно, комуникација без персирања се одмах подразумевала, била је „земљачка“.

Рекла ми је да се у ствари зове Маријана, а да јој је презиме реликвија из претходног брака. Има две кћери овде у Београду, које живе са њеном мајком, и ово је била прилика да споји лепо и корисно. Ту смо се брзо разумели, моје кћери су имале једанаест и три, а њене дванаест и десет година. Њена деца су ретко виђала оца, моја су мене виђала стално, нисам могао без њих.

Она је стабилна жена која је хтела да се разведе – одлич-
но, упознаћу те с мојом бившом, можда постанете најбо-
ље другарице. Није феминисткиња, морао сам да питам,
онда ипак ништа од вас две…

Разговор је текао необично брзо и отворено, све ме је
подсећало на партију брзопотезног шаха.

Сели смо у такси и кренули у град. Пред таксистом сам
намерно говорио српски, мало запостављајући Клауса,
али за добробит новчаника и буцета, како би возач схва-
тио да не може да нас „ошиша“ баш као обичне дођоше.
Сместио сам их у хотел *Палас* јер су Београдска тврђава
на Калемегдану и Кнез Михаилова улица близу. Тако су
били на дохват руке и мени, јер сам становао у Новом
Београду, тек неколико аутобуских станица даље. Пошто
нису дуго путовали, договор је био да се освеже, па да
прошетамо градом и одемо на пиће два сата касније.

„Океј“, помислих. „Кад се већ бавимо узалудним
послом, бар су солидна екипа.“

Осим оног „снајка“, све је прошло боље него што сам
се надао. Мада, ни због тог мог вербалног испада није
ми било жао…

Брзо смо се уклопили. Већ на ручку сам почео да се
понашам баш као што се осећам, а обома је то пријало.
Били су потпуно лежерни. Испоставило се да чика Мај-
кла знамо сви на некако сличан начин. Клаус се упо-
знао с њим на специјалистичким студијама у Америци,
а Маријана и њена мајка су биле породичне пријатељице
са нашим меценом. Без обзира на његов бизнис везан за
технологију, или нешто слично што има везе са хемијом
и математиком које ја никако нисам разумео, чича је

гајио некакав посебан став према археологији и колекционарству.

То ме је помало збуњивало, али о томе нисмо разговарали. Он нас је плаћао, па је за сада постојала нека врста консензуса да се о томе ћути.

Ипак се некако између редова осећало да су њих двоје прилично незадовољни оним што су до тада урадили у својим каријерама. Једно другом су стално истицали своје вредности и умеће, што ме је упозоравало да се свако од њих на свој начин осећало помало као губитник. Баш зато су зрачили натегнутом амбициозношћу која је била мало већа од мојих очекивања. Ја нисам био незадовољан оним што сам радио, него тиме колико сам за то био плаћен. Али то је у Србији општи тренд.

Све време сам у себи говорио како ми је драго што су толико залегли да пронађемо Атилу, али су ми се њихова оданост и оптимизам помало граничили са глупошћу. То је она недуховита амбициозност западњака, која ми је изгледала врло детињасто, када се сви понашају као део продајног тима у којем једни другима стално аплаудирају тобоже се међусобно мотивишући. Али, добро, ако су тако навикли, шта ћу им ја?

Мени је било дато у руке да манипулишем делом буџета који се односио на нашу личну потрошњу, ситне потребе, смештај и храну. На први поглед, то је била позамашна свота, али кад сам израчунао колики су хотелски трошкови и храна по ресторанима, то баш и није било превише. На други поглед, било је довољно. На трећи поглед, сироти Мајкл те паре можда ипак није требало да препусти мени.

Почело је онако како сам слутио. Он ће доћи током викенда који почиње за три дана, јер је данас среда. Тада почињемо са озбиљним радом и планом који жели да нам изложи. До тада имамо четвртак и петак да се боље упознамо.

Клаусу је то било у реду. Он је, како се то популарно каже, професионалац, и наређења не коментарише ни најмањом гримасом. Маријана је показала мало збуњености, а ја не знам како сам изгледао јер сам био домаћин, па сам одмах почео да смишљам начин како да им попуним време. Као што сам могао да претпоставим, са Клаусом је било лако, он је показао жељу да се одмори, па ће остати у својој соби. Хотел је близу Кнез Михаилове, мало ће да прошета после вечере… Професионално, нема шта.

Остали смо нас двоје. Она ће да обиђе мајку и клинке, а онда би увече могла мало да прошета. Дуго није била у Београду.

Мислио сам да ће имати пријатеље којима треба да се јави, да има неки свој план. У ствари, како сам убрзо схватио, уопште га није имала.

– Па добро, хоћеш ли да се нас двоје мало промувамо градом, само, ауто ми је у квару…

Хоће она.

Шта ћу с њом…

Жели да буде с девојчицама, па кад легну, видимо се касније, око једанаест. Важи?

Важи…

7.

У Београду постоји штос о Спајдермену који се попео на Београђанку, онако усамљену док штрчи у центру града. И пита се: „Куда ћу сад у…?" Баш тако ми је било.

На које место да је поведем? Добро, чика Мајкл је оставио неке паре, али у монденске ресторане ми се не иде, не пријају ми снобови и силиконске лајавице, а опет, куд ћу с њом и њеним париским навикама? Ма нека предложи сама, уосталом и она је одавде!

Стари компромис са фармеркама и сакоом деловао је довољно добро да сакрије неколико килограма вишка, бар сам се надао да је тако. Боемски живот током последње две године, од када сам се развео, дао је изузетне резултате – добио сам на тежини, али сам изгубио на расположењу. Било ме је баш брига како изгледам. У међувремену ми је неколико жена протутњало кроз живот, али без моје жеље да се у њему дуже задржавају.

Додуше, ово вечерас је био професионални сусрет двоје колега, зашто да бринем? И овако ми је та жена некако чудна, страна. Свака зрела жена носи неку тајну. У овом добу сви имамо нешто што би требало сакрити.

На аутобуској станици код Сава центра, на којој смо се договорили да се нађемо, зауставио се мали ситроен без предњег браника. Таблица је била немарно наслоњена на шофершајбну, а како је био мрак, у унутрашњости сам видео само како јој сјаје очи, док се светлост са уличне расвете благо разделила шаљући неке зраке на предње стакло аутомобила, док се остатак разливао по њеном образу. Имала је, како је касније говорила, шућмурасте очи, које су, у зависности од светла, биле зелене или браон. Сада је био мрак и нисам знао које су боје, али ми се чинило да би, када бих је ставио у тунел, поново светлуцале у оном мраку.

Фармерке, патике, дискретна шминка и мали, црвени ауто били су све оно што нисам очекивао. Возила је енергично, за нијансу више самоуверено него што ми се свиђало, таман да покаже да је у томе спретнија него многи мушкарци.

Куда ћемо…

Постоји једно место у Београду које много волим, али тамо не одлазим са непровереним друштвом које није доследно показало поштовање према „кафанској провенијенцији“. То је обичан вински лагум који се угнездио поред Бранковог моста, у падини подно Косанчићевог венца. Мени је то место било значајно јер се наместило на неким путевима мојих претходних истраживања, а онда сам се у њему и задржао. Увек се задржавам тамо где нисам намеравао. Уосталом, омиљена изрека мог оца је: „Човек седи и планира, а Бог гледа и смеје се.“

Лагуми у које се улази из Карађорђеве улице деценијама су били тајна за Београђане. Некада су то била складишта, углавном за вино и житарице, јер је тадашњи град имао луку управо ту где данас пристају само луксузни путнички бродови. Подземне одаје су ту ископане пре најмање два века, а у време када нису постојали фрижидери или хладњаче биле су најбоље спремиште за робу. Поготово за вино, које тражи посебне услове. Лагуми су вештачке пећине које су копали тадашњи Београђани у кречњачкој подлози, како би били што ближе луци, јединој озбиљној трговачкој жили куцавици.

У време ратова многи су се скривали у њима, поготово за време Другог светског рата и нацистичког, а потом и савезничког бомбардовања, али после су углавном били тајна за обичне посетиоце. Разлог је био у томе што су ондашње власти процениле да би овај део подземља могао да има и неку могућу војну намену, па су их углавном чувале у тајности, односно препустиле су их обичном градском забораву, тако неумољивом и непрозирном.

И сада се десило да је један лагум ипак прорадио, односно да му је поново враћена улога која има везе са „божанским пићем“. Поново се овде точило вино. Ништа ту друго није ни могло да се изроди, јер би био грех када би се у чашама и флашама нашло ишта осим вина. У каменој пећини постављене су дрвене клупе, а стара бурад, која не би могла да послуже ни за шта друго, постављена су усправно, попут високих столова опкољених барским столицама, и боемски призвук је одмах попунио старинску дворану.

Тамо сам је одвео.

Имала је црту непосредности која ми се свиђала, мада сам у почетку зазирао од тога. Та срдачност ме је подсетила на оно тобоже другарско обраћање, када сви шефа зову по имену. Па док дођеш до човека прво мораш да му скинеш ту љигаву маску. Код ње није било тако. Тада сам видео да имамо сличан начин понашања, јер нас је обоје мрзело да се фолирамо, како би рекли клинци. Нисмо више имали живаца за то.

Дакле, вино…

Дрвени сто, две чаше и сјајна ствар која ме је посебно радовала на овом месту. У подземљу не раде телефони. Мада иначе зраче као луди, кроз дебео слој камена изнад наших глава зраци мобилне телефоније нису могли да прођу, па нам бар ове вечери неће претварати мозак у пихтије.

Полако се размотавала прича двоје људи који су стицајем пословних околности постали упућени једно на друго, па су расположени да се боље упознају. Мене вино увек лепо „погура“ у таквим ситуацијама, а већ сам довољно матор да умем да прескочим оне делове приче које више не бих волео ни ја да знам.

Зашто археологија, па ето, могла је да буде и глумица, али се некако у овом задржала, отац јој је писац, увек су је интересовале претходне цивилизације, Француска је место где о томе много може да се научи… Професори су тамо сјајни, Египат непревазиђен, магија силажења у гробнице у којима, ваљда, још има духова…

Ето, ја сам новинар, репортер, а зашто новинар, па зато што је то одлична професија за оне који никад нису одлучили шта ће да буду кад одрасту…

Разведена је, муж јој је одавде, али он је неки забора-
вљени лик, којем она више не да ни да постоји у њеној
глави, тукао ју је, не жели да прича о томе. После је био
неки Француз, али од њега јој је остало само презиме, о
њему, опет, и нема богзна шта да се каже. Сав животни
смисао су јој девојчице, оне су, хвала Богу, добро. Ето, за
сада живе у Београду.

Зна да сам и ја разведен, тачно, само мене жена није
тукла, мада бих могао да се закунем да јој је пар пута
мало фалило…

Неки људи би занемели када не би имали руке. Њихо-
ве речи би биле потпуно бесмислене ако не би биле пра-
ћене гестикулацијом. Барем дискретном, благом, као што
је намештање прамена косе док говоре. Па тако безброј
пута. Ако би им то неко ускратио брзо би постали све-
сни да без руку не могу да говоре и, сигуран сам, заувек
би ућутали.

Њене су руке говориле у складу с њом. На тренутке би
махала као ветрењача, а некада би само оловка у њеном
савијеном длану била довољна да открије сву лепоту
женских прстију. Од плахе, али еуфоричне разгоропа-
ђености, праћене широком замасима, као да плива кроз
ваздух, са променом теме о којој је говорила спуштала
би шаке као да на површини кафанског стола тихо и
грациозно тражи подршку и ослонац.

У пола реченице у којој ми је припала привилегија да
се изборим за реч, а која њу није баш смртно заинтере-
совала, одједном је рекла:

– Ја сам гладна.

Опет ме је довела у ситуацију коју правници зову
„извињавајућа заблуда“. Шта да јој кажем? Знаш,

новинари се овде не хране по кафанама, тамо углавном пију, а гледају да сачувају лову па једу по ћошковима.

– Појма немам шта ради у ово доба, чекај да размислим – пробах да купим време.

– Знам ја. Има некакав киоск са одличном клопом, тамо негде, на Аутокоманди. Ваљда.

И све је било као што је и почело. Једноставно. Сели смо у кола и почели да дивљамо градом као средњошколци који су први пут украли татин ауто. У ствари, то је добрим делом и била истина, јер је мали ситроен припадао њеном очуху. Глуварили смо Београдом, шуњали се у три сата ноћу, а ја сам парискоj ученици говорио о местима око којих смо пролазили, описујући њихову прошлост. Шанац, дубоки ров који се пре два века простирао око града, био је канал пун мрачне водурине, а текао је баш овуда, Француском улицом, па горе, где на крају улица завија ка Теразијама, настављао право остављајући Народно позориште са десне стране и кроз башту *Руског цара* излазио на Обилићев венац… Иако Београђани углавном појма немају где се некада налазио, на његовом трагу до данас није никла ни једна грађевина…

Ова прича јој је била интересантна јер је отишла у иностранство довољно млада да многе ствари о Београду не сазна, а довољно зрела да запамти макар назнаке њиховог постојања. На паркингу смо јели пљескавице, док је у мраку тражила кромпириће у масној, папирној кеси. Истим оним грациозним прстима. Нисам се скоро тако добро проводио, и то је почело да ме брине. Нисам навикао…

Чак смо пред свитање отишли код ње, обазриво ме је позвала, деца су код маме, овај станчић је део породичне

заоставштине, тренутно је празан, то је чудна прича…
Смућкали смо нес кафу и брбљали довољно да се види
како нам обома смета што ће ускоро да сване.

Прасказорје је у сваком граду необично. Кад боље
размислим, тај део дана скоро да не постоји. Сумрак је у
реду. Он је саставни део свакодневице, тамо негде, када
се сви враћају са посла. Али свитање многи скоро никада
не виде. Оно служи да се преспава. И када га неко сачека
будан, онда се углавном ради о некој невољи. Макар у
свету одраслих. Док је човек млад, у то доба дана се поне-
кад враћа кући из провода. То је у реду. Што је старији, у
ово време углавном не спава због незавршених обавеза
због којих или није стигао да легне или мора врло рано
да устане…

Зато је нама излазак сунца био толико симпатичан.
Раскравио је већ помало свежу ноћ, унео је мало светла,
па је упаљена стона лампа постала сувишна, али је почео
и да разбија магију једне опуштене вечери.

Пред само свитање је и ветар почео да дува, вечита
београдска кошава имала је још нечим да зачини вече,
али нама није сметала, ушушканима у топлину друже-
ња које нас је помало затекло. Учаурени у своје светове
пуштали смо једно према другом енергију која је слутила
на обострано отварање и, зачудо, нисмо га се плашили.
Маријана је стала поред прозора одакле се простирао
поглед на пољану испред и усахле прозоре других зграда,
из којих није долазила никаква светлост док су стрпљиво
чекали сунчеве зраке. Ветар је растерао све што је могло
да смета и јутро је свитало у пуном сјају.

– Погледај, као да су сви опрали прозоре… – проша-
путала је. – Зар то није дивна слика?

– Још је лепша када ти неко помогне да је видиш.

– Ти… за све имаш коментар, зар не?

– Понекад само заборавим да ћутим. А требало би, знам.

– Не треба. За сада не грешиш.

Ноћ је била готова, али јутро је почињало. Опет је било нечег новог.

Видећемо се за ручком, тако је најбоље, не би смели да запоставимо Клауса, таман посла, још два дана чекамо Мајклова упутства па у акцију…

Добро јутро и довиђења.

8.

Чарли је мој другар из детињства. Има пар година више од мене, адаптирану помоћну просторију кућног савета у Новом Београду у коју је сместио сликарски атеље, двоје чаробне деце и један растурен брак. Станује у малом стану на Црвеном крсту, а када је добро расположен хвали се како има „гајбу“ у два нивоа. Доле је кухиња, горе соба са сликама и, просторно гледано, то су лимити његове егзистенције.

Живи од тога што даје часове сликања деци, и то од малишана почетника до оних које припрема за пријем на Ликовну академију. Понекад прода неку слику. Све у свему, нема баш неку „гужву“ у новчанику.

За прилике у којима живи, свима је несхватљиво како огроман део времена проводи са клинцима, како својим тако и туђим, јер стално организује помоћ напуштеним малишанима. Често чујем како лута манастирима и стално тражи нешто што никако да нађе…

Ушушкао је атеље у приземљу велике новобеоградске зграде иза које се разгранао парк. Тај део ламеле био је окренут унутрашњости блока, заклоњен од улице и аутомобила, а он му је дао посебан шмек јер је изнео пар расклиманих столица, направио малу фонтану и кућицу за птице и посадио цветну башту. Поносан је на свој врт који се нежно супротставља тешком, бетонском окружењу.

Чарли изгледа исто као његов атеље. Он је висок, црн човек крупних очију којима уме да се смеје, и увек неког значајно гледа. Неуредан је тачно онолико колико то сликарски занат проповеда, а савршено је сконцентрисан на оно што му тог тренутка обузима пажњу. По атељеу су му на све стране разбацане четке, слике и палете, али не дај Боже да неко уђе и помери само две најневажније ствари или да им замени места, цео живот у тој просторији би одмах замро док Чарли не постави поново све на своје место. Он је тачно знао где му се шта налази, и то му је, уосталом, било једино важно.

У његовом врту смо пили кафу док сам размишљао како да утрошим још два дана са гостима који ће ме чекати већ на ручак, тамо у *Паласу*, око два сата.

Чарли је имао дивну особину да зна да ћути. Некад би ми се учинило како чујем оне мале зупчанике који му тандрчу по глави котрљајући мисао која га мори, али није био брбљив да је изговори пре времена. Умели смо тако да често седимо у његовој баштици, пијуцкамо неко пиће и не говоримо ништа. Он воли да каже како је најтеже изабрати друштво за ћутање.

– Водимо их у Винчу, код Лепог – груну он изнебуха.

Брзо је окренуо број телефона, док ја, онако замукао, још нисам имао жељу да проговорим. Слушао сам Чарлија како се смеје и распитује се за легендарну кајсијевачу која је Лепог начинила најбољим познаваоцем ракије међу кустосима, а већ по насмејаном погледу мог другара схватио сам да нас тамо очекују.

Винча је археолошко налазиште на ободу Београда које је откривено почетком 20. века. Ту су пронађени остаци људских насеља из неолита, стари око седам хиљада година.

Чарлију за добру акцију нису биле неопходне паре, него добра воља. Волео је да чини људима услуге, тим пре што је неизмерно уживао када види како је некога обрадовао.

Тако ме је и овог пута збрзао и за трен смо били у његовом југу. Тај ауто је понекад називао и „коректним моторним возилом", што је значило да има четири точка, кочнице, мотор и волан. Све остало је била „чиста декорација", на коју није много обраћао пажњу. Нас двојица смо били изданци исте београдске културе која је у време наше ране младости подразумевала да је први младалачки ауто обавезно фића, а тек касније су кола постајала ствар статуса и сналажљивости, која је нужно имала везе са имућним родитељима. И мој први аутомобил је био застава 750, буцен за трке и спуштеног „дупета", који ми је продао један неуспешни љубитељ такмичења у националној класи. Био је беле боје са плавим хаубама и трошио је невероватних десет литара горива на сто километара, притом производећи сасвим пристојну буку. Једном смо кум Гавра и ја повезли две девојке, али када смо наишли на „лежећег полицајца", сви осим мене морали су напоље из кола да би фића пређахао трбушасту препреку. Било је у томе нечега романтичног јер смо знали да нас цуре стварно воле, чим су ушле у такав крш са нама двојицом.

Чарлијев југо је имао углавном две битне особине које су подсећале на то време: он га је волео, остали нису.

Баш у том ауту смо се убрзо нашли на паркингу испред *Паласа*. Покушај да им објасним шта ми је план убрзо је прерастао у буку коју је производило троје људи упадајући једно другом у реч...

Спремајте се одмах, не, нећемо ручати, у ствари хоћемо, али не овде, идемо у Винчу, шта је то, налазиште познато по депонији, који ћемо ђаво тамо, како мислите да једемо на депонији, ко је овде луд, зашто једемо на локалитету, видећете...

Несрећни Клаус био је посебно пометен, али срећом по њега углавили смо га на предње седиште, онако дугачког, смотаног и ломног, па је згурен ударао брадом по коленима пазећи да му не спадну оне фине наочаре са сјајним оквиром. Маријана и ја смо се згурали на задње седиште, слутећи да смо јутрос негде стали са причом, да сада то ионако није важно и да ћемо је сигурно наставити.

Чарли је још неко време дробио нешто са Клаусом, док му нисам скренуо пажњу да пређе на Енглески и да све то лепо понови, а онда је убацио кључ у браву и стартовао мотор. Југо је прво произвео чудне звуке који би могли да подсете на котрљање металне канте пуне бодљикаве жице, али одмах затим мотор је стабилно забрујао. Чарли је само зналачки погледао ка нама, подигавши обрве. То је био онај поглед који каже како он, ваљда, познаје своју машину.

Кренули смо ка једном од најлепших места за која знам, и то старим Цариградским друмом. Некада је за Београд ово била најважнија саобраћајница. Вековима се из вароши путовало ка централним деловима Србије, али и даље ка југу – овим путем. Још у турско време град се завршавао код Стамбол капије, испред Народног позоришта, а одатле је пут кретао дуж данашњег Булевара краља Александра према Винчи, Гроцкој, Смедереву и касније јужно. Често су га звали и Смедеревски друм. Памтио је још римско време када се сличном трасом ишло према Виминацијуму, односно данашњем Костолцу.

Ако занемаримо депонију, која се „јави“ када ветар окрене да дува са незгодне стране, Винча је мирно место поред Дунава, где велика река тече споро. То је предиван контраст. Као што су крупни људи најчешће добре нарави. Као што у оном филму изговарају најбољу дефиницију црначке музике: „Блуз је кад се добар човек осећа лоше.“

Дунав је поред Винче велик и моћан, али мени делује добронамерно и замишљено. Људи, када су велики и моћни, никада нису такви.

Лепи нас је сачекао са широким осмехом зрелог човека који зна шта ради. Пошто нас је довео његов пријатељ, није било претеране потребе за формалностима, мада је био уздржан због присуства двоје странаца. У ствари Клауса, јер је Маријана већ упала „у машину“ домаће атмосфере. Имала је само једну грешку – штикле које су истицале њену складну фигуру и сукња до колена нису биле сјајна гардероба за обилазак оваквог терена, али томе није била крива она, већ ја који је нисам упозорио куда ћемо. Уосталом, како да је упозорим кад ни сам нисам знао куда је водим?

Наш домаћин је био један од оне врсте занесењака који могу да вам причају о свом послу данима. Уносио је у сваку причу, у сваки детаљ, толико енергије да посетиоца почне да хвата блага паника да ће заборавити нешто од онога што чује, када је све већ толико смртно важно. Истини за вољу, када смо завршили обилазак налазишта и куће у којој је смештен музеј, имали смо тај благо опијајући осећај да смо дошли са далеког пута.

Винча је први „прави" европски град. Насеље је саздано око пет хиљада година пре Христа, а становници су се бавили и трговином, па су одлазили на далека путовања, све до данашње Грчке. Посебно ми је било упечатљиво то што ови људи нису знали за рат. Једноставно, нису имали ниједан јак разлог да се туку.

Куће су биле солидно изграђене, од дрвених конструкција облепљених блатом, преко прозора су, уместо стакла, навлачили прозирне животињске мехове и имали су огњишта око којих су се окупљали. Волели су **уметност**, правили фигуре које су и данас разасуте по многим музејима, а посебно су гајили јак пијетет према умрлим прецима. Било је јасно да су знали од кога потичу и то су поштовали. Дубоко су уважавали жену, дивили су се чаролији рађања и њеној улози у томе. На фигуринама сачуваним из тог доба приказани су женски ликови огромних очију, а Лепи то тумачи тако што је, поред култа ловца и оца, у том тренутку постао битан и култ мајке и земље која рађа. Тада су открили ђубрење земљишта и остали су на једном месту, правећи насеље и не селећи се више.

– Без жеље да будем патетичан – додаде Лепи – недавно је био овде један старији човек који је готово сузних очију рекао: „Па ми нисмо ништа бољи од њих."

Биографија кустоса Драгана, који је у међувремену стекао надимак Лепи, сасвим је једноставна. Као студент археологије, пре неколико деценија, закључио је да у Студентском граду током лета неће моћи да спреми испите јер је друштво било више него добро за провод. Чуо је за могућност да лето проведе у Винчи, на налазишту, и дошао је да се у то лично увери. И није се више ни враћао. Од тада живи ту.

Када смо се склонили у хладовину испод стрехе, где је био дрвени сто окружен клупама, стигла је његова легендарна кајсијевача која потиче из воћњака који окружује налазиште. Једном је чак насанкао и градске челнике који су дошли у службену посету управо у време када је кајсије требало очистити од коштица и изгњечити да би комина за ракију била што боља. Објаснио им је како је винчански обичај, још из прастарих времена, да свако ко дође у ово доба године мора да измуља бар по једну кофу кајсија. И ови, шта ће, завернули рукаве…

За ово налазиште је везана и легенда о српским баштованима.

– Био је понедељак, када музеј не ради – причао нам је Лепи. – Упекло је сунце, ударила врућина, па сам се скинуо до паса и баш сам косио травњак када је ненајављено набасала група Словенаца. Кажу, они би да виде поставку. Па кад су чули да не ради, ударили у кукњаву, ето прошли толики пут од Београда… Шта ћу, би ми их жао, и рекох да ћу им, ето, ја изаћи у сусрет, па навукох мајицу и узех кључ од музеја. То их је утешило јер ће им бар неко показати оно због чега су дошли. Проведем их као што то радим са свим осталим гостима, испричам шта имам, али видим да ме гледају некако чудно. Тек касније сам схватио шта се заиста десило јер се једној жени отело, када су одлазили: „Ако баштовани знају оволико, шта ли би нам тек кустос испричао…“

Стигла је риба са роштиља, а Чарли је у гепеку имао посебно манастирско вино, које је понео да обрадује Лепог. Маријана је била ту, срдачна са свима који су се однекуд окупили. Био је ту Чарлијев пријатељ, сликар који је у слободно време гајио јастребове, маркантан човек, оштрих црта уоквирених црном брадом која је прецизно оивичавала лице. Дошли су и један свештеник и један лекар, људи којима је Лепи јавио да стиже друштво из Београда, па је све окружио питки мир утонућа у долазећу ноћ и близине Дунава који се више није видео од мрака, али је свежином коју је доносио благ ветар јасно давао до знања да је ту.

Тада сам коначно схватио да Маријана увек прецизно и без пренемагања даје до знања кад је гладна. Не знам како је одржавала савршену линију, али је јела незаустављиво. Ваљда је то ретко радила. Ускоро су јој руке биле масне од рибе, али је била видно задовољна. Клаус се и даље држао резервисано, али није крио добар апетит.

Негде близу места где смо ми седели, или можда баш ту, живели су људи који су се вероватно дружили на сличан начин пре седам хиљада година. Увече су били окупљени уз ватру, јели су рибу и разговарали, трудећи се да досегну свог бога и мир. Знали су да ткају, па су жене у то време правиле тканине од којих је касније настајала одећа. Недавно је наука доказала да су блато и плева одличан материјал који свима препоручују као термоизолатор за еколошке куће. Винчанци са науком можда и нису стајали сјајно, али су ово знали одлично.

Умешно су обрађивали дрво, па су имали и дрвене патосе у кућама. Уз огњиште би спремали хлеб…

Ова култура је била распрострањена по целом Балкану, а предмети које је остављала за собом били су налик као да их је правила иста група људи.

Одлазили су на Карпате да би се домогли вулканског стакла – обсидијана, од којег су правили најоштрија сечива којима су касније трговали. По повратку кући, „наш“ Винчанац отискивао се на далек пут у Поморавље, где би вероватно део свог товара заменио за бакар, а део негде у Грчкој за скупоцене шкољке, за које је по повратку у завичај могао да добије шта год пожели.

Тако су наши далеки „земљаци“ из неолита битисали мирним животом, а радовали су се људима који су живели у другим насељима. То су им биле комшије са којима су трговали размењујући добра.

Тада је настала једна од најважнијих раскрсница у историји, када је човек схватио да изливањем метала може да ствара и оружје. Од тог тренутка цивилизација је схватила да је отимање много уноснији занат од било којег другог, па се и данас углавном ослања на ту идеју.

– Има један део њиховог постојања који нисмо одгонетнули – наставио је причу Лепи. – Пронађене су десетине локација на којима су живели људи Винчанске културе, али на само два места смо открили њихове некрополе. Једно је Гомлава код Шапца, на сремској страни Саве, а друго Ботош на Тиси. А и ти гробови су малобројни и у њима су сахране обављане тако што су покојници били закопани у згрченим позама, попут фетуса. Ни уз једно друго насеље гробља – нема.

– Па вероватно су их спаљивали, или пуштали низ реку – претпоставила је гласно Маријана, укључујући се у разговор.

– И у том случају бисмо пронашли нешто – био је упоран Лепи. – Додуше, у њихово време покојници нису били спаљивани нигде осим у Месопотамији. Па ипак, да је тако наишли бисмо на неко згариште, као што смо нашли кућна огњишта. Негде би неко нашао остатке поред воде. Нема ничега. Имали су и јак култ птица. Видите, и сада када седимо поред реке сметају нам комарци. Ми се од њих бранимо на своје начине. Они су поштовали птице јер су знали да их оне бране од инсеката. На њиховој трпези их никада није било. Чак смо их налазили на неким скулптурама, којима су их обележили као неку врсту заштитника. Тада смо помислили да су радили нешто слично ономе што се сређе у културама попут монголске, где умрлог оставе да га поједу птице, а то осећају као симболичан чин. Али нема доказа ни за то.

Тако је сада изгледало да су Винчанци, тако мирољубиви, смерни и духовни, слутећи времена која долазе, нестали без трага. Устали људи лепо и – отишли. Наука слути да су се после стопили са народима који су населили ову територију, али су некако, после хиљаду година постојања, просто „одлучили" да нестану. Не остављајући, нама недостојнима, ни гробове за собом.

Чудно, негде око деветог века на простор уз Дунав где се данас налази Винча населили су се Срби, а овде, где је сада једна од археолошких престоница Европе, било је прво њихово насеље, па континуитет људског бивствовања на овом простору никада није био прекидан.

Природно, уз насеобину налазило се и гробље, на место које је обухватало данашње налазиште. Како је стари српски обичај да се куће никако не граде на простору где је некада било гробље, тако су њихови мртви сачували ово место да га нико накнадно не насели, а неолитско насеље оставили довољно близу археолозима 20. века да га ипак пронађу.

Мени је осећај повезаности са онима који су ово место направили био некако свечан. А Маријана ме је повремено загледала и то погледом особе која то разуме. Имала је ону интуицију, својствену искључиво женама, за коју сам осећао да ради и да се бави мноме, али сам био свестан да не разумем како то функционише код њих и нисам се тиме замарао. Само сам је осећао.

– А куда сте ви кренули? Чиме се бавите? – упита најзад Лепи.

Покушах мало увијено да му објасним шта радимо, да не бих одмах изазвао забуну. Наивни покушај моје тактичности Чарли је одмах осујетио.

– Људи кренули да траже Атилу.

– Кога?

– Атилу, знаш оног Хуна… – уваљивао нас је Чарли даље.

Лепи је ућутао и погледао нас разложним погледом човека који не воли да га завитлавају. Као да се мало уплашио кад је схватио да нико од нас не жели да оповргне ову изјаву.

Није то било тешко разумети. Он је био озбиљан човек. А ми… Плавуша, смотани Немац и збуњени новинар. Што рече Чарли, да би нас потпуно дотукао: „Као три лудака у бурету.“

Не могу да кажем, умео сам ја да се нађем и у глупљим ситуацијама, али и ова је била довољно безизлазна. Лепи је брзо све окренуо на срдачну смејурију, а ја сам се још надао, кад смо већ ту, да ћу чути неку лепу или макар утешну реч. Слутио сам да ћемо добити бар неки користан савет, сугестију. Добронамерни кустос је само уљудно објаснио како смо промашили саветодавца само за неких пет-шест хиљада година, јер су „његови“ Винчанци отприлике толико раније шмугнули пред Хунима.

„У реду“, говорио сам у себи, „само сам пробао; најзад, нисмо ни дошли овде да почнемо да трагамо пре времена, већ да забавимо госте и покажемо им где су дошли. И, дабоме, на вино и кајсијевачу…“

Када човек уме да пије вино, оно га шаље таман тамо куда је кренуо, јасно му разлучи важно од неважног и пушта га да даље иде неоптерећен. Када не зна да пије, онда му све неважно и оптерећујуће врати ујутру, гарнирано мамурлуком у несавладивим дозама. Ово није била ноћ да се мисли о јутру. Разговарали смо све гласније, све док пријатна ларма коју праве гласови није почела да се стапа и прави жагор у којем нисам више разазнавао ни шта ја сâм причам. Знао сам да је време да кренемо, Чарли је већ устао, Клаус и Маријана за њим, и поново смо извели операцију тешког уласка у југа.

– Мислим да је Чарли мало пијан – рече ми Маријана.

– Ја сам сигуран.

– Па зашто он вози?

– Зато што је пијан.

– Изгинућемо.

– Нећемо.

– Откуд знаш?

– Зато што је пијан.

Мирно смо стигли назад у Београд зато што је Чарли одлично возио.

Успут сам јој још испричао причу о Лепенском виру. И поново о Дунаву. Тај предео ћу морати једном да јој покажем, па то је само двеста километара одавде. То је најлепше место на свету. Преко пута налазишта, још старијег од овог, са румунске стране налази се брдо које је некада било вулканско гротло. Сада је преполовљено по вертикали, па се види купа која је окренута ка Лепенском виру, као на попречном пресеку. Остао је, како стручњаци кажу, само вулкански чеп. Једино када је летња равнодневица сунце излази тачно изнад куполе и обасјава место где је некада било прво људско насеље у овом делу света. Пре осам и по хиљада година. Ту су се први пут искрали из пећина и заклона и направили колибе у којима су живели. Има једна кафаница поред налазишта, и лети, када је месечина, Дунав изгледа као затамњено огледало. Још једна чаша вина и одвео бих је одмах…

Моја путовања су често мирна, тражим право место и не снимам га. Не могу никоме да га однесем. Само понекад оне које волим покушам да одведем тамо.

9.

Мајклов долазак у Београд унео је међу нас већ неопходну озбиљност. Нас троје смо се упознали и склопили очигледно пристојан контакт, у којем је свако постепено налазио своје место. Маријана и ја смо се спонтано зближили и имали смо начин да прећутно комуницирамо тако што су се неке ствари подразумевале. Наше међусобно разумевање успостављено је необично брзо, што ме је чудило, али нисам се успрезао од отвореног дружења са том женом.

Клаус је то осећао, није му сметало и прихватио је улогу јединог странца у нашем трију. Трудили смо се да га не запостављамо, осим онда када је било јасно да је вишак. Он је то осећао и џентлменски се већ некако повлачио таман када би наслутио да би могао да засмета у неком од наших разговора. Знао је да смо земљаци, али је временом увидео да она и ја имамо много више заједничког од језика који није разумео.

Маријана и ја смо полако градили контакт који је нарастао на истом пореклу и сличном, разваљеном

породичном статусу, па смо унеколико и пријали једно
другом. Када једном престане да постоји брак, у човеку
или настане губитак самопоуздања, или се роди неко
ново, ослобођено самопоштовање. Мене је мучило ово
прво, а Маријану подржавало оно друго. Па ипак, нека-
ко смо се из дана у дан зближавали, не осећајући да би
таква блискост на било који начин могла да нас угрози.

Мајкл нас је дочекао добро расположен у соби једног
луксузног стана у Београду. Високи плафони и стари
салонски намештај били су пресликан амбијент предрат-
ног времена, а чак и поглед који се са прозора отварао
ка крошњама дрвећа у оближњем парку није дозвољавао
да у собу уђе макар силуета неке модерне грађевине, па
је осећај старог, господског Београда прожимао сваког
ко би се ту налазио.

У Србији се појам „предратни" односио увек на Други
светски рат. Када су међународне војне снаге ударале на
Београд 1999. године онда је то било „бомбардовање".
Као да и то није био рат. Нисмо видели оног ко пуца у
нас, нити се са њим суочили, тако да је тај сукоб дожи-
вљен и као смртно озбиљан и као виртуелан, и остало је
некако природно да га Београђани зову само „бомбардо-
вањем". Када би, опет, неко помињао временске одред-
нице које се тичу „правог" рата, па би нешто називао
„послератним" или „предратним", онда се то обавезно
односило на Други светски рат.

Док смо се удобно смештали у фотеље салонског ста-
на, једна жена је унела послужење и најавила вечеру за
један сат касније. Све је било ту и сада је само требa-
ло сачекати да чујемо одакле ће отпочети наша мисија.
Тајанственост је ипак морала још мало да потраје.

То смо схватили по томе што је Мајкл имао неке информације које нам је предочио, али тако што није био битан начин на који је до њих дошао. Дакле, ићи ћемо на Тису, на тачно одређеној локацији поред реке поставићемо мали логор, али није битно одакле њему претпоставка да је баш то место на којем је могуће пронаћи нешто важно, па чак ни одакле му дозвола за ископавање. Одмах је било јасно да је имао важан споразум са неким ко му омогућава да ради тако нешто овде, а још је било јасније да не треба много да нас интересује зашто је то тако.

Најавио нам је још једног човека који ће нам се придружити. То је био Влада, археолог из једног од локалних музеја, чије присуство очигледно треба да дâ легалну боју целом подухвату. Сада је то већ била четворка са два времешна ципа типа лада нива и Мајклом који нам је објаснио како има важне послове у Београду, али да ће се налазити са нама на терену увек када процени да је то потребно.

Прва станица ће нам бити у околини места Чуруг, неколико стотина метара испод Жабаљског моста, где Тиса има један необичан завој и аду поред њега. Место је по логици ствари могло да буде интересантно за било кога ко је поред реке хтео нешто да закопа или сакрије, баш као што су то радили Атилини следбеници, али мени, уз дужно поштовање према знању и струци мојих другова у овом подухвату, није падало ни на крај памети да они верују да ће се иоле приближити свом циљу. Време у којем се одвијала прича која је нас интересовала било је нестварно далеко, пуних петнаест векова, и разум ми није ни наговештавао да је, макар у траговима, спремно да допусти могућност да ми, овако окупљени, ипак можемо да пронађемо нешто што би уопште оправдало овај наш путујући циркус, а камоли да се домогнемо тако важног археолошког открића као што би то био Атилин гроб.

Тим пре што су се у овакав подухват многи већ упуштали, како сам сазнао претходно се распитујући. Чак је пре неколико година окупљена екипа у коју су били укључени и стручњаци, али и различити рашљари, као и трагачи за којекаквим благом које су векови разбацали по Србији. Сви они су тражили Атилин гроб, а чињеница да смо ми сада били ту довољно говори о томе шта су пронашли. Додуше, неки кажу да су на крају нашли кафану где су провели значајан део времена, а то већ није за потцењивање.

Смештај сам нашао у једној кући у насељу које је било близу Тисе. Мислио сам да је тако најбоље, јер ће место где будемо копали бити надохват руке, а домаћин нам је био пензионисани капетан речне пловидбе, човек који је на реци прошао све што је могуће у старој, доброј Европи. Петар је био ходајућа хроника лађарских догодовштина, човек који је проживео сасвим довољно да га ничим није било могуће лако изненадити. Одувек је важило правило да су људи који проведу век на води много другачији од нас који смо стално на сувом терену, више или мање закопани у своје градске животе и урбане навике.

Када смо стигли, сместили смо се у пространу кућу у којој је Петар за себе задржао само једну просторију са летњом кухињом, док је нама на располагању било све остало. То је била стара, швапска кућа која је прегурала најмање сто година. Само у Србији постоји неписано

правило, да се онај ко прави кућу која не надживи држа-
ву џаба знојио. Ова кућа је већ прегурала десетак раз-
личитих држава, тако чврсто утемељена на своје место.
Имала је велико двориште и улазе у две целине које су
сада представљале два одвојена стана. Брзо смо се сме-
стили тако што смо Маријани, као дами, оставили засеб-
ну собу, а ми смо већ некако успели да се распоредимо,
остављајући једну одају за опрему.

На великом простору испод стрехе био је постављен
сто на којем смо распрострли мапу и препустили архе-
олозима да планирају оно што нас чека наредних дана.
У ствари, већ сам помало осећао како испадам из игре,
јер ништа више није зависило од мене. Довео сам их ту,
испунио сам оно што је спадало у мој задатак и сада сам
био неангажовани посматрач који је требало да одржава
везу с Мајклом и помаже истраживачима у ономе што
раде. Као безброј пута у животу, у све сам се разумео
помало, али ни у шта савршено. Само, за разлику од мно-
гих који су управо од тог стања духа направили каријеру,
ја сам се вечито преиспитивао.

Тако је први дан прошао управо онако како је то једи-
но и било могуће. Монтирали смо малени логор поред
реке, Маријана је успешно препустила Клаусу иници-
јативу, а Влада се стално мотао около, без неких јасних
објашњења шта он то у ствари ради. Клаус је поштовао
сва правила процедуре и прво је маркирао место које
му је Мајкл одредио као почетно, а затим је неколицини
радника које смо ангажовали дао директиву да започну
са скидањем једног слоја земље.

Клаусова трансформација у том тренутку на мене
је оставила дубок утисак. Од оног смотаног дугајлије

потпуно се променио у човека чији је сваки покрет постајао савршено наменски прецизан, и који целим својим бићем припада ономе што ради. Стварно нисам знао да ли је у питању посвећеништво и одушевљење послом којим се бави, или је то био прост професионализам некога ко обавезе поштује изнад свега. Посматрајући га, схватао сам да ту има и једног и другог, а можда и трећег: он је цео свој живот пројектовао тако да мора да нађе нешто велико. Ово је била прилика, а када се већ дешава треба бити потпуно будан и не дозволити да било шта промакне.

Постоје ситуације које јасно дају до знања како је време да буду донесене животне одлуке и да се то мора обавити брзо и без двоумљења. Клаус је, чини ми се, био управо у тој фази.

Ја тог преподнева нисам осећао ништа. Можда само глад, као ономад Маријана.

Она га је пратила, темељно анализирајући терен, слутила је где су некада текле воде, колико је водоток могао да буде измештен и како су се векови одразили на овај простор. Објашњавала ми је зашто реке мењају места куда теку, да је током удаљених миленијума речно корито могло да буде знатно даље од места где река хучи сада. „Геолози ће ти објаснити“, причала је, „да је Дунав један од највећих путника кроз Европу. Он је лутао свуда пре него што је заузео данашњи ток“.

Већ сам понешто знао о томе. Сава је на исти начин дуго опкољавала Београд, јер је некада текла уз Бежанијску косу, па се постепено селила док није дошла на место где протиче данас, закуцана под Београдски гребен. Тако је Сава некада текла кроз сва места на којима се данас простире Нови Београд.

Маријана је била спретна у радном комбинезону који је успешно скривао њену женственост, па је, са косом везаном у реп који је извиривао испод качкета, више деловала као неки дечак са перчином који се ушуњао у групу одраслих истраживача.

Наредних дана ми није остало много више него да гледам, бринем да ли су оброци који су их чекали у кући спремљени на време и да ли им је потребно нешто на терену. Иако нисам знао шта би их то толико значајно везало за мали логор поред реке, једном сам чак уредио да им ручак буде достављен тамо, како не би прекидали посао. Силно су били обузети оним што раде и местом који им је Мајкл одредио, а Влада обелоданио.

Гледајући их како данима претурају по слојевима ископане земље, тражећи туђу прошлост, није ми остајало друго него да размишљам о својој. Када иза човека остане много неразрешених и тешких догађања, онда му не остаје друго него да их, попут краве, прежива још дуго, све док није сигуран да их је некако прогутао, и тек онда може да настави даље...

10.

– Тешко да ћете ви, децо, ту нешто пронаћи – сасекао ме је Петар, када се једног јутра омакло да будемо сами испод оне велике кућне стрехе. – Одувек се којекакви мотају туда, али сви оду празних шака.

– Добро јутро и вама – рекох, захвалан за овако оптимистичан почетак дана.

Баш то ми је недостајало, све овако слуђеном у ситуацији у којој сам се већ данима налазио.

Узео сам годишњи одмор у редакцији дневних новина у којима сам радио, и он ће у догледно време истећи. После тога нисам видео начин да останем члан експедиције, која би овако могла да настави до унедоглед. Мада, с обзиром на благонаклоност мог вољеног шефа, коју је често испољавао, имао сам разлога да се надам „вишегодишњем одмору“.

– Овуда се мотала којекаква братија са детекторима, много тога су претраживали, распитивали се, али су се сви враћали у много лошијем расположењу него кад су дошли – почео је Петар, мада га ништа нисам питао, јер нисам био жељан разговора чији епилог сам слутио. – Једни су чак чули и за кућу у чијем дворишту нешто треба тражити, ту одмах, ма нема сто метара одавде, имали су и мапу, све уцртано. Носили су и детектор, па он запиштао и богами цијукао све јаче како су прилазили једном месту у воћњаку. Зграбили су ашове и мотике као да ће им душа напоље ако брзо све не ископају. Понадали се људи гадно. Е, после беше кукњава кад су извукли само поклопац смедеревца. Знаш ли ти, варошанин, шта је смедеревац? Дабоме, шпорет на дрва. Неко закопао поклопац. Ма није ни закопао, него изгледа да су ту некада бацали ђубре, креч, шта ли су, па је и тај крш тамо завршио. А они нашли. Ко тражи, тај и нађе. Све према Божјој милости.

Када сам после све препричао Маријани, смејала се искрено и гласно. Волео сам кад се смеје. Док су јој опет светлуцале очи, које нису често показивале пробоје доброг расположења, дала је име овом, „античком сувениру“. Назвала га је „Табула смедеревиана“.

Пера капетан је био пријатан интелектуалац који је пензију званично дочекао у Београду, у којем му је стајала радна књижица док је пловио европским рекама. Чим је добио папир на којем је писало да је постао пензионер, избегао је из града. Како је после говорио, река га је „навукла“ на мир и зеленило, и никако му није ишло да се са пловидбе враћа у солитер. Чак је својевремено држао клинцима предавања везана за екологију, па је остао познат по питању којим их је редовно збуњивао: „Да ли знате за град који има две реке, две планине, једно језеро и није у Швајцарској?“ Тада би мали географи нагрнули на карте претурајући по Европи, док би их он

прво тобоже храбрио, а онда питао у околини ког града
се налазе Авала, Космај, Дунав, Сава и Савско језеро.

Видело се да му прија што има госте који му прекидају
самовање, ту уз Тису. Река очигледно неке људе обради
стрпљиво, лагано, као своје облутке, дајући им посебну
врсту смирености. Гледао сам га неколико пута како чам-
цем долази са воде, спокојан, са тек неколико уловљених
риба. Ништа му више од тога није требало. Посматрао
сам му руке на којима се паучинасте мреже око зглобова
преплићу док он мирно стеже ручицу малог мотора. У
рукама му је било саткано више памети него снаге.

Неки људи старе вратоломно брзо, преко ноћи се про-
мене и смежурају тако да ни сами не могу да прихвате
свој одраз у огледалу, када им долазак старости пожели
добро јутро. Овакви, попут Пере, који живе уз обалу,
увоште се и ухвате неко време у којем трају непромење-
ни по неколико деценија. Када одзвони њихов час, само
се лагано угасе, без драме и вапаја.

Тог јутра сам изашао с њим на воду. Било је још мало
времена док остали не устану, па ме није било тешко при-
волети да га посветим Пери и Тиси. Рече да иде да погле-
да неке мреже које је поставио, за пола сата ће назад.

Сместио сам се у чамац поред њега.

– Је ли, Перо, богати, колико је Тиса овде дубока? –
био сам нестрпљив да отпочнем макар бесмислен разго-
вор, па сам изабрао довољно глупо питање.

– Појма немам…

Ћутао сам. Склопих још једну глупост:

– Види колико је јак овај вир. Како ли они настају…

– Откуд знам…

Онда смо обојица неко време ћутали. Између два дима цигарете, Пера као да заусти нешто, али су му полуотворена уста ипак остала нема. Као што на води нико не може добро да процени удаљеност, тако се и време некако разломи и није исто као када смо на обали. Потрајало је то ћутање.

– Ђаво не тражи човека – изненада рече Пера. – Увек човек тражи ђавола. Види ти се на лицу да не знаш куда си пошао – нагази ме капетан отворено, још јаче него малопре. – Што се хваташ послова због којих ћеш после да се кајеш?

– Не хватам се ничега – покушах да будем искрен. – Они покушавају нешто, а ја ништа. Учинило ми се да је све лепа авантура. Не мислим да ћемо направити неко чудо. Мада, интересује ме како ће се све ово завршити. Докле ћемо ићи, шта ли ћемо још тражити.

У Србији већ годинама све врви од такозваних „златара“. То су људи који прате стара казивања и предања и упорно се надају да ће пронаћи неко закопано благо и на тај начин обноћ решити све своје материјалне муке. Једино у шта сам сигуран јесте да их је знатно више него археолога који очајавају због њих. Неке „златаре“ бије глас да су од својих чудних послова саградили целе куће, док су археолози бесни јер тренутно не постоји скоро ни један локалитет који није макар додирнут од стране ових ноћних авантуриста, ако увелико није и добрано разорен.

Знам и за догодовштину када се научницима толико смучило лоповско преоравање места на којима су слутили да је нешто закопано, да су једне ноћи, огорчени, посејали безброј чепова од пивских флаша по локалитету.

Кад су трагачи дошли следеће вечери детектори су им пиштали до безумља...

Само су у Србији на пијаци могли да пронађу Цигу који је продавао „неке шарене коцкице“. Пун џак. Кад су га најзад привели признао је да је развалио антички мозаик. У ствари, он није ни знао шта ради. Опрости им, Боже...

Суштинско питање које сам постављао сам себи било је ко ће мени да прашта и шта би било када бисмо заиста нашли Атилу? То је Пера питао. Мајкл је био човек на чију савест се товарило све што ми радимо. А ми смо му веровали на реч. То јест, нисмо му ни веровали, већ смо допустили да се подведемо под легалност његовог подухвата. Ако он каже да је све у реду, мора да је све у реду. Па он је Американац. Њима се све прашта.

– Ти му дођеш као неки разочарани тип који предводи брод чудака – додаде Петар.

– Зашто разочарани – био сам љут што ме је одмах прочитао.

– Кажем ти, овуда се мотају којекакви особењаци – поче да објашњава. – Углавном нису нимало културни људи, међу њима има и оних који имају и неки чудан акценат, просто видиш да су скупљени „с коца и конопца“. Не уклапаш ми се међу такве.

– Макар са акцентом не би требало да имам великих проблема. Ја сам новинар.

– Аууу...

На његовом сунцем опаљеном лицу две-три боре су зачас створиле гримасу која је одмах требало да ме примора на правдање. А то ми се није радило. Пре само петнаестак година, кад сам почео да се бавим овим послом, новинар је још био колико-толико господин. Од тада сам био сведок стреловитог пропадања морала професије, али то су сви везивали за време у којем живимо. То је био део транзиције, ето, тако се ради и на Западу… Полако сам губио жељу да људима као што је капетан Пера објашњавам да ја нисам „од оних" који стављају псовке на насловне стране, који када немају шта да напишу седну уз гајбу пива и смисле трач, а од рођене деце праве дебиле који све то на крају прочитају. Све може за паре, што су паре прљавије то су слађе.

– Нисам ја Перо…

– Ма ниси – брзо ме прекину. – Нико није. То се тако само направило.

Дошло ми да опсујем, али нисам.

11.

Уморна и прљава од блата, Маријана је предвече тихо села поред мене на степенице које су водиле испод кућне надстрешнице. Ништа није рекла. Био би довољан и толико очекивани уздах па да отпочнемо разговор, али није било ни тога.

Лоше сам трпео туђе црне мисли. Једино сам горе стајао са својима, али на њих сам већ навикао, биле су ми некако домаће, чак би ми било чудно кад их нема. Другачије сам се сукобљавао са „црнилом“ оних који су ми макар мало драги. Увек је лакше бити паметан у туђој глави.

…Има једна чарда поред воде, шта је то чарда, па пречанска кафана, што си ишла у толике школе кад појма немаш, неће нико знати, па шта и ако сазнају, нису тужибабе, хајде бога ти, не понашај се као матора стрина, ма какав умор, снајка, само си брљала по блату цео дан…

Тежак осмех показао је да није орна да се брани, чак ми није одговорила ни на оно „снајка“, ни на малу бруталност са блатом која је требало да је жацне.

Неумољиво сам настављао да дробим. Имају добру рибу, вино, хајде бре, дрзни се мало, тако покојни Стева био депресиван, па види шта је сад испало…

Пет минута касније били смо у ниви, одлазећи на један сат од свог кампа и остајући петнаест векова удаљени од Атиле, који је стрпљиво чекао да види шта ћемо ново да смислимо. Ако сам у нешто био сигуран то је било да нам се, све онако времешан и далек, однекуд одозго смеје, питајући се шта ће нам он. Заправо, он није био стар када је отишао. Умро је у отприлике истим годинама у којима смо ми сада били.

Топло вече, река и вино одувек су ми били идеална слика у којој не могу да се осећам лоше. Можда и могу, али нећу. Стара чарда била је по мом укусу. Преко плафона су биле развучене рибарске мреже које су постале неизбежна, али најјефтинија декорација у оваквим местима. Неколико људи седело је за столовима који су били безбедно далеко да им не бисмо привлачили пажњу, док су жаморили неке своје, нама сасвим небитне, приче.

– Хоћу да останем у Београду када се ово заврши, у Француској немам где да се вратим – кренула је одмах отворено. – Покушала сам нешто да урадим, да смислим неки начин како бих зарадила макар за некакву егзистенцију, али ми није пошло за руком. Предалеко сам од деце, а то ме убија. Чим успем да зарадим неки новац, одмах купим карту за Београд, дођем да их видим и све потрошим. Све време или бауљам око нуле или опасно загазим у дугове.

– А њихов отац? – упитах брзоплето, као да имам право на то.

– Још се судимо, не желим о томе да говорим, даје по неки динар, али ретко и када му се прохте. На њега не могу да се ослоним када су деца у питању.

– Па како ћеш даље, несрећо?

– Смислићу нешто. Увек смислим. Моји су разведени, мама је чудна жена, има два стана, у једном живи, а други издаје. Оцу је остала гарсоњера, он је добар човек, али стар, сам и болестан. Он је писац. Има некакву пензију, гура некако. Одгега до кафане где се нађе с пријатељима, тамо испија једну кафу цео дан, а онда се полако, једва врати кући. Тамо опет пише. Обоје су ме напуштали кад сам била дете. Навикли су и једно и друго да увек могу да ме оставе. На њих никада нисам могла да се до краја ослоним. Уз мајку сам живела кратко, била је увек далека и као да се целог живота спремала да буде разочарана свачим и свима који су је окруживали. Са четрнаест година сам побегла код тате, али и њему сам била неухватљива и одрасла сам буквално на асфалту.

Осетио сам то на почетку, чим сам се упознао с њом. Знао сам да има неку тајну, неки гадан ожиљак, само нисам знао да ли је зарастао или још има гноја у тој рани.

– Стасавала сам или сама или у некој врсти бекства од мајке – наставила је. – Сваки њен коментар је говорио како ћу пропасти и одати се улици, као да ме је тамо терала, а онда, чим бих као дете направила неку брљотину, готово са радошћу се обраћала доконим пријатељицама с којима је пила кафу речима: „Јесам ли вам лепо рекла да ће бити тако." Није било подршке и морала сам сама. То није било страшно. Страшно је било што сам морала у исто време и да је се клоним. И ње и њене негативне енергије.

Нешто се у њој отворило, па је наставила да сипа не обазирући се на мене. Можда је ту могао да буде било ко, она дуго није говорила о томе, а сад ће, ево, да каже...

– Не могу више да слушам оне који стално говоре како су ми лепо рекли да ће се десити нека говнарија. Нећу ни да их слушам, нити да знам да постоје. Када кажу „нећу да живим као мој отац или моја мајка“, сигурно је да негде крију мржњу, чемер, црнило. Дружим се само са онима који кажу „хоћу да будем...“

Падала је у ватру док је говорила, а ја сам истовремено желео и да одем и да јој се приближим. Када нечију душу извaja детињи очај, он сазрева на другачији начин и тешко другима постане ослонац. Осуђен је да сам себе тражи целог живота и тешко налази неког другог, осим да му овај буде помоћ у стизању на циљ. То сам осећао док сам је гледао како се батрга, као рибе које су се хватале у мрежу, попут ове која ми сад виси над главом.

Помислих како је некада, са двадесет или неком годином више, била неодољиво лепа. Да сам је тада негде видео вероватно не бих дозволио себи луксуз да јој приђем. Знам да бих осећао оштар бол преко стомака само при помисли да би могла да буде моја. У свачијем животу постоје такве богиње. Њена лепота се сада преточила у пријатну, љупку зрелост.

– А ти?– пресече ме.

– Шта ја? Који ја?

Заборавио сам мале женске чаролије трговине која се зове боље упознавање. „Дај ми да ти дам.“ Не можеш остати замрачен ако је она већ почела да се открива. Добро, то је фер. Било је нечег поштеног у овом разговору. Чак олакшавајућег. Хајде да се играмо истине, то ионако тако ретко радимо.

Моја исповест звучала је другачије. Највећу недореченост осећао сам према бившој жени. Све је некако ишло другачије од свих мојих снова.

Никада нисмо били онолико блиски колико смо и једно и друго мислили да ћемо бити. Чак и када су нас велике муке спајале, ми смо се разилазили.

Нисам успео да тачно схватим шта она хоће, а често ми је било ужасно жао због тога. Она није била разговорљив човек којем бих то могао да објасним, најзад, сваки пут када би због нечега била потиштена, ето, десет година, нисам баш био сигуран зашто је обујми такво расположење и шта би оно, у ствари, требало да значи. А сваки пут је значило. Мени посебно.

И тако, после пуне деценије брака и више од две године од развода, нисам сигуран шта бих јој тачно замерио, ни шта је она мени пребацивала, али сам сигуран да је то обострано и ужасно интензивно. Пустићемо ружне ствари, њих у свакој породици има. Нису увек за причу, о нечему треба ћутати. Да се и онај ко је отишао не отисне неспокојан и брижан шта ће друга страна рећи. Када се растури породица у којој има деце, обе стране сносе кривицу.

    ... Она не мисли тако, код ње је све јасно, у њеној причи је само једна страна крива... У реду, цвећко, ја никоме не верујем „из места", зашто бих теби, очекуј разумну дозу мушке солидарности...

Зашто сам јој тада изговорио све што сам имао, није ми било потпуно јасно. Некада се само препустим инстинктима и урадим нешто што осећам да треба, па шта буде биће. Што каже мој пријатељ Буда, „у воду увек скачем на главу, па тек онда онима иза себе јављам да ли има оштрог камења. Ако јавим…"

Могуће је да је у мени сазрело нешто што је тражило да изађе напоље да би се оваплотило, скаменило и остало ту, поред мене, можда мање страшно него до тада.

– Био је осми јул 2004. године, стајао сам на тераси, испијао пиво да бих угасио нервозу, чекао сам да ми најзад јаве из породилишта како сам добио сина – нагрнуло је све из мене тако да сам и самог себе запрепастио. – И сада могу да призовем ту слику. И увек ћу моћи. Имао сам иза себе непроспавану ноћ, као и када се први пут породила, кола су већ била пуна пића, закупио сам неки сплавић на којем је требало да окупим пријатеље, договорио се са музичарима да сврате… У глави сам имао јасну слику како ће вече да се одвија, ни тренутка нисам имао недоумицу да ли ће да буде баш тако, ма тачно сам знао како ће да се цакли Сава, како се испод Бранковог моста у води разлива одсјај који стварају светла града преко пута, био сам унапред срећан и окружен свим пријатељима које волим.

Гледала ме је пажљиво. У очима сам јој видео жељу да још седимо овде, да никуда не одемо. Хтела је да чује више него што сам ја желео да изговорим. Ипак сам то урадио.

– Онда су ми јавили да се на порођају десило нешто непредвиђено, да су жену спасли, али да је дечак у критичном стању и да су га однели у специјалну дечју болницу. Немам воље да ти много причам о томе, све што сам научио јесте да онај ко је прошао кроз то не жели да говори како изгледа гледати детињу смрт, а ко није пролазио кроз тај пакао не може ни да га разуме. Малишан је живео непуна два месеца у инкубатору, на апаратима, и затим је умро. Моја бивша жена је била невероватна, срчана звер која је успела да устане из кревета одмах пошто се породила, мада јој је пукла материца, и да оде у цркву да упали свећу. Такву снагу нисам виђао код мушкараца.

Остале су ми три слике из тог периода, и оне су ми заковане за душу, с њима ћу да умрем. У Србији постоји обичај да онај ко је најближи новорођенчету има право и обавезу да га крсти, уколико је смртно угрожено, а свештеник не може брзо да стигне. То је најчешће радила бабица. Довољно је било да уз себе има мало свете водице, крст и стручак босиљка. Тај чин би био окончан кроз речи које би изговорила: „Крстим те у име Оца, и Сина, и Светога духа...“

Тако сам урадио. Није било дозвољено да у дечју шок-собу уђе било ко осим родитеља, па ни свештеник. Крстио сам га обучен у белу кошуљу, сам међу инкубаторима и уз пиштање машина које су у животу одржавале смртно угрожену децу.

Друга слика била је испред болнице, када су нам, око тридесетог дана његовог кратког живота, објаснили да постоји могућност да преживи, али буквално као биљка, несвестан себе. Она и ја само тада само разменили ужаснуте погледе, не могавши да кажемо шта мислимо. Ни до данас те речи нисмо превалили преко усана.

Трећа слика је била када сам га сахрањивао. Узео сам мали ковчег у руке после опела, требало је да га спустим у погребни аутомобил, а гробар је тихо рекао: „Не тако, са друге стране, ноге иду напред...“

Мој син Александар умро је због грешке лекара. Из немара су пустили жену, која се седам година раније породила царским резом, да роди природним путем, а они нису били ту. Када су стигли, грешка је била непоправљива. Очајни, али свесни своје немоћи, тужили смо лекаре. Не због наше трагедије, него да то више не понове. После неколико година и само једног саслушања пред истражним судијом, стигао ми је допис у којем је било оно што сам очекивао: због недостатка доказа, оно што је свима било очигледно њима није. Домовину волим, она ми је мајка, али сам тада схватио да сам изгубио државу.

Маријана ме је гледала, а ја сам се питао зашто јој ово говорим.

– Није могуће – закључила је – да сте се вас двоје после тога разишли.

– Нисмо после тога. Она је хтела да врати своју бебу, одважна жена је инсистирала да што пре остане трудна, па иако су лекари то строго забрањивали, ипак се десило после само неколико месеци. Нико се није усудио да јој одржава трудноћу, осим једног лекара у којег смо гледали као у Бога. Мислим да тих осам месеци нисам спавао. Стручњаци су ме упозорили да нам нова трудноћа ускоро не пада на памет, али она ме је прогањала ноћу, неком ужасном, нестварном енергијом; решила је да оздрави и да роди нову бебу. Њеној силини се није могло одупрети, а моја претрпана савест је спремала самоубиство, само ако нешто пође наопако. А све су шансе биле да ништа неће проћи глатко.

Нисам желео да јој причам и о тим месецима које је моја бивша жена провела у болници. Збрзао сам крај приче окончане рођењем друге кћери, која је прерано дошла на свет и одмах добила инфекцију плућа од које је завршила у коми, али ју је један лекар самим чудом извукао, говорећи да је девојчица, па је жилава, а да је Бог хтео да имамо другог дечка, он не би издржао.

– Немогуће да такав брак може да се поквари – била је затечена.

– Могуће је. Имала је једну сличну црту као и ти. Неку недопричану причу из детињства, па сам често био жртва неких мени непознатих непријатеља. Њене авети су стајале на неком скривеном месту у заседи, и пуштала их је на мене кад није могла да их обузда. Ми смо били двоје далеких људи који су у једном тренутку били сигурни да се воле. Касније, она је сматрала да нисам довољно успешан, како ме је представила у својој глави када смо се упознали, надала се раскошнијем животу. Ја сам се радовао ономе што имам, а она је очајавала због онога што нема. Верујем да смо обоје били у праву. Али свако за себе. Недовољно и за оног другог. Требало је времена да схватимо да с разводом нико није умро, а најважније нам је било да то тако доживе и деца. Сада смо пожртвовани родитељи, обоје се боримо како знамо и умемо, са девојчицама смо стално, додуше наизменично, уредно плаћам алиментацију која је за овдашње прилике прилично висока, али дао бих и више само да имам. Ето.

Завршних причу брзо, из једног даха, како не бих морао после да одговарам на питања која су јој, то сам слутио, у глави већ била спремна.

Уместо питања добио сам само закључак.

– После тога једино ти је одговарало да живиш сам.

„Па и то под условом да сам уопште хтео да живим.“

12.

Мушкарци воле да иду у кафану. Не ваља када у њу беже. Тамо сам се дуго сакривао па ми је било необично да сада унутра седим са довољно непознатом женом и трудим се да ми постане довољно позната. Измерили смо једно другом „пролазно време" и обоје дошли до сличног закључка: ако бисмо, с обзиром на досадашње околности, поживели веома дуго, тамо негде до осамдесетих, и ако искључимо очекивану деменцију и сличне радости позне старости, сад смо негде на пола пута.

Добро, можда мало иза.

Док смо сагоревали мучнине остатка претходних живота, ретко кад смо мислили да можемо поново нечему да се радујемо. Све што нам је био задатак било је савладати бол и спремити се за довољно успешан живот који би своје оправдање имао у ангажовању везаном за децу. То је одлично место за почетак старења.

Гледала је захвално, ни њој се није ишло у кревет. Самој, у оној соби, док су јој девојчице сто километара даље, било јој је још горе. У Паризу је знала да је далеко, и тако је било лакше.

Разговарали смо опуштено, о Француској, Београду, глупостима које су се обома дешавале на послу, свиђало ми се да је насмејем, гласови су нам постајали као некакав жубор у ноћи. Кроз отворен прозор чуло се само Клаусово хркање, а и оно је некако било на свом месту.

Разговарали смо.

Затим нам је опет запретило свитање, други пут за само неколико дана, изгледала је уморно али је имала макар један осмех више него када је први пут села на степенице поред мене. Потребно је тако мало кад човек зна шта неће, и толико много када не зна шта хоће. Осетио сам олакшање и дуго сам те ноћи слушао пријатељски глас. Вредело је, чинило ми се.

13.

Не волим да сам закуцан у месту и да не радим ништа. Река је мало компензовала статичност коју сам осећао, али ни то није могло да траје бескрајно дуго. Сви око мене су нешто радили и то ми је појачавало осећање да не припадам овде. Као да је то знао, Мајкл се јавио из Београда, чуо мој уобичајени извештај који људи његовог типа „највише воле", како радимо много али нисмо урадили ништа, и позвао ме је да дођем како би ми пренео нове планове и задужења.

Рекао је да поведем једног од археолога, свеједно је којег, и ја сам из места грунуо Маријанино име. Њему је било свеједно. Мени више није. Нисам сигуран да знам шта бих причао са Клаусом током пута, а Влада ми се још мање свиђао. Он је увек био ћутљив и замишљен, али не као Немац, већ је током свега што ради правио бар један нервозан потез више. Ни обичну виљушку није био у стању да узме у руку којом је хтео да једе, већ би је узео у другу, па би је онда пребацио. Треперео је изнутра, а мени је то само додатно појачавало осећај неспокојства.

– Мораћу да скокнем до Београда – тобоже се пожалих Маријани.

У њен поглед су стале истовремено две мисли. Једна је говорила: „Благо теби“, а друга: „Ђубре једно.“

– Него, нешто ме боли ова рука, опекао сам се синоћ кад сам кувао кафу, па ми неће бити лако да возим.

– Ко ти је крив кад си смотан?

– Нико. Помислих да би можда хтела са мном, али страх ме је како возиш, изгинућемо негде…

Прегазила је два корака, колико је била удаљена од мене, и загрлила ме. Тада сам је први пут уопште додирнуо. Загрљај није био онако благ, другарски, него ме је добрано зграбила, скоро да је требало да се браним.

– Хајде, седај у ауто марке лада – узвикнула је, користећи целу фразу којом смо називали наше ново, трапаво мезимче на четири точка.

Маријана је увек нешто претурала по мобилном телефону па је то и овог пута почела да ради. Слала је поруке деци, јављала се мајци, а ја никако нисам схватао да ли је то све толико нужно или је само још један начин да не гледа у очи онога с ким прича.

Опет нас је ситница послала на пут, или су то биле само Мајклове паре? Ако је његов експеримент са тумарањем по Војводини имао сврху да нас двоје извуче из учаурености, засад му је ишло сјајно.

Маријану сам припремио за састанак који нас чека, а она је већ имала прецизан план шта ће се дешавати касније. Бићемо у прилици да проведемо поподне и вече свако са својим клинцима, а онда увече можемо опет мало да прошетамо, има она неке идеје…

– Ала си ти добро организована. Једног дана, кад се нагло обогатим, узећу те за секретарицу, да не морам сâм да мислим о свему.

– Ух, таква се баш не би нарадила! Већ замишљам како јој диктираш: „Миро (по њој, моја секретарица би обавезно морала да се зове Мира), молим те помери ми састанак у један час у кафани *Босна* за 13 сати у кафани *Сунце*. Онда би ти она објаснила да је један по подне и 13 једно те исто, па би јој се ти наредних пола сата правдао како си се шалио, а јадница би за то време већ имала препун роковник испуњен потпуним бесмислицама.

– У твом хладном срцу нема нимало поштовања према новинарској креативности.

– Ви сте у стању да данима седите у кафани и вртите исту причу.

– То је зато што не знате да постоји и друга половина приче, јер је не разумете.

– Више бих волела да те гледам како увече седиш за радним столом и пишеш. То могу да замислим.

– Ти ме никада ниси видела кад радим.

– То је моја половина приче.

– Много је бре, снајка, компликовано кад свако има своју половину, а оне не чине једно цело.

– Нисам ти ја снајка...

Још сам је питао зашто мисли да треба да изгинемо у „возилу марке лада“ и шта јој значи ако у Београд стигнемо десетак минута касније, а затим се примирила, скинула је ногу с гаса и тихо рекла:

– Мени понекад треба мушкарац којег желим да послушам.

Дабоме да сам уђутао. Мени никад није недостајао мушкарац.

Једно сам морао да признам – умела је да вози. Помало жустро, али је знала. На страну моје кукање, осећало се да тачно зна шта ради за воланом. И, оно што није својствено женама, брзо се адаптирала на ново возило. Додирнула би мењач, погледала где јој је сигнализација и одмах окренула кључ.

– Мушкарци претерано размишљају о свему – објашњавала је. – Нарочито ти. Некада је боље да кренеш, па да тек онда видиш како се вози.

– Зашто ме одједном прозиваш?

– Зато што си одавно престао да размишљаш. Ти већ дуго окрећеш слике и чекаш да нешто у теби сагори. Вртиш се у круг трошећи огромну енергију, а немаш начин да направиш искорак. Мислим да уметност постоји како би човек разумео да га нешто боли и да то треба да га боли.

Још синоћ ми је било жао што сам јој препричао својих последњих пар година, а сад ми је било криво још више. Баш ми је требала „драга Савета“, горе главу, нек смо живи и здрави…

Зујала је мува у кабини аутомобила, отворио сам прозор и успео да је истерам напоље.

– Зашто је не убијеш?

– Коме ће то срећу донети? Нека је напољу, нек иде да једе говна као ја.

– Чекај, ниси ме разумео – ухватила је моје нерасположење у лету. – Ја само осећам да у теби још има љубави према твојој бившој жени, а понашаш се као да су деца потпуно запуштена самим чином што сте престали да живите заједно.

– Смањи мало тај гас, сад ће наплатна рампа.

– И ти ћеш вечерас видети своје клинце, зар не? Увек их виђаш. Плаћаш алиментацију, чуваш их викендом, водиш у шетње, биоскоп. Знају да си ту. Ја немам ништа од тога. Новац добијам ако му запретим судом или га молим. Једном их је отео и одвео некуд. Нисам знала где су, хтела сам да умрем од страха.

– Очеви деци не желе зло, не лупетај.

– Аха! Њему не требају деца, он се свети мени.

– Не могу да учествујем у овом разговору, не знам човека. Види, он сада некоме говори причу која је веома налик овој твојој, можда моја бивша жена сада неком на рамену кука како сам ја био злотвор којег она никада није могла да разуме…

– И сви смо у праву. Како не схваташ?

– Хоћеш ли ти да се закуцаш у ту наплатну рампу, или је можда боље да само платимо друмарину?

Београд се приближавао. Или смо се ми примицали њему? Тек, био је ту. Радовао сам се дечјем загрљају, њихова мајка је била спокојна када сам с њима, сви смо били задовољни. Био сам опуштен и због потоњег наставка ове вечери. Чекала ме је Маријана, са свим њеним причама, питањима и закључцима.

14.

– Нисам задовољан досадашњим током истраживања, надао сам се да ћете до сада наћи неке јасније трагове – биле су прве Мајклове речи када смо стигли у његов стан у Београду.

– Па нисмо га ми закопали... – покушао сам да нас оправдам.

– Зашто се ти јављаш, кад те још нисам ништа питао? И зашто говориш у име свих? Јеси ли ти археолог или они?

Обожавао сам његову прагматичност.

После почетне елеганције током оне шетње Кнез Михаиловом и Ташмајданом, када смо се упознавали, његова магија постепено се губила. У њему је остао само трагач, неко ко мора нешто да пронађе и покаже свету. И, наравно, да заради. Ништа ја више нисам осећао од оне позитивне енергије времешног посвећеника.

Шта би он са Атилом, чак и да га нађе? Колико ли вреди мртав војсковођа на тржишту, баш ме интересује? Просто ми је дошло ломно у души што су регуларно закопали Наполеона, ала би њега данас добро уновчили. Па да га ставе негде у дневну собу, испод Пикаса.

Велики газда је позвао Маријану за велики салонски сто на којем је већ била распрострта карта. Показивао јој је једно место низводно, према ушћу Тисе у Дунав. Она је замишљено климала главом, припремајући и себе и све нас за нови задатак.

– Океј шефе, у понедељак смо тамо.

Наш нови истраживачки пункт налазиће се у Тителу, близу места где се Бегеј улива у Тису. Преко пута је острво, прибијено уз десну речну обалу. Једна река се уливала, ударала и носила речни муљ, али непосредно изнад ушћа била је ада. Када сам боље осмотрио карту, видео сам да у свему има логике. Атилине војсковође су могле да преграде тај део реке. Кад сам се ипак сетио колико се све то давно одиграло, колико је воде протекло Тисом и Бегејом, а колико је тек муља могло да затрпа хунског војсковођу, одмах ми се вратила сумња. Сви имамо право да понекад будемо глупи, али стална склоност ка томе је већ ствар личног избора…

Сетио сам се приче коју сам пре много година писао за новине о Милутину Петрову, човеку којем после нисам могао да заборавим име. Био је предратни пилот (ето, пре Другог светског рата), а остао је запамћен и по томе што је због изненадног задатка морао да пропусти рандеву. У то време није било мобилних телефона, драга га је чекала на мосту, а он је пролетео испод њега. Деценијама су сви причали о његовој храбрости и витешком начину да откаже састанак.

Када су долетели немачки авиони, априла 1941. године, полетео је и оборио тројицу пре него што је његов авион у пламену завршио у Дунаву. После рата је дошло друго време, неке олупине биле су извађене из реке, али неке нису. Деведесетих година прошлог века сетио га се један човек, занесењак, који је знао да је Петров пао преко пута хотела *Југославија*, тамо према Црвенки. Убедио је неке Словенце који су тада имали напредну технологију да испитају дно Дунава на том месту, и они су, учинивши колико су могли, закључили да је на дну заиста неки огроман метални предмет.

После је почео нови рат, Словенци су отишли својим путем, а мени су рониоци, које сам и даље упорно тражио, признали да је дунавски муљ неумољив, да је видљивост на том месту катастрофална и да је готово немогуће извући олупину. У ствари, можда би било могуће, али за то би био потребан огроман новац. Од кога би разуман човек могао да тражи паре да би извадио такву реликвију из Другог светског рата? Тако је Петров остао доле; за живота беше заљубљен у небо, а после закован за дно.

Добро се сећајући ове приче, удаљене од мене само седам деценија, питао сам се шта ми тражимо после Атилиних петнаест векова?

Растресох се из таквих мисли док су Маријана и Мајкл завршавали разговор. Сада је постојао само један циљ, а Мајкл је, користећи клишее из света из којег је долазио, сипао фразе које нимало нису стизале да ме дирну. „Ми смо тим који стреми ка високом циљу, од нас се очекује да будемо професионални, дисциплиновани, оштри и прецизни.“ И, како рече на крају, „маштовитих идеја при доношењу важних одлука“.

Није ми било најјасније како то иде заједно, ал' мора да је био у праву... Подсетио ме је на мог, „рођеног“ шефа.

У редакцији у којој сам радио имао сам времешног, али доживотно амбициозног директора који је све умео да нас окупи, а онда сав бес због неког неуспеха искали реченицом: „Није вам ово више самоуправни социјализам!" У време тог социјализма ми смо углавном били довољно млади да смо се, у најбољем случају, школовали. Он је још тада градио каријеру и предано радио као лидер ондашњих комуниста. Сада је поново био шеф, али у новом, транзиционом поретку. Нагло окорели следбеник капитала. Донекле сам разумео све оне који су га се плашили, био их је страх да не изгубе посао. Па опет, људи попут мог шефа су се хранили туђим страхом, а мене су његови наступи, ваљда баш зато, терали на смех. Уистину, зашто да се не смејем?

Једино ми није било смешно што сви шефови некако личе. И он тамо, и Мајкл овде. Уосталом, били су вршњаци. Није ту било битно друштвено уређење него стање духа. Баш ме је интересовало како би се прилагодили доброј старој инквизицији. Нисам се много секирао за њих, снашли би се они на тешким руководећим улогама и у таквим околностима.

Изашли смо од Мајкла без много речи. Маријана је била замишљена, али је испред улаза у зграду одмах променила израз лица.

…Сећам ли се оног њеног малог стана у којем смо седели прошли пут, наравно да се сећам, е па тамо се видимо око једанаест, она трчи код деце, већ је чекају, узеће ладу, ја се боље сналазим у Београду, па како ћеш да возиш кад се не сналазиш…
Оде она.

15.

Нећу више ништа да јој причам о свему што је било. Праве љубави не би ни могле да трају ако нису имале потенцијал да направе солидну штету. У међувремену нисам за компромисе. Боље ми је да сам на нули него у минусу.

– Рекао сам много тога што нисам желео да ти кажем – признао сам док је она закувавала кафу.

– Осетила сам.

– Не желим више да говорим о томе.

Села је нечујно и ставила шољу испред мене:

– Волим овај град, али мислим да га не познајем довољно. Увек када мислим да ћу се у њему добро снаћи, због времена које сам овде провела пре одласка у Париз, дођем и видим да се нешто драматично променило.

– Тако је са сваким градом. Не мењају се градови него им стару душу убија технологија тражећи своје место. Београд је чудан град, свашта је превалио преко главе, и могло би се рећи да се у њему никад није живело добро, али је зато некад умело да буде и одлично.

– Шта ти значи „добро“?

– Е, ту си у праву. Него, реци ми да ли ја то почињем да личим на намћора?

– Још коју годину и бићеш неподношљив.

– Ја?

– Дефинитивно – смејала се.

– Зашто за коју годину? Да ли то иде са годинама или са животним искуством?

– Удружено. Једно другом помаже.

– Знаш ли ти да су у средњем веку, додуше у католичком делу Европе, имали дивну, аутентичну склоност да такве као што си ти лепо фламбирају на ломачи?

– Зашто ти сваки пут правиш вицеве кад започне нека озбиљна тема?

– Зато што већина озбиљних тема на крају буде смешна.

Скривала је осмех, али је одлучила да сачува иницијативу у разговору. Видело се да спрема неку ситну пакост.

– Зашто до сада ниси покушао да ме пољубиш?

„Ух, ала уме да промени тему...“

– Можда сам луд, а можда се плашим.

– Ви мушкарци се плашите само онда кад не треба.

– Ех, ми мушкарци...

Ипак је морала нешто да ми објасни. Ако ујутру само устанем и одем, убиће ме на месту.

То је звучало поштено, убедљиво и довољно смртоносно.

Чак и када смо се пробудили био сам под утиском исте претње. Отворио сам очи и благо је продрмао.

– Хеј, снајка, види! Неко је заборавио плавушу у мом кревету.

Протрљала је очи, топла и снена.

– Одакле ти то „снајка"?

– Из *Отписаних*.

– Побогу, кад је то било…

– Прле поред реке наилази на сочну мештанку, пита где јој је муж, она објасни да је у шуми, с четницима, ал' то му је исто… Онда Прле скида шмајсер, и каже: „Како бре исто, снајка, чек да ти објасним…"

– Па ко још зна за *Отписане*?

– Сви.

Ко је још видео Србина којем неко није био у четницима, а бар десетак пута није гледао *Отписане*?

> Наслонила ми се на раме, нисмо никуда журили, Бога питај, можда би требало, да ли да устанемо, колико ли је сати, као да је важно…

Почела је да говори нешто потпуно неповезано и бесмислено. Причала је и причала, спојила је цене на пијаци са дечијим часовима гитаре, у Паризу није тако, говорила је како би требало да обријем браду, или можда ипак не…

– Лутко, да ти ниси, благо мени, мало пролупала? Шта то говориш?

– Ви мушкарци дефинитивно ништа не разумете.

– ?

– Немате појма… Цвркућем! Лепо ми је. Не слушај шта жена говори, него интонацију, мелодију у гласу. Ви у свему патолошки тражите неки смисао, анализирате сваку реч у реченици… Нема потребе. Разумеш?

Разумем…

16.

Пре експедиције моја знања о Атили била су штура и непотпуна, а скупљајући прецизне податке о његовом животу схватио сам да су у великој мери била и нетачна. Судбина многих владара његовог времена била је да су им биографије после смрти уобличавала углавном предања која су се преносила с колена на колено, што је собом неизбежно носило измене и допуне оних који су то чинили.

У белешкама омиљеног аутора, на којег сам се до тада ослањао, подвукле су се крупне грешке, што је само говорило о огромној удаљености времена у којем ми живимо од оног у којем је Атила владао. Са несхватљивом лакоћом сам му опростио омашке, знајући с каквом страшћу је скупљао приче и истраживао прошлост. То ми је само објаснило необичну предност коју су имала предања над озбиљним, научним истраживањима. Лакше им је веровати…

Било је извесно да је хунски вођа рођен око 406, као и да се упокојио 453. године. Много онога што се догађало између та два датума било је неизвесно, у великој мери и због тога што је био ноћна мора, како Западном, тако и Источном римском царству, па су га првенствено описивали као крволочног варварина, не кријући страх и мржњу.

Тек понегде бих наилазио и на тврдњу да је био велики и племенит краљ. Онај ко би покушао да наслути праву истину, смештену између ове две крајности, схватао би да у суштини не зна ништа или зна објективно мало.

Зато сам представу о овом владару градио на ономе што су, према мишљењу многих, биле неспорне чињенице. Атила је био краљ од 434. године све до напрасне смрти. Имао је старијег брата са којим је једно време делио власт, да би га касније, 445. године, потпуно потиснуо, односно оптужио за завeру па га затим ликвидирао. Имао је више жена са којима је био у браку, очигледно и безброј робиња и љубавница, а његов живот ми је само потврдио теорију, чији сам био заговорник, да толики број животних сапутница једино може да умножи проблеме.

Хуни су у прво време владали областима од реке Урала до садашње Немачке, и од Балтичког мора до Дунава, да би се касније спуштали знатно испод ове линије. Током кулминације своје моћи стизали су до самих граница Кине на истоку и Термопила на југу. Њихов вођа је био неумољив, и давао је у изглед свим племенима која су му стајала на путу право на избор – могли су да му се придруже или да буду уништени.

Атила је сигурно био један од највећих варварских вођа у доба чувене сеобе народа, а била је уврежена и легенда да нико од ривалских или поданичких племенских старешина није могао да издржи његов поглед а да не обори свој. Звали су га и „Мачем бога Марса" и „Бичем Божјим". Седиште државе је често селио, али је оно углавном било у Панонији, на територији данашње Мађарске.

Неприкосновену власт Атили су признавала многа племена Сармата, Авара, Словена, Германа и других, а огромне ударце наносио је византијском цару Теодосију Другом, који му је плаћао велики данак.

Значајан пораз доживео је 451. године од Аеција, римског војсковође, који га је потукао уз помоћ визиготског краља Теодорика Првог на Каталунским пољима, када је покушао да пороби Галију. Већ наредне године, пошто је одморио своје трупе у Панонији, почиње поход на Италију, где разара Аквилеју. Опустошио је долину реке По, као и градове у околини, а када је стигао у Минциу у сусрет му је изашао лично папа Лав Први. Различите легенде описују овај сусрет, а католичка предања описују догађај у којем се Атила само повукао, док су се његове забезекнуте војсковође нашле у чуду. Објаснио је да је изнад папине главе видео знак који говори да је Бог на његовој страни.

Друга, вероватнија, верзија била је да Атилу у походу на Рим није зауставила божја промисао, већ огромно благо које је папа изнео пред њега.

17.

Тиса је помало шизофрена река. Истовремено има два лица. Равничарски ток би требало да је улењи и успори, али силина воде коју доноси чини да је неочекивано дубока, вировита и, неки тврде, каприциозна. Кажу да човек никад није с њом начисто. Подсећа на ружњикаву девојчицу која је преко ноћи стасала у прелепу девојку, па удварач не зна шта да очекује ако јој приђе тако напрасно процвалој, а ни она сама није сигурна да ли би га дочекала осмехом или шамаром.

Летњи дани трајали су дуже него што нам је одговарало. Већ око четири сата по подне археолози би почињали да се исправљају из погуреног положаја, протезали би се и показивали знакове засићења. У то доба једина креативна мисао односила се на ручак, односно оброк који смо установили као главни, по истеку радног дана. Тачније од било ког навијеног часовника, огласио би се Маријанин вапај: „Ја сам гладна!" По правилу би се сви углас сложили са њеном констатацијом, очигледно значајнијом од научних истина које би сабрали после целодневног ископавања.

У смирај тог дана, пре Маријане ипак се огласио Клаус. Био је то гласан урлик изненађења који је почео мало писказо, али се брзо домогао баритона одраслог човека. Нашао је нешто!

„Ко би други...“ помислих.

Брзо смо се сјатили око њега, прво радници које смо ангажовали, а одмах за њима и неизоставни ја, дакле сви који нисмо били стручни да проценимо налаз, али смо били од огромне користи да направимо збрку. Маријана и Влада су пришли последњи. Знали су да са места које је Клаус пронашао нико неће побећи. Он је показивао прстом у кости које је педантно лопатицом откривао испод слојева земље и песка, а поред њих су полако извирали и други предмети. На дну гробнице налазиле су се керамичке посуде, мале кутије, сребрни накит...

Лаички смо могли да претпоставимо да „то није то“ и у маниру незналица полако нам је опадало одушевљење, док смо троје стручњака пустили да опколе налазиште и потпуно му се посвете. На мој упитни поглед, Клаус је очински одмахнуо и рекао да одемо на ручак, а они ће доћи чим заврше.

Два сата касније вратили су се Маријана и Влада. Разочарање је појело и њен апетит и његову нервозу. Седајући поред мене и тражећи погледом прибор за јело, само је тужно рекла:

– Авари...

Клаус се није вратио.

Авари су били народ турског порекла који је на подручје Паноније дошао из централних делова Азије. У ово поднебље нису стигли довољно брзо да би их Атила лично дочекао, већ су закаснили отприлике стотинак година, па су се ту нашли тек у шестом веку. На челу им је био каган, вођа по чијој титули је и држава носила назив каганат. Панонски Авари су били само део великог народа чија главнина се налазила у околини Кавказа. Тамо, код Врата народа, временом су се потпуно помешали и стопили са кавкаским староседеоцима. Овде у Панонији догурали су до осмог века, када су их потукли Франци, па се овај народ полако повукао са историјске сцене.

За разлику од Хуна, Авари су били више статични и везани за земљу коју су настанили, па су оставили знатно више материјала на основу којег научници могу да проучавају њихов живот и обичаје.

Нашли смо оно за чиме нисмо трагали, што нам није требало. Раскопали смо гроб некога ко је још дуго требало да спокојно почива.

Узео сам паковање од шест конзерви пива и кренуо да тражим Клауса.

Затекао сам га близу отворене гробнице, како окренут леђима гледа у мутну тиску воду. Седео је поред реке, повијен, незграпан и сам себи недоречен. У мени је изазвао сажаљење чим сам га угледао. Пробудио би га у било коме. Глава му је била погнута, у једној руци висиле су му оне лепе наочаре са сјајним оквиром, а прстима друге притискао је тачке у корену носа на које се цвикери ослањају.

На трен помислих како је цео свет почео да се понаша по наученим клишеима. Када неко види сличну сцену на филму, онда онај који прилази седне поред овог депресивног и не ради ништа. Ћути. Тако сам и ја урадио.

– Чуо си? – упитао је.

– Чуо сам – рекох.

– Многе моје колеге би се обрадовале овом налазишту, ово што смо нашли није занемарљиво – почео је лагано да говори на енглеском. Лако сам га разумео.

– Права ствар у погрешно време – покушао сам да га утешим.

– Да ли си некада тражио нешто за шта си био сигуран да га нећеш наћи? – одједном је постао потпуно отворен.

Само жестоки ломови понекад прокрче пут ка чистој искрености.

– То углавном радим од кад знам за себе.

Насмејао се.

– И како ти иде? – био је његов ред да буде духовит.

– Јавићу ти чим нађем.

Био ми је некако драг, симпатичан, овако склупчан и несрећан. Не знам да ли би ми био близак да је нашао Атилу, али било је нечег људског у његовом поразу. Гурнух му конзерву пива у руку.

– Волео бих да лакше прихватам стање ствари, али ми лоше иде – додао је. – Нећу да кукам, али јурим овог Атилу као да ће ми он у свему помоћи.

„Сви смо исти на овом броду“, закључих. Свако од нас имао је визију да бисмо, када бисмо нашли Атилу, разрешили све животне проблеме. Једном моћном покојнику са краја старог века одредили смо мисију да спасава наше модерне животе.

Смета ми што нисам млађи само зато што са зрелошћу изостаје лепи комфор који допушта лупање глупости. Ипак сам покушао да одвалим једну, макар да бих несрећног налазача ослободио напетости – онога-што-му-не-треба.

– Је ли, Клаус, зашто ви археолози не кажете реч „покојни“ за мртваца којег нађете? То што је умро давно не значи да је мање мртав. Кад говориш о свом деди лепо кажеш „мој покојни деда“, а за Атилу никад не би рекао „покојни Атила“? Или „покојни Тутанкамон“?

Погледао ме је запрепашћено. Полако је вратио светлуцаве наочаре на нос, спорим покретом који му је давао времена да смисли одговор.

– Не мораш толико да се трудиш, бићу добро.

18.

Саркастично расположење које ме је све чешће обузимало инспирисало ме је да у Атилиној биографији уочим и бројне „симпатичне" моменте. Са царем Западног римског царства Валеријаном Трећим сукобио се јер му овај није одобрио брак са својом сестром Хоноријом, а замешатељство је отпочело 449. године да би се касније распалио сукоб који је лично папа морао да гаси.

Хонорија је унела збрку пошто је затечена у љубавној сцени са слугом, коју је овај платио као да се заљубио у црну удовицу јер су га погубили чим је романса раскринкана. Пошто је моћни брат побеснео, искључио је Хонорију из јавног живота, сумњајући да је трудна, а ова је, бесна и размажена, упутила Атили поруку, замоливши га да постане њен витез. Тачно сам могао да замислим њен бесни поглед док је у себи говорила, мислећи на брата: „Е, сад ћу да ти покажем!" И, показала му је.

Властољубиви и женољубиви Атила је, на жалост Римљана, предлогу посветио дужну пажњу, с тим да је

приде затражио и „симболичан" мираз – пола Запад-
ног римског царства. То нагони на претпоставку да је
несрећни Валеријан Трећи зажалио што је убио сестри-
ног љубавника, јер би с таквим зетом могао да прође
много лакше него са тврдоглавим Хуном. Судбина је
хтела да се број непријатних зетова нагомилавао и да је
следећи био гаднији од претходног. Атили је ово била
само додатна мотивација да покуша да се домогне Рима
и тако оствари свој животни сан.

Од података које су ме највише интересовали, испо-
ставило се да је тачно оно што сам знао и пре: да је 441.
године опустошио Сингидунум (Београд), Виминацијум
(Костолац) и Сирмиум (Сремску Митровицу). Хуни су
знали да дуго опседају градове, а користили су и тако-
зване опсадне машине, које су уливале огроман страх
браниоцима јер су могли да наслуте свој ужасан крај
док им се пред зидине довлаче велике скаламерије, као
што су биле покретне куле и катапулти.

Хуни су после градова у околини Београда разорили и
Сердику (Софију), као и Наисус (Ниш), тако да је Атила
у том походу покорио покрајине Мезију, Илирик и Тра-
кију, а римски путописци су забележили да су жртве биле
расуте на све стране, као и да у многе градове није могло
ни да се уђе после хунских похода, због разбацаних леше-
ва и несносног смрада трулежи који је све окруживао.

Византинци помињу и његову престоницу као село у
којем су куће биле изграђене од дрвета, као и сам двор.
Дворски живот Хуна био је знатно хуманији него рат-
нички, тако да су волели да лумпују уз вино, а свако-
дневно су приређивали вечере са богатом трпезом. То је
био народ који је живео на коњима, стално и бесомучно

тутњећи Европом. Ретко су дуго остајали на једном месту и зато нису градили значајнија насеља, па су и археолошки остаци везани за њихову бурну историју прилично занемарљиви.

Атила није ни од чега презао, а поготово не од вина и жена, па му је тако и биографија напрасно окончана, комбинацијом једног и другог. Предање каже да је умро одмах после жестоког свадбеног весеља, праћеног обилним опијањем, током којег је међу своје многобројне жене уврстио још једну која се звала Илдико. И код тог податка је мој омиљени хроничар Маринко Пауновић вероватно погрешио, наводећи невестино германско име Гилда. Њихов брак је трајао саблaсно кратко, јер су је нашли ујутру после прве брачне ноћи како се тресе, унезверена од страха, док је поред ње лежао мртав највећи војсковођа оног доба. О узроцима његове смрти остају само претпоставке које се односе на алкохол, мождану или срчану кап, али и могућност завере која је често „красила" оно време.

Прича о његовој сахрани и гробу у свим изворима била је подударна. У сваком предању постојала су три ковчега, један унутар другог, који су спуштени у воду тамо где се мања река улива у већу.

Послуживши се „сламком спаса" званом интернет, докопао сам се још једне информације која је само говорила да је много више претпоставки и предања него јасних начина да се домогнем истине. На једном сајту дословце пише како је Атилино тело „у току ноћи било спаљено по старом хунском обичају, а затим стављено у ковчег са великом количином опљачканог блага и спуштено у реку Тису. Река је однела Атилино тело у незнане даљине".

– Чекај, земљаче, ако су толико претоварили сандук силним благом, какве бре „незнане даљине" – заковали су га за дно као ексер!

Понекад умем да се свађам са компјутером док претурам по мудростима модерних хроничара, поготово ако је ноћ довољно тешка и густа, а ја верујем да ме нико не чује.

19.

На Клаусовом налазишту није био само усамљен гроб једног коњаника. Око њега налазила се некропола стара око хиљаду и по година. Једни близу других били су сахрањени припадници једног нама далеког народа. Њихов начин живота изгледао нам је чудно, далеко и страно, али верујем да би и ми у њима рађали слична осећања када би нас видели, попут монструма из будућности. Верујем да би у много чему били у праву.

– Откуд знаш да је Аварин био коњаник? – питала ме је још поспана Маријана, која се наредног јутра успавала па сам је будио шољом кафе и јутарњим вестима.

Неке жене миришу док се буде. Најлепши мирис на свету је мирис собе у којој спава беба. После тога се мириси уснулог човека мењају (благо мени, свакакве сам омирисао), али ако ми ујутру, док још спава, жена лепо мирише, знам да су ме стигли симптоми врло незгодног обољења...

– Сигуран сам да је био коњаник, није моје знање тако крхко као што ти мислиш – самоуверено сам драмио и глуматао истинско разумевање у њен, археолошки занат.

– Многе ствари сам научио успут. Знаш како је рекао Марк Твен: „Никада нисам дозволио да школовање утиче на моје образовање!“

– Добро, геније, сад ми тачно објасни на основу чега си донео тај револуционаран закључак – била је довољно разбуђена да почне да ме преслишава.

– Клаус је нашао коња закопаног поред Аварина.

На кревету се, од одбљесака јутарњег сунца, пресијавала покривена женска фигура рашчупане главе и светлуцавих очију подбулих од спавања. Нисам знао да ли ће да прасне у смех или ће само с неверицом да одмахне главом.

А Шваба кô Шваба – устао раније, није му ђаво дао мира, чепркао – и нашао. Каже да је овакав гроб био обележје вишег статуса покојника, па су сахрањивали и коње заједно с њима.

– Ево, лепо да те питам, какве то везе има са Марком Твеном… И твојим археолошким образовањем?

– Ко је рекао да има? Али лепо звучи, а?

– Хајде изађи напоље, да се обучем.

– Што да излазим, па виђао сам те…

Натакла ме је на онај хладан поглед који имају запрепашћене учитељице.

– Изађи да не завршиш као то коњче…

Удаљио сам се из собе као што то ради укорено дете. Баш сам хтео још нешто да јој кажем. Не сећам се тачно шта, али мора да је било интересантно и потпуно на месту…

Клаус је био за столом испод стрехе, за којим смо обично ујутру седели, шоља за кафу испред њега била је допола празна, а поред ње стајала је мала керамичка посуда.

– Ту су држали со – рече. – Страховито су зависили од оног што се унутра налазило.

Маријана је за трен била на трему и зачудих се брзини којом је била спремна за почетак дана. Обукла је радни комбинезон, неизоставни качкет био јој је на глави, а женски спретно прешла је преко чињенице да се успавала. Све се још дало подвести под јучерашње разочарање Клаусовим открићем и наше осећање да ни за милиметар нисмо ближи Атили.

Нашег немачког колегу чекало је записивање новог открића, будући да је уредно водио дневник, а мене је Маријана ухватила под руку, показујући ми погледом пут налазишта. Хтела је све и сама да види.

Како смо се приближавали, уочили смо само Владину погурену фигуру, он је био једини близу места где смо копали ових дана. Господин Нервоско одједном се нашао врло заинтересован да се ангажује око Аварина, иако се на њему јуче можда највише видело разочарање. Полако смо му прилазили, земљани пут је дозвољавао нашим корацима да буду нечујни, а он није гледао никуд другде него у правцу отвореног гроба у којем му се, видели смо то из далека, налазила једна рука.

За тренутак је одложио лопатицу којом је пребирао по земљи и брзим покретом спустио нешто у џеп јакне. Тек када се обазриво окренуо погледавши около, угледао је нас двоје који смо му се ушуњали у кадар. Не знам да ли би се уопште некоме обрадовао када би га затекао у овој ситуацији, али нама сигурно није.

– Он је једном руком већ у гробу – рекох Маријани.

– Јеботе, шта теби све неће пасти на памет.

– Лутко, немој да псујеш…

Нисам издржао да не опишем претпостављену судбину предмета који се нашао у његовом џепу.

– Опет ће бечки колекционари имати предмете на којима пише „налаз са Балкана“ – јетко га ослових. – Испод никад није угравирано ко га је и где нашао.

У неким селима у Србији, попут Ушћа код Обреновца, већ годинама постоји правило да ноћу препродавци дођу аутомобилом и затрубе у сирену, а мештани само истрчавају носећи оно што су покупили преоравајући њиве. Близу је велико археолошко налазиште, а скоро свако домаћинство има детектор за метал. После све полако путује ка западу. Провереним путевима. Ма рекао сам ја да ћемо стићи у Европу. Само у комадима…

Влада се полако усправио из чучећег положаја. Нисмо могли да знамо шта је на брзину угурао у џеп. Ипак је реаговао врло бурно. Знам да је понекад напад најбоља одбрана, али није показао богзна какву интелигенцију.

– Шта је!? Шта хоћеш?! – заурлао је из свег гласа.

Маријана је била запрепашћена овом реакцијом и рефлексно је устукнула корак уназад. Није то био начин комуникације на који је навикла тамо у Паризу, међу људима које је виђала. Није био ни овде, док неке тековине цивилизације нису мало попустиле.

– Ало, синко, шта се дереш, пробудићеш и коње и Аваре – био сам пријемчив за свађу. – Тако урличу само клинци који покушавају буком неког да уплаше. Што су те слали у толике школе кад си остао тако глуп?

Нисам волео да се тучем. Не кажем да то нисам радио као млађи, делио сам батине и добијао их, али ми ни једно ни друго није представљало задовољство. Поготово не ово друго. Сада сам био затечен. Влада је имао неколико година мање од мене, био је нешто нижи, али већ дуго нисам био у ситуацији да размишљам о томе ко ће први ударити, шта је паметно као наредни потез... Заборавио сам како се реагује у таквим ситуацијама. Било ми је прилично глупо ово што се дешава.

– Боље да Мајкл не сазна за ово – однекуд је Маријана нашла начин да се умеша.

Овај се смирио и ућутао. Или је реаговао на женски став или му је помен Мајкловог имена пореметио план да се обрачунамо. Мислим да је било ово друго. Мада верујем да ту нико не би отворено кренуо да се бије. Галама је била његов знак слабости, тим пре што му ништа паметније није пало на памет.

– На питање „шта је“, не бих тачно знао да одговорим, јер појма немам шта си ме питао – досољавао сам ситуацију. – А за оно „шта хоћеш“ направићу ти подужи списак, једно три куцане стране у два примерка, може?

– Не тупи ни ти – сад је била одлучна Маријана, обрецнувши се на мене.

– Добро, хајде онда да ћутимо. Човек је мазнуо предмет са налазишта, „уваљаће“ га негде за пар стотина евра, ми ништа нисмо видели и свако на своју страну – наставио сам.

– Пусти сад то – зграбила ме је за руку и повукла назад, ка кући, као да се ништа није догодило.

Није погледала оно што је Клаус нашао. Одједном јy је било баш брига за то. Коњска посла, шта ће јој...

– Хајдемо назад, да скупимо екипу и назад на посао – била је упорна Маријана.

Подигао сам поглед, заустио да нешто кажем, али ми је ставила руку преко уста.

– Ћути некад…

Ускоро смо сви били око Клаусовог коња, коњаника су детаљно ископавали, а да ли је неко видео како нешто недостаје, нисам могао да проценим. Када боље размислим, то је прва могла да уочи Маријана, али њој тако нешто није падало на памет. Била је концентрисана на оно што ради и очигледно је решила да пређе преко овога, баш као да се ништа није догодило.

Један за другим извирали су и други аварски гробови, и археолози су их педантно маркирали и истраживали њихов садржај. Мени није било до краја јасно зашто то сада радимо, када смо промашили Атилу за цео век, али ваљда је то био начин да се докажу и себи и Мајклу.

Јутарњи мир обузео је све на терену, људи су радили ћутке, посредно скупљајући доказе своје личне вредности. Осећао се спокој који је полако надолазио у екипу. Мајклу потпуно непотребан, али њима силно важан.

Када се позитивно расположење распрострло свуда по околини Тисе, отишао сам да донесем још једну туру кафе. Нико ме за тако нешто није замолио, није то ни био обичај, али сам осећао да нечим треба додатно поправити дан, погурати га напред…

Тада се зачуо Маријанин глас.

– Побогу, шта је ово?.. – викну запрепашћено.

Сад нико није ни мислио на Атилу. С њим смо се опростили у „овом извлачењу“. Са друге стране, она није била склона драми, макар не док ради. Нешто ју је озбиљно изненадило.

– Клаус, дођи молим те – рекла је, указујући Немцу дужно поштовање. Уосталом, једино је његово мишљење било меродавно, Влада се „није бројао" ни пре брљотине за коју смо само Маријана и ја знали.

У односу на остале скелете на које смо наилазили на овом гробљу, кости су биле натрпане готово без икаквог реда. И на веома малом простору. Као у некој кутији, покојник није био сахрањен нимало налик осталима. Друга разлика била је у томе што је његов гроб био плићи.

– Ово је скелет одраслог човека, али ми није јасно зашто је у оваквом положају – коментарисао је гласно Клаус показујући прстом нешто Маријани. – Види, као да седи згрчен, са главом међу коленима. Пажљиво с њим, да нешто не померимо.

Други дан заредом нисмо на време отишли на ручак. Маријана и Клаус су били толико занесени открићем да га нису остављали ни за тренутак, стално нешто живо расправљајући. Сви остали су долазили и одлазили, бавећи се својим пословима, али се они нису померали од свог налаза. Тек предвече, када је Маријану ипак победила глад, решили су да га оставе на миру и, надао сам се, поделе с нама откриће.

Пре вечере смо запалили ватру у дворишту, био је ту неки стари роштиљ који се још дао употребити. Само је требало остругати решетку и стару справу припремити да буде од користи. Отишао сам до најближе месаре, донео све месо које је могло да заврши на жару, па је церемонија промене расположења и ведријих погледа постајала све драгоценија. Маријана ми је помагала док сам припремао месо. Додирнула би нам се рамена, али смо се правили да то не примећујемо. Па опет…

– Шта мислиш о алхемији? – питао сам је.

Подигла је поглед полако, као да се тренутно бави нечим најважнијим на свету и не жели нимало да изгуби концентрацију.

– Средњовековни покушај добијања злата? За то ме питаш?

– Не причам о обичном злату.

– А какво друго постоји?

– То је чаролија у којој ноћу, уз ватру, мушкарац и жена заједно спремају оброк. Осећање свечаног спокоја.

Потпуно смирена и нечујна, наставила је да припрема комаде меса. Зрела, топла, драга жена...

– Видиш да плачем као киша – рече док је надланицом прелазила преко закрвављених очију. – Је л' и то од алхемије?

– Не, душо, то је од лука.

– Мора бити да си и то прочитао код Марка Твена...

Пре него што су сви полегали после првог правог напорног радног дана, Клаус је позвао Владу, Маријану и мене на страну. Ускоро би свакако остали сами, јер се оној неколицини помоћника и овако спавало, а нису ни били богзна како заинтересовани за оно што је уследило.

– Знам шта смо данас пронашли – рекао је нагло.

– Ја још нисам сигурна, али бих волела да те чујем – било је природно да је Маријана највише нестрпљива.

– Оно је нови гроб који нема везе са Аварима – Клаус је био чврст у свом ставу. Намрштеност је додавала црту значајне озбиљности његовом лицу.

– Слажем се, али нисам смела прва да кажем – бојажљиво додаде Маријана.

– Шта би то требало да значи? – сад сам ја постао нестрпљив.

– Готово да сам сигуран да је то неко скорашње убиство – закључио је Немац. – Неко се ослободио жртве тако што ју је однео до места далеко од насеља и закопао је поред реке.

Мозаик је брзо био склопљен. Клаус и Маријана нису имали недоумица око ове теорије. У свему су се слагали. Гроб је био плитко ископан, на брзину, несрећник сабијен у њега, злочин је остао сакривен... Није било полицајаца из америчких филмова који све пронађу ако је сценариста тако замислио расплет... Није било никога осим успаваних Авара којима стално неко ремети починак. Они нису били заинтересовани за офуцани холивудски сценарио.

– Шта ћемо сад? – морао сам да питам.

– Исто што и јутрос – поново ме је укорила Маријана.

– Шта је било јутрос? – сада је ускочио Клаус.

– Нека наша интерна шала о нечему што треба заборавити – Маријана је сипала спремне одговоре.

Само је Влада погледао ка њој, срећан због прећутног пакта који је први пут јасно ступио на снагу. Ја нисам хтео да гледам ни у кога. Буљио сам у ватру.

– У праву си – закључи Клаус као нека врста лидера у позицији која му се сама наметала. – То убиство је могло да буде пре педесет или сто година. Нема разлога да сада шаљемо узорке на анализу. Не знам ни где бисмо то урадили. Ако бисмо позвали полицију, били бисмо у великој невољи.

Па онда, да се ћути... Нисмо могли да исправљамо неправде које су почињене бог би га знао у којем времену.

Имали смо довољно и својих грехова са којима се ваљало обрачунати.

Згрчени човек могао је бити било ко или, како данас јасно изгледа – нико. Његова прошлост, живот, ништа више никоме није било важно. Можда је потпуно узалудно провео свој век. Цела историја састављена је од таквих људи. Стално су гинули бољи од оних који владају. Да нису били добри, не би били жртве. Жртвеници траже чистоту.

20.

Долазио је довољно близу да бисмо осетили како нас гледа. Али је остајао и разумно далеко како не бисмо могли да му се обратимо. Из далека је изгледао као старац, али је јасним, оштрим ходом показивао да је виталан и жилав. Посматрао нас је. Стајао је поред тиске обале и дуго, немо гледао. Неко други, ко би пожелео да нас уходи, макар би понео штап за пецање, правио се да ради нешто што га је довело поред обале, али он не. Стајао је довољно удаљен да нисмо могли да му разазнамо црте лица, али сам био сигуран да бих га, када би био близу, одмах препознао.

То је временом постало непријатно, готово неиздрживо. Два дана током којих смо били под његовом лупом трајала су знатно дуже него два обична дана, и то је свима почело да смета, али свакоме другачије. Клаус је све мирно подносио, али када би подигао поглед са посла којим је вечито био обузет, приметио бих да се стресе, али не коментарише ништа. Влада је постао још више нервозан и било је већ сасвим природно да се стално саплиће или му нешто испада из руке, док је Маријана углавном псовала.

Мене је њено псовање иритирало више него његово присуство, јер је било у таквом несагласју са њеном појавом и мојим доживљавањем те жене да ми је то било скоро неподношљиво. Не због тога што сам ја чистунац, напротив, већ зато што сам био сигуран да она мора на један свој, аутентичан начин да то буде.

Када је све постало довољно напорно, кренух му у сусрет. После само неколико мојих корака, када је наслутио да сам пожелео да се упознамо, полако је откорачао у шуму и изгубио се. Није бежао, ходао је одмерено и полако, али је отишао.

Дани су протицали тихо и ритмично, свако је радио своје послове и поново је увече било потпуно мирно. Тог поподнева је до вечере остало сасвим довољно времена да прошетам и седнем сам у башту сеоске кафане, испод ораха широке крошње, у центру места. Хвала Богу што је било лето, не бих се усудио да уђем у загушљив, страни бирцуз.

Сметало ми је што су мештани желели да ступе са мном у контакт, мада су били љубазни и срдачни. Био сам дођош и основни ред је био да им отпоздравим. На неизоставно питање шта ми то тамо радимо, смислио сам одговор унапред.

– Ми смо, знате, с телевизије. Снимамо неки образовни филм.

Мислио сам да је ово са телевизијом довољно ефектно. Обично су ме раније остављали на миру. Кажеш да си са ТВ, они окрену круг пића, провере да ли могу да се ушуњају у неки кадар како би их видели родбина и пријатељи, а после се повуку јер се у тај занат баш никако не разумеју. Кад бих им рекао да сам фудбалски тренер, одмах би ми објаснили шта је ново у *Манчестеру.* Ово је било довољно безбедно.

– А о чему вам је тај филм?

– О Архимеду.

Откуд ми он у тренутку паде на памет, немам појма. Али група за кафанским столом која је хтела да се дружи са човеком са телевизије нагло је почела да губи интересовање. Нису знали да ли их завитлавам, шта ће у њиховом месту прича о Архимеду и, дабоме, ко беше тај. Већ сам био спреман да избауљам из приче тако што бих одговорио како сам само возач, немам ја појма, онда би они питали зашто пијем пиво ако сам возач, одговорио бих „зато што волим“, и оде све до ђавола.

Нису ме ништа питали.

Прелиставао сам новине, уживао у пиву и успевао да не мислим ни о чему паметном.

Онда је пришао мом столу. Он.

– Добро вече. Могу ли да вас понудим пићем?

Пристојан човек. Уредно, ненападно обучен, зачешљана седа коса, проседа брада од неколико дана, продоран поглед испод разломљених обрва.

– Избацио сам ружну навику да одбијам пиће. Да нисте дошли, потражио бих ја вас.

– Боље је овако.

Максим је чудно име, али је због нечега савршено ишло уз њега. Када се представио необично снажно ми је стегнуо руку. Знам за фазон. Да се зна ко је **газда**.

Глумио сам да нисам приметио. Стегнух и ја колико сам могао.

– Лепо вам је овде – намерно сам лупио најглупљу могућу реченицу.

– Нисам одавде, али је лепо.

– А одакле сте, ако смем да питам?

– Углавном из Београда.

– Углавном?

– Прошетам мало ту и тамо.

– Изгледате ми као риболовац без опреме.

– Упецао сам код Жабаљског моста оно што ме интересује. Мада не волим ситну рибу.

Сетио сам се старог штоса и почео да се смејем. „Ко је, бре, ситна риба, ја сам за тебе сом!" Нисам рекао ништа. Нека прича он.

– Зашто се смејете? – поче он.

– Смета?

– Не. Нисам очекивао.

– Почео сам да отупљујем када треба да заузмем позу у некој званичној ситуацији.

– Вама делујем службено?

– Очекујем да извадите неку легитимацију, па официјелно представљање, инспектор тај и тај, онда ја кажем немам појма, ја сам возач, или имам појма…

– Нисам ту службено, моја служба је истекла. Ја сам пензионер.

– Која служба, извините?

– То сада није важно.

– Нешто мора да је важно чим нас пратите већ два дана.

– Две недеље.

– Ако ви тако кажете…

– Не морате да се трудите превише, све знам о вама, једино ми се она посета Винчи не уклапа.

Поново сам се насмејао.

– Питаћемо Чарлија, он зна сигурно…

Не знам зашто сам био опуштен. Осећао сам се глупо већ данима. Од када су трајала ископавања, све ми је деловало помало трапаво и сумњиво, испод руке, али још нисам добијао очекиване ударце грижe савести јер сам био убеђен да баш ништа нећемо наћи. Када пустиш глупост да ти парализује један део мозга, ускоро се прошири на цело биће.

– Шта да вам кажем? Имам времена, саслушаћу вас. Баш ме интересује оно што сте наменили за моје уши. Само, одмах да вас упозорим, сматрам да нисам много глуп, па би било лепо да не помислите да ћу веровати баш свему што ми будете рекли.

– Ви сте новинар? Читао сам неке ваше књиге. И неки моји пријатељи имају високо мишљење о њима.

– Хвала.

У те књиге сам уложио много рада, а писао сам их у периодима који су ми се касније показали као преломни, па нисам одбијао комплименте. Књиге и њихово трајање враћали су ми самопоуздање на које су се све друге околности одавно обрушиле.

– Човек који вас је ангажовао на овом послу веома је дискутабилан, а Атила је пронађен одавно, само није време да се за то зна.

Могао је и шамар да ми удари, слично бих се осећао.

– Чекајте, ко сте ви?

– Није то фраза, заиста више није битно ко сам. Некада смо били битни, сада вероватно више нисмо.

– Ко то ми?

– Људи као што сам ја.

– Тајне службе, обавештајци, безбедњаци…

– Заборавите. Нисте ни близу одговора. За први сусрет сам вам рекао сасвим довољно. Није важно шта тренутно мислите, али би било најбоље да наставите да радите то што радите.

– Како да наставим кад не радим ништа?

– За сада вам одлично иде.

– Мени није смешно.

– Искрено, мени јесте, већ данима. Сада се лепо вратите, очекују вас на вечери, знам да ћете све о овом сусрету морати да испричате шармантној дами, не бојте се, можда ће вам поверовати. Замолио бих вас да не ширите причу осталима. Јавићу се поново, требало би још нешто да вам покажем. Повезано је са оним што сте раније радили, али не и са овом глупошћу коју сада чините. Стицај околности је хтео да сада све то, на врло баналан начин, почиње да чини целину.

Остао сам закуцан за столицу још неколико минута пошто се Максим џентлменски поздравио са мном и отишао. Сада ми није стиснуо руку онако снажно. Нисам видео уживање човека који је у разговору некога надвладао, па сад ликујући напушта борилиште. Лагано је одшетао војвођанским сокаком као да ми ништа није рекао.

Још једно пиво није могло да шкоди, напротив, било је неопходно.

А онда келнер.

– Све је плаћено.

– Ко…

Са оног стола се смешила читава братија Архиме-
дових поштовалаца, ја сам отпоздравио, овога пута не
знајући да ли завитлавају они мене или ја њих.

Кренуо сам ка нашем коначишту. Ништа ми више
није било смешно...

21.

Те вечери на менију су биле конзерве. На повратку са терена моје колеге у овој авантури прилазиле су кући са једне, а ја сам стизао са друге стране. Још пре него што сам се упознао са Максимом, имао сам идеју да опустим и обрадујем Маријану па реших да то ипак урадим. За неколико минута сам у њеној соби упалио неколико свећа, па ће бар вечера бити романтична.

Обрадовала се и насмејала, али кисело.

– Нешто морам да ти кажем – злослутно је почела.

– Мора ли то вечерас?

– Мора.

– Имао сам и ја теби штошта да испричам, али ми ионако не би веровала.

– Ти знаш да у тебе већ имам много поверења.

– Не би ми веровала, кад ти кажем. Можда је боље да саслушам ја тебе.

Прво је уђутала, а онај сјај у очима који ми се код ње највише свиђао, без обзира на расположење, угаснуо је,

па јој је лице попримило неочекивано сиву боју, разапе-
то између туге и дубоке замишљености. Осећао сам да је
враг однео шалу, да је на тешким мукама да нешто каже.
Ваљда се борила како да то некако извали из себе, а онда
ми је ипак сручила у лице.

– Кад сам била млада била сам хероински зависник и
интравенски наркоман.

Умукнуо сам. Пустио сам тишину да виси у ваздуху
неко време.

Откуд ово одједном?! Шта на ово да кажем, одгово-
рим? Зашто да одговарам, па то није ни било питање…

– Није то ништа. Ја сам малопре сазнао да сам Архи-
медов најбољи друг.

– Озбиљна сам.

Не волим да псујем. Стварно мислим да је то ружно и да
не приличи одраслом озбиљном човеку и оцу двоје деце.

– У вражју матер!

– Прошло је петнаест година од тада. Кунем ти се да не
узимам ништа. Прошла сам пакао, видела црног ђавола,
помрла ми је већина пријатеља.

Зато се не задржава у Београду, осим са децом… Нема
с ким. У мом речнику ионако не постоји термин „бивши
наркоман“. Нисам упознао ниједног.

Ћутао сам. Помислих како у један дан може да стане
више него што могу да поднесем. Почео сам да осећам
оштру главобољу.

– Вас двоје сте се уортачили. Ти и Максим.

– Ко је Максим?

– Неко ко ми је пре тебе уганео мозак.

– Не мораш да ми верујеш. Ипак сам морала то да ти
кажем.

Онда се окренула и закорачила ка вратима.

– Куд ћеш сад, несрећо… Седи овде. Ту, поред мене.

Више није било разлога да не верујем у реченицу коју сам једном записао: „Све праве жене сам упознао у погрешно време, али су зато погрешне стизале у право.“ Али добро, рекао сам да нећу да псујем.

Дуго ми је причала те ноћи. Показала ми је и неке фотографије од пре двадесет година. Благи Боже, како је била лепа! То је била она језива лепота из које је нешто морало да се изроди, фатално, чак страшно. Али је морало. Видело се по очима. Осећао сам се потпуно изгубљено, као да се заљубљујем у њену прошлост. Урлао сам у себи „стани побогу“, после је дошао тај човек, волела га је, изродила му децу. „Куда си ти пошао…? То *није тво-ја* жена.“

Седео сам у равници поред хировите реке и јурио за чудном женом и прастарим ратником. Као у живи песак, упадао сам у прошлост и једног и другог.

Њој се све догодило наопако. Уместо да покаже прстом и добије пола Београда, ударила је на себе. Из све снаге.

– Увек сам била сама. Понекад мислим да ме је мајка отерала у наркоманију. Стално је говорила да ће од мене постати неко ко је неспособан за живот.

Видео сам мржњу у њеним очима. Дубоку, искрену, неиздрживу мржњу. Неподношљиву, чинило ми се, не само мени који сам је слушао, већ било коме ко се могао наћи на мом месту. Сипала је одвратне речи упућене мај-ци, стиснула је помодреле усне, то није био обичан моно-лог, већ салва, права ерупција. Очи су јој се смањиле, шиштала је док је говорила, жена са сјајном дикцијом претворила се у рашчупано, подивљало младунче са говорном маном. Не знам које гласове је неправилно изговарала, све што је рекла било је обојено тоном који није њен. Није ме уплашила, саблазнила ме је.

Још као девојчица бежала је од куће, хрлила код оца, каже да је и он био разочаран њеним доласком.

– Нису ме волели кад су то морали бар мало, разумеш? – настављала је малолетна очајница у коју се Маријана претворила. – Нимало ме нису хтели, сјебали су своје животе, развели су се кад сам имала две године, било им је жао, сигурна сам, били су очајни што сам ту, што ме мајка није побацила. Да им не сметам. Тако сам се целог живота осећала. Од детињства до сада. Без промене. Јебених четрдесет година самоће. Никада то нису умели да исправе. Ни да покушају. Никад нисам осетила. Разумеш? Пре четири деценије сам остала сама, и сви су отишли. Нисам знала одакле да кренем. Четрдесет година чекам да се врате, да се сете како су заборавили дете на железничкој станици.

Не знам шта је видела на мом лицу, али схватила је да треба да се заустави. Да смањи тај сулуди гас који је притисла до даске, нагло, неочекивано, бесно до изнемоглости. Нисам био сигуран ни да ли сам саговорник или жртва коју је изабрала да би јој све сасула у лице, као што боксер удара у џак свом снагом.

Ћутао сам и слушао. Ништа друго нисам ни могао да урадим.

Да ли је схватила да је овај излив био прејак, или је просто изгубила енергију вичући, тек, убрзо је стишала глас и, учинивши невероватну промену, наставила сасвим нормално да говори, доводећи у ред разасуте самогласнике и сугласнике до нивоа поновног разумевања.

Мени, онако затеченом, није остало друго него да останем у бусији коју сам већ заузео. Гледао сам је у очи, али нисам говорио. Видео сам утишану, до малопре разгоропађену звер.

Сада је стрпљиво наставила да прича како се „скидала" са тога, да јој је отац ипак помогао, како је то страшан процес и како јој је психијатар постао велики ослонац.

– Стално ми је говорио да треба да пишем – неумољиво је настављала, не питајући да ли желим да слушам. – Причао је како морам да напишем књигу о ономе кроз шта сам прошла. Ја то не знам, нисам вична писању. Мој отац јесте. И ти си. Хоћеш ли једном да напишеш књигу о мени? Ја ћу ти испричати цео свој живот.

– Не верујем, срећо. Можда ти посветим једну, ако после овог дана останем нормалан.

– Не брини – остајала је упорна, мислећи на „ону" причу из младости. – Ја то стварно више не радим.

– Ни ја већ дуго не пишем.

22.

Кад смо били момци, током једног летовања мој пријатељ Трша је извалио реченицу: „Ја сам само алка у ланцу који недостаје." То је ушло у жаргон нашег друштва и спадало је у ред младалачких слика које су ми сада падале на памет. Таман тако сам се осећао. На све то, кроз главу ми је тутњала и мисао коју сам прочитао као графит на једном београдском зиду: „Тешко је јести говна а немати илузије."

Питао сам се зашто су ми се те две реченице сада тако снажно „закуцале" међу мисли, али мора бити да је то била јасна клиничка слика мог психичког стања.

Маријана је остала ту. Ништа се није променило осим што је све постало другачије. После неколико дана одлучио сам да јој верујем. У себи сам хвалио њену искреност, говорио да је таква отвореност вредна поштовања, могла је и да ми не каже ништа, тако никада не бих ни сазнао за ту епизоду из њеног живота… Епизоду? Хм…

У исто време полако сам склапао слику о њој. Деловала је незаштићено, али моћно. Знао сам да то делује нелогично, али не и неспојиво. Код ње је то било стање духа жене која је свашта прошла. „Добро“, тешио сам се, „то сам наслутио и када смо се упознали“. Али сада? Слутња је добила боју. Право значење.

Опет, могла је да буде размажена, хистерична, нападна, али све то није била. Пре бих рекао да ме је освојила неким несвакидашњим начином на који је била пресложена изнутра. Као што од пања вајар може са неколико оштрих удараца да направи скулптуру, а инсекти црвоточину. Њу су ударци ипак вајали, мало су је потрошили, али је од ње настала пристојна скулптура. Врло пристојна.

Ипак ме је њен излив упозоравао да морам да останем присебан и обазрив.

Сад је ђаво ипак мало дошао да станује у мојој глави.

Оно што ми је са друге стране доносило несаницу био је Максим. Оставио је снажан утисак на мене. Моја неозбиљност у овом подухвату, лењост да мало боље размислим о свему, забашуривање савести у очекивању хонорара објашњени су у само неколико његових речи. Колико год сам постепено нагомилавао сумњу у Мајкла, толико је, са друге стране, нарастало поверење Максима.

Моја визија о Мајклу постепено се мењала и све више ми је изгледао као обичан, двосмеран човек. Његови адути су били године које су, поготово код моћних људи, подразумевале и макар некакву мудрост, као и чињеница да је с успехом одавао човека који зна шта хоће. Па ипак, његова мотивација ми није деловала инспиративно. Све се очитавало кроз осећај црног или белог, успеха или неуспеха. Са друге стране, лепо смо почели дружење, фер је наступио, нисам имао шта да му замерим.

Не знам шта да радим.

Треба ми још једна глава. Да поразговарам с неким. Да чујем себе како говорим.

– Маријана! – дрекнуо сам.

– Зашто вичеш, ту сам.

– То ме и плаши...

Потпуно заробљен својим мислима, заборавио сам да седи поред мене. Завршили смо вечеру, иза нас је био још један дан њиховог копања и мог чекања. Послушао сам Максима и наставио да радим оно што сам и до тад радио... Чини ми се да ћу „шармантној дами" све да испричам.

– Требало би да поразговарамо.

Спустила је руке у крило, навукла на лице смеран осмех, затрептала оним окицама и смирено ме погледала.

– Сад си ти на реду. Слутим тешку причу: оставили су те кад си био мали, па си усвојен...

– Стани. Сад сам ја озбиљан.

– Сачекај да се очешљам. Готова сам за минут. Можемо да прошетамо. Има једна кафаница у центру, велики орах испред, допала ми се. Не знам да ли си видео.

– Како то мислиш, да ли сам видео кафану?

– Извини – насмејала се.

– Него, реци ми шта знаш о Архимеду?

– Откуд ти он паде на памет?

– Чуо сам да тамо госте прво питају шта мисле о њему.

– Не спрдај се. Можеш лепо да ми кажеш да ти се не иде у ту кафану.

– Лепо ти кажем да ми се не иде у ту кафану.

У лади је остало довољно горива јер га данима нисмо ни трошили. Нисам морао никоме да се правдам кад смо сели у кола и отишли ка Новом Саду. Тамо је један стари пријатељ држао мали ресторан, али нисам хтео да одемо код њега, јер би морали да се сећамо дана који су били много бољи него овај. Потражио сам непознато место близу реке, а то у Новом Саду није тешко.

Испричао сам јој све о Максиму, не штедећи ни своје позитивне утиске према том човеку.

– Ти си некад као жена, много полажеш на интуицију.

– Знам, али тада ретко грешим.

– Па шта сада говоре твоје слутње?

– Да је Максим можда у праву.

– То не мораш да ми говориш, то видим. А још?

– Нисам сигуран шта осећам. Чини ми се да само губим енергију размишљајући пре него што се опет видим са њим.

– Ако је тај човек у праву, онда је Мајкла неко гадно насамарио.

Обоје смо знали да наш послодавац има неки разлог зашто ради ово што ради. Мени је изгледало као млаћење празне сламе, а Маријана је размишљала само о томе да ради нешто за шта ће бити плаћена:

– Мајкл није наиван човек. Није му тек тако пало на памет да копа овде. Он не губи паре само зато што их има. Иначе их не би ни имао. Неко му је нешто рекао.

– Једино што знам јесте да ноћас нећемо сазнати одговор.

– Можда постоје одговори на нека друга питања. Могу ли још нешто да те питам?

– Пробај.

– Ти си сада много променио мишљење о мени?

– Нисам. Али се плашим.

– Чега? Немам сиду.

– Да ме лажеш.

– Не лажем те.

– Знаш, ранијих година сам често мислио да сам ја тај који призива невољу. Онда уложим приличан напор да сам себе демантујем, а сада мислим да је тај труд био потпуно узалудан.

– Ја ти нећу донети невољу. Нисам таква.

– Каква си ти?

– Тужна сам. Веома сам тужна. Када сам с тобом лепо ми је, опуштена сам, али се плашим да ћеш сваког часа некуд да побегнеш. А када смо заједно мислим да смо добар тим, отварају ми се лепе мисли, слутим шта ћеш следеће да кажеш, како ћеш да завршиш реченицу. Чак и не мислим да си неозбиљан зато што се стално шалиш. Хумор је озбиљна ствар, а теби је то терапија. Знам ја то боље него што мислиш, некада сам често одлазила на терапије.

23.

После пет дана Максим се опет појавио. Мирно је доше-
тао на место одакле нас је раније посматрао. Када је био
сигуран да сам га видео, окренуо се на исти начин као и
први пут и отишао у шуму.

„Кафана…“, помислих.

Маријана је одмах знала куда ћу, остали нису знали
ни куда ће сами са собом.

Поново су данима предано радили оно што им је рече-
но. Није било налаза вредних пажње, то је потпуно ути-
шавало позитивну атмосферу коју смо, руку на срце,
само она и ја умели да направимо, расипајући по неки
штос с времена на време.

Ускоро је ионако требало да обезбедим вечеру, па је
мој одлазак деловао преурањено, али не и необично. Ког
ћу им врага… Она ми је само дискретно климнула главом
и ја кренух ка кафани испод ораха.

Максим је већ седео у башти са отвореном флашом
белог вина и сифоном соде. Волео сам када људи поштују
пиће уобичајено за поднебље у којем гостују.

– Нисам знао да шпијуни пију алкохол – покушао сам одмах да глумим опуштеност.

– Нисам шпијун, ја сам грађевински инжењер. Ако баш хоћете прецизно, доктор грађевинских наука.

– Ни то нисам очекивао.

Полако, не питавши, сипао нам је вино, а затим воду у чаше. Пола-пола.

– Човечанство је вечито у убеђењу да у свему напредује, а то је велика фарса – рече подижући чашу. – Ево, на пример, вино је увек вино. Може да буде само добро или лоше. Љубав је увек љубав. Нема ту ничега што наредне генерације боље раде од претходних. Мржња је вечити атрибут немоћних који су ускраћени за љубав, а моћ је немоћ оних који немају снаге да се угледају на Бога.

Стрпљиво сам слушао почетак неочекиваног Максимовог монолога, док је он знао какав жар ми је бацио у душу па је можда очекивао да ћу бити нестрпљивији. Разлог мом миру био је то што сам најзад поново видео тог човека, што сам знао да ћу сада сигурно добити некакве одговоре на многа питања, али је постојао и страх од онога што је требало да чујем.

– Предложићу вам сутра једно кратко путовање. Вама и вашој дами, ако смем тако да је назовем. Довољно је да кренемо увече, до јутра ћемо се вратити.

– Знао сам да ме чека нешто необично. Није постојао начин да се припремим за овакав разговор.

– Нема разлога да се припремате ни сутра. Покушајте да ми верујете. Не могу ништа да вам отмем, јер и немате ништа. Могу само да вам покажем нешто што ће вам помоћи да разумете ситуацију у којој се налазите.

– Има ли разлога да се плашим?

– Не. Будите потпуно без бриге.

– А она?

– Када их нешто заинтересује, жене су мање кукавице од нас. Него, имао бих за вас само једну молбу. Ако је могуће да одемо вашим аутомобилом, јер ћете се из Београда вратити сами. Ја ћу морати да останем тамо.

– Из Београда?

– Да. Желим да вам покажем где смо пронашли Атилу.

24.

Да је нисам позвао на тајни излет са Максимом, чини ми се да би ме убила, а пошто сам то ипак урадио, осећао сам како трепери. Као и код мене, смењивали су јој се таласи расположења у којима је на тренутак била видно нестрпљива, док би само неколико тренутака касније побеђивала напрасна смиреност која је стизала на таласу питања међу којима предњачи оно: „У шта се то упуштамо?"

Максим нас је чекао у договорено време (а како би и могло да буде другачије?), сместио се на задње седиште, ја сам био за воланом а Маријана поред мене. У маниру човека који зна са женама обратио се сапутници, али не пренаглашено, већ онако како је, по његовој процени, било потребно. Као и на кратким састанцима пре тога, одмах је прешао на ствар.

– Ви сте писали о аустријској власти у Београду у 18. веку – почео је констатацијом, гледајући ме у ретровизору.

– Да – одговорих штуро. – Били су ту од 1717. до 1739. године. Интересовале су ме грађевине које су изградили у том периоду, поготово оне испод земље.

– Знам. Допао ми се начин на који сте писали о томе.

– Ту већ могу да вам одам једну тајну. Ја сам новинар, нисам историчар. Када ме је тема заинтересовала, морао сам много и брзо да учим како бих се снашао у области у коју сам крочио. Писао бих истог тренутка када бих откривао трагове подземних одаја, док би ме још држало одушевљење откривеним.

– То сам осетио.

Сваком новом, кратком реченицом само ми је давао до знања да о мени зна више него што ми је то било пријатно.

– Максиме, уз дужно поштовање, овај разговор поста-је све више неравноправан.

Гледао ме је мирно у огледалу ретровизора, седећи позади. Осетио сам се као на рентгену. Његово лице није показало ни једну гримасу, осећао сам да оним његовим погледом пролази кроз мене тако да ће теме да ми утр-не. Није то био претећи него поглед човека који сваког тренутка анализира оно што види.

– Смета вам то што не знате ништа о мени, а још више што ја толико знам о вама.

– Вама не треба саговорник. Ја вам више дођем као декорација.

Насмејао се. Ово је био први пут да видим да то озбиљ-но лице може да направи неку емотивну гримасу.

– Све у своје време. Не знам превише о вама, али на основу оног што сам сазнао, делујете радознало; но, некад сте за корак више емотивни и необуздани него што је то потребно.

Маријана се само насмејала.

Погледах немоћно у њу.

„Издајице...“

– Истина је да се тада Београд значајно променио и да је почео да личи на европску варош, уместо на турску касабу – рече Максим, враћајући се на тему на коју је хтео да нас наведе.

Дуго смо и наизменично говорили о важности коју је тада добила Београдска тврђава, чију фортификацију су Аустријанци извели по принципима архитекте Вобана, а спровео је Никола Доксат де Морез. Београд је требало да постане „Гибралтар“ овог дела Европе, чак су, осим велике тврђаве, биле планиране још три мање фортификације са друге стране његових река. Градња једне отпочела је на левој обали Саве, отприлике на месту где се сада налази Музеј савремене уметности, друга је требало да буде на левој обали Дунава, у околини данашњег Панчевачког моста, у близини Крњаче, а трећа на Великом ратном острву. Само прво утврђење било је донекле изграђено, али никада није обављало функцију која му је била намењена. Остала два нису ни започета. Београдским миром, на крају четврте деценије 18. Века, Аустрија и Турска су се споразумеле да се Аустријанци повуку из Београда, а једна од важних тачака споразума била је да сруше сва важна здања која су у међувремену сазидали.

– На мене је посебно мучан утисак оставила Доксатова судбина – распричао сам се.

Разговор са човеком који седи иза мене, док возим, терао ме је да гледам и пут испред себе и одраз његовог лица у ретровизору. Када бих стекао утисак да ме не чује довољно добро, повисио бих глас, али не према „правом њему“, него гледајући ка огледалу. То ме је подсећало на детињство и ону игру у којој смо се такмичили ко ће боље истовремено једном руком правити кругове по стомаку, а другом се ударати по глави. Маријана каже да су жене способније да раде више ствари одједном. Она све зна… Зато не уме да ми наброји које од таквих ствари умеју да заврше…

Када се разговара о оваквим темама, умем да будем помало незаустављив, и у томе је Максим био у праву.

– Аустрија је у то време била у моћном војном налету и потиснула је Турке на југ, освојивши Ниш као важно војно упориште – наставио сам. – Међутим, ускоро се распоред снага променио. Турци су се вратили са неупоредиво јачом војском и није било никакве стратешке логике бранити тај град јер су били извесни само тежак војни пораз и крвопролиће. Доксатова несрећа била је у томе што се налазио на челу аустријске војске у опкољеном Нишу. Његова процена била је да се треба повући без жртава и то је постигао у преговорима са Турцима. Спасао је војну посаду, која је бројала неколико хиљада душа, и повукао се назад ка Београду, који је недуго пре тога успешно изградио. Спомен на овај период у историји Београда и данас чувају Римски бунар, делови тврђаве, остаци водовода, једна необична грађевина у подземној железничкој станици код Вуковог споменика, дубока више од педесет метара…

Доксатова судбина била је запечаћена повлачењем из Ниша. Царском двору је требао кривац за тако драстичан губитак, а као безброј пута до тада људска глава је била једина монета за земаљску правду.

– Де Морез је убрзо осуђен и сурово погубљен – завршавао сам приповедање о њему. – Различита су предања о томе на којем месту су га убили, али је сурово то што

се све, извесно је, догодило у близини тврђаве коју је
изградио. Различити извори говоре и о томе да је џелат
био посебно суров, па је чак три пута ударио секиром пре
него што му је коначно одвојио главу од тела.

Док је трајала прича, полако смо се приближавали
Београду. Помислих на то како смо се само кришом
искрали од својих колега и поново узели лаву, али то
смо радили и раније. Уосталом, они су мислили да је то
део мојих овлашћења. Шта год да им је било у глави, тамо
док траже Атилу, мени је сада било потпуно свеједно.

– Поменули сте Римски бунар – упита Максим.

– Он је неизоставан део тадашње историје. Завршен
је 1731. године, а назив „Римски" понео је због амби-
ције Аустрије да обнови Римско царство, односно да се
осети његовим настављачем. У турско време то је било
велико спремиште за жито, јер су и пре Аустријанаца
многи копали на том месту, али нису стизали до воде.
Тада су започетој грађевини променили намену. То је
било проклетство свих који су владали тврђавом, јер би
опкољен град могао да остане без воде, а посада жед-
на. Више од хиљаду година до тврђаве је досезао само
водовод направљен још у римско време. Ако би освајачи
прекинули ту трасу, бранитељи би остали бесповратно
изгубљени.

Аустријанци су били упорнији од Турака, копали су до
дубине од педесет метара, али су наишли на слој изузетно
тврдог камена. Пробали су да се домогну макар савске
воде, па су копали још два метра у страну, међутим, и ту
је тло било такво да су на крају одустали. Касније су бунар
постепено напуниле београдске подземне воде, па многи
мисле да то и није бунар, већ само резервоар.

Много страшних прича, погубљења и страдања везано је за прошлост ове грађевине, али сам знао да не путујемо ка Београду због те приче, па помислих да се зауставим. Ипак, једна од њих била је посебно потресна:

– Крајем 15. века град су држали Угри – наставио сам. – Њихова власт била је урушена изнутра, држава је слабила и Београд је, као важно утврђење на рубу царевине, био једно од најслабијих упоришта. Тадашње угарске велможе, у чијим рукама је био град, већ су се кришом договориле са Турцима о тајној предаји која би Османлије поштедела битке и крвопролића, а угарским издајницима би донела огроман новац. За то је у последњем тренутку чуо војсковођа Павле Кињижи; успео је у последњи час да се домогне бедема Београдске тврђаве, и то баш у тренутку када су Турцима биле отворене капије града. Задржао је утврђење и град под влашћу круне којој је дао заклетву, али издајници су били осуђени на страшан крај.

Легенда говори да су завереници, њих тридесет седам, спуштени на дно грађевине која је претходила Римском бунару. На дно рупетине дубоке неколико десетина метара, у чију изградњу су толики уложили труд, али му смисао нису видели. То је, у том тренутку, било само зјапеће, слепо око тврђаве које је немушто гледало само у себе и у бесмисао свог постојања. На суво дно осуђеници су спуштени конопцима. Од тада више нису видели светло. Прво су, надгледани очима сурових крвника, пуштени да тако згурани једни непријатно близу других ожедне и изгладне до безумља. Гледајући надмоћно ужас у који су сместили издајице, без грижe савести и у складу са својим осећајем за правду, Кињижијеви људи на крају су им на дно бунара бацили ножеве. Када су схватили да је издајицама разум помућен ужасом кроз који пролазе, пустили су их да се сами међусобно покољу и прождеру. Све док душа и оног последњег није напустила окно потоњег Римског бунара и Београдску тврђаву. Џелати су за све то време уживали у пристојном комфору праведника који има право да суди.

– То је суштина оног што памтимо или заборављамо – полако сам дошао до краја. Нису ме прекидали, слушали су шта говорим, па сам престао да мислим на њих, а пустио сам причу да говори из мене, без зазора од слушалаца, посвећен само ономе што јој је суштина. – Дуго нико није помињао ову легенду из прошлости Београдске тврђаве, а ја сам је нашао у некој заборављеној литератури. За књиге, опет, није важно кад су настале, већ када умиру. Она у којој сам ја прочитао ову причу написана је исте године када сам се ја родио. Пре четрдесет година. Рано јој је било да умре.

Неко време, док су различити људи живели у Београду, а смењивала се времена у којима једни постоје чекајући да их смене неки други, ова прича била је претешка за целе генерације становника мог града. Просто, морали су да је потисну и забораве. Када прође довољно времена, неко је се сети, изнесе пред људе, а они кажу „добра прича…“ Сурови смо, зар не? Давно је речено како генерација која не запамти рат рађа следећу која је спремна на декаденцију.

Максим је наставио да ме ћутке посматра. Држао сам волан, гледао га у оном истом ретровизорском стаклу и пустио себе да говорим. Није ме било страх од тог човека. За то није ни било разлога. Оно што сам говорио искрено сам мислио, уосталом, то је само био след мало другачије тумачених историјских чињеница. Са друге стране, желео сам да придобијем његово поверење. Због нечега ми је било важно да овај разговор буде искрен.

– Сигурно су вас често питали о могућности да постоји тајни пролаз испод Саве, који би спајао Београд и Земун – није ме пуштао да завршим.

– Та прича је поново везана за Римски бунар. Често и много сам разговарао са озбиљним историчарима о том миту. Претпоставка је да су приликом рестаурације Миленијумске куле на земунском Гардошу радници рашчишћавали лагуме којих је овај брег препун. Тада је неко закључио да се вештачке пећине испод куле протежу ка Дунаву, док су, наводно, то исто покушали и копачи Римског бунара са друге, калемегданске стране. Изгледа да се тада родило предање о постојању подземног пролаза испод Саве, односно њеног ушћа.

– То јесте мит, али ви у својој књизи демантујете такву могућност – упорно је настављао.

– Не верујем да је тако нешто било могуће. То није само моје, већ и мишљење многих стручњака с којима сам се тада дружио. Најзад, и ви сте експерт за то, сложићете се да почетком 18. века ваше колеге нису могли да осмисле начин како да допреме ваздух копачима испод реке, како да реше тежину водотока који би им се налазио изнад главе… Да је тај пролаз икада био направљен, то је могло да се деси само у том периоду, када су обе стране реке биле под влашћу исте царевине. Турци никада нису одмакли даље од понтонског моста који је још пре аустријског доласка спајао обале Саве, у близини места где се данас налази Бранков мост.

За трен је пустио моје снове и њихово образлагање да каскају сами, а онда ме је жустро пренуо:

– Можда не би било лоше да заменимо местâ и да ја пређем за волан – прекинуо ме је кад смо већ ушли у Београд.

Не бих му противречио ни да је од мене затражио неки озбиљнији потез. Одавно сам одлучио да му верујем, препустио сам се и сада није било повратка.

Возио је прво Новим Београдом, одвео нас је на шеталиште поред ушћа, и док смо пролазили поред Музеја савремене уметности, само је показао прстом према грађевини. Погледах га упитно, питајући се шта би требало да значи тај гест, а он само рече да запамтим ово место. Затим је окренуо ладу ка Бранковом мосту и рекао да идемо у околину Топчидера.

25.

Чињеница да сам често писао о историји готово дво-
милионског града уопште није значила да у њему не
могу да залутам, или бар да се не снађем у његовим без-
бројним улицама. Максим као да се трудио да докаже
ову моју теорију. Витлао је воланом кроз мрачне улице,
прошли смо преко Топчидерске звезде, ушао је на неки
споредни пут, рекао да сачекамо у колима, али се врло
брзо вратио.

За тих пола минута стигли смо само озбиљније да
погледамо једно друго, и тек када сам видео њено лице
схватио сам колико сам збуњен. Ако делујем упола као
она, онда личим на... Ма нећу ни да знам на шта личим.

Максим се вратио, спустили смо се ка Раковици, онда
кренули ка Кошутњаку, путем који изгледа романтично
дању, а помало сабласно ноћу. То је опет био један скри-
вени, шумски пут, нисам ни слутио да их толико има...
Крошње дрвећа су се савијале над ладом, лишће је оста-
јало залепљено за стакло, а Максим је често укључивао

дуга светла. Зашто то ради, питао сам се, кад је све што може да види метар или два испред нас, а онда смо стали.

Гвоздена решеткаста капија се отворила пред нама, али нисам видео човека који је то урадио. Максим је очигледно овде био много пута, јер је самоуверено и знајући шта ради мирно убацио у прву брзину и прошао истим путем даље. Онда су нас сачекала тешка, метална врата.

Поново је изашао из аутомобила, овог пута не рекавши ништа, а ми смо знали да треба да останемо унутра. Да ћемо бити тихи, то се подразумевало.

Шкрипа механизма за отварање говорила је да ово место није дуго било отварано. „Ко ли је ову скаламерију подмазао последњи пут?“, запитах се, не усуђујући се да ту мисао поделим гласно са Маријаном.

„Шармантна дама“ која је улазила у египатске пирамиде и дивила се њиховом настањеношћу духовима није показивала знакове узбуђења осим јаког бледила. Да сам је вечерас први пут срео, све онако прозрачну и плаву, мислио бих да има албинизам. Осетио сам да то није обичан страх, него силно узбуђење.

И раније сам волео истраживања, залазио сам у заборављене подземне ходнике и несигурне тунеле, осећао мемлу која ме је обавезно асоцирала на авантуру... Сада је било слично, али и другачије. Пред нама је био улаз у бетонски тунел. Ако се и догоди нешто лоше, то неће бити због лошег квалитета грађевине.

„Неће се догодити ништа лоше“, умиривао ме је глас у сопственој глави, подгрејан таласом спокојне интуиције.

Максим се вратио, довезао аутомобил на почетак тунела и, док су дугачка светла обасјавала ходник који се, дотле зјапећи мрачан, спуштао благим нагибом наниже, поново је изашао да затвори врата за нама. Док смо поново слушали шкрипу зарђалог метала, постајало нам је јасно да осим нас и Максима овде нема никог другог. Погледах у моју убледелу сапутницу.

– Како ти ово изгледа?

– Немам појма. Ја сам археолог, а око мене је бетон.

Максим је сео за волан, проверио да ли су укључена дугачка светла и полако спустио ручну кочницу. У мраку који је дробила светлост аутомобила схватио сам да тунел има довољно места за два возила која би се мимоишла идући једно другом у сусрет. Рецимо да је имао шест метара ширине а отприлике упола толико је био висок.

Био сам обазрив оцењујући мере. И раније сам знао да у мраку простор у који први пут улазим увек изгледа већи него што објективно јесте. А овде, осим асфалтног пута, банкине уз сам руб и сијаличних грла која су некада служила за расвету, није било више ничег. Људско око стално тражи подршку, неку упоредиву величину која би му помогла да схвати размере простора који први пут види. Требала ми је нека залутала мачка, пас, људска силуета која би ми помогла да схватим величину места испод земље у које смо ушли. Наравно да ничега није било.

Притисак у ушима нам је говорио да се и даље спуштамо. Пут је имао само неколико благих, незнатних кривина. Полако смо губили и представу о времену, као што је то било малопре са простором. Вожња је била мирна, лада је била у другој брзини, притисак је поново растао, али нисам био сигуран колико дуго се већ возимо. Добри, стари адреналин је радио своје, али ја сам га већ добро познавао, па нисам дозвољавао да ме збуни. Могло је бити да смо већ десет минута у тунелу, али и да смо ту три пута краће, јер смо упијали сваки кадар и сваки Максимов покрет. Када у кратком периоду наступи превише интензивних слика осећамо се претоварено, па на силу „раширимо" време како би у њега што више стало.

Обоје смо били непомични, залепљени свако за своје седиште.

– Хоћете ли да нам кажете где смо сада – не издржах више.

– Тачно испод Саве. У „вашем" пролазу.

Свашта ми је прошло кроз главу. Све се уклапало. Осећај стрмог спуштања, побуна у ушима, помисао да сам у тајанственом пролазу док ми река тече изнад главе...

Максим је избацио мењач аутомобила из брзине, пустио га је да неко време клизи у леру, а онда се полако зауставио. Угасио је машину, али је светло оставио укључено. Изашли смо напоље.

– Ово ја зовем тишина – рече Максим.

Устајао ваздух није био пријатан, али је нам је сигурно било много боље него имагинарним аустријским копачима. Шта прво да га питам?

– Ово чудо је направљено на трагу аустријског тунела?

– Није било аустријског тунела. Изгледа да је било покушаја да буде направљен, али тунел је био преамбициозан за оно време. Чак ни утврђење са друге стране Саве нису саградили до краја. За грађевинаре оног доба две деценије су биле врло кратак период у односу на тако велики задатак.

Глас му је одјекивао у мрачном простору правећи јеку која се ширила, мислио сам, до унедоглед. Осећао сам да бих могао јасно да га чујем и да сам удаљен километар, као што су то могли древни Грци, на врху својих, античких позоришта.

На позив да кренемо даље, ускочили смо у ауто, иако нам се у исто време и ишло и остајало. Наравно да сам помислио како би било да нас лада сада изда, ако је укључено светло испразнило „ровити“ акумулатор. Како бисмо онда… Мој „магнет за невоље“ овог пута није радио, кључ је покренуо машину која му се одмах одазвала. Кренули смо даље. Напети, али много спокојнији после сазнања где се заиста налазимо.

Лада је стабилно брујала и наставили смо. Максим је досегао трећу брзину, видело се да је пред нама мирна деоница, без кривина.

– Где су копали тунел? – не издржах.

– Код Аде циганлије. Острво је требало да им помогне да посао буде обављен из два дела. Да им речна ада макар мало олакша рад. Али не морате више да мислите о томе. Грађевински гледано, захват је био безначајан. Био је то тек маштовит покушај који није дубоко загазио ка стварности.

– Значило би ми да сазнам како је то некада заиста било.

– Зашто се толико додворавате својим сновима? Више ће вас интересовати какве све ово везе има са вашим циљевима.

– Којим циљевима?

– Са Атилом. Већ сте га заборавили?

„Него шта сам“, помислих.

26.

Ипак смо се возили дуже него што сам очекивао, тунелу никако није долазио крај, а нисам носио ручни часовник да бих макар кришом могао да погледам на њега. Максим је ћутао све док путовање није окончано на исти начин на који је и отпочело – металним вратима.

Поново нас је оставио у аутомобилу и отишао ка челичним дверима која су шкрипала на исти начин као и она прва. Звездано небо је показало другачије светло, али смо га видели само на тренутке јер смо поново били у шуми, наткриљени крошњама дрвећа. Нестрпљиво сам гледао около да бих се што пре оријентисао, како бих макар пробао да запамтим где је излаз из овог ходника испод Саве, јер сам био скоро потпуно сигуран да не бих могао да пронађем оно место на коме смо ушли. Слично је било и сада. Шума, колски пут зарастао у траву, гране дрвећа које ударају у стакло. Тек када смо се домогли асфалта претпоставио сам да смо негде у Срему, али ноћ ми никако није допуштала да се оријентишем.

Наједном смо се нашли на аутопуту према Београду из правца Загреба. Максим је знао „кваку“ како да не прође ни кроз једно насељено место. Укључио се „на кварно“, и када сам видео путоказ за аеродром схватио сам колико смо далеко од града. Али нисам знао да ли нас је намерно возао у круг помогавши тако мојој безнадежној дезоријентисаности.

Маријана ми није била никакав ослонац. Њен поглед је говорио да би могла довољно „спретно“ да залута и у Београду и у Паризу.

Аутопутем се ноћу брзо пролази кроз новобеоградски део града. Осим ако неко од клинаца није много гледао америчке филмове, па је „убеђен“ да баш вечерас треба да погине. Сада је „у тренду“ да возе као да је, уместо шофершајбне, пред њима екран на којем се емитује видео-игрица, а они имају још пар живота пошто се закуцају негде поред пута.

Сишли смо са моста Газела код Сава центра, а онда скренули ка Ушћу. Максим је поново почео да говори.

– Овде је била пешчара на којој је после Другог светског рата никао град. Многи не знају шта је ту било пре него што је овај предео насут. Све што се зна о Новом Београду јесте да су се ту налазиле баре и трске. Терен је био подводан и стварао је пакао свакоме ко је покушао да се пробије кроз њега. Било је ту много живог песка и блата, па су многе кости остале данас негде испод града. То су скелети оних који су покушали да се пробију кроз беспуће али су остали заточеници прошлости, дубоко испод данашњих булевара. Међутим, овде је био још један водоток. Поток, или чак река.

Сетио сам се старих, аустријских карата и планова ове области. Заиста, у близини „правог" ушћа у Саву се уливао Дунавац. *Dunawaz bach*, како су га картографи означили пре око три века. Али, он је био исушен и затрпан када је прва пруга спојила Београд и Земун још 1884. године.

„Уливао се у Саву у близини Музеја савремене уметности", сетих се. „Можда је зато Максим показао на ту зграду када смо долазили."

– Нови Београд је изграђен после обимног насипања које се одвијало и пре и после Другог светског рата – настављао је Максим. – Много људи је радило на том послу. Знам да је потребно и неко предзнање о начину на који су људи размишљали у то доба да бисте ме боље разумели. Сада постоје огромне предрасуде према том периоду, али и значајно незнање о њему. Обимне политичке приче о радним акцијама и којекакви трактати само су прекрили незнањем претходно време у којем се ипак нешто значајно одигравало. Зато би то доба требало разумети и у неком колико-толико правом светлу. Уосталом, ми се никада нисмо бавили политиком, већ оним што је историјски корисно.

„Опет говори 'ми', али је боље да му не упадам у реч", помислих.

– Изградња тог града сигурно јесте значајан историјски корак – настављао је. – Догађај који је веома важан и за вашу и за моју причу одиграо се пре Другог светског рата. Верујем да вам је потпуно непознат, баш као и свим Београђанима. Данас само неколико историчара ретко говори о томе да су нека данска предузећа у то предратно време насипала део садашњег Новог Београда. Све је било много важније него што забашурена историја може да „добаци“, „гађајући“ ка нама.

Увлачећи нас даље у причу, Максим је објаснио да је цела област од данашњег Бранковог моста до Ушћа, и према згради некадашњег СИВ-а, насута од 1938. до 1941. године. То је била блиска београдска прошлост о којој је наше знање понижавајуће штуро. Простор на којем се простире данашњи Нови Београд био је права пустопољина прекривена барама и кратким, неодређеним водотоковима. Суштина је била једноставна: Сава је, као неодлучна дама, миленијумима покушавала да одреди место на којем би се коначно предала Дунаву и своје воде посветила једној од највећих река. У том нећкању некада је текла тик уз Бежанијску косу, прибијена уз њу, да би се касније полако померала и стигла на место где протиче сада, заустављена Београдским гребеном. Док је „трошила векове“ путујући, остављала је за собом старче и мртваје, односно фосилна корита. Она су обележавала њене некадашње токове. Као права дама, говорио је Максим, река је покушавала у својој недоумици истовремено „и да стигне тамо, и да остане овде“.

Смирено, ритмично приповедање наставио је причом о доласку Данаца и њиховом ангажовању од стране градских власти. Они су довезли пароброд који се звао *Сидхавн*, чије путешествије је подразумевало околни пут кроз Медитеран и Црно море да би се Дунавом, кроз Ђердапску клисуру, домогао Београда. То је била прва морска лађа која се докопала Ушћа. Великим, металним цевима избацивао би песак са дна обе београдске реке и тако је почело насипање. Тај процес се зове „рефулирање“ и тако је влажан песак убрзо засуо новобеоградску пустопољину. Како нам је најавио, ту се негде крила суштина приче коју је желео да нам пренесе.

– Дански инжењери су руководили радовима, али ту је било и неколико наших стручњака, умних људи који су школовање окончали у међуратној Европи – сада се Максим препустио причи. – Скоро по правилу били су сирочад јер су им очеви настрадали у Првом светском рату, али су их малобројне имућне мајке или породице послали од куће у којој је ионако било довољно лоше. Затим је дошло време да се врате.

Међу њима био је и један професор који ми је после постао близак пријатељ и учитељ. Његово име за ову причу није важно, нека му остане титула уместо имена, дакле и даље ћу га звати само „Професор“. Он је мени, баш као сада и ја вама, испричао причу о томе како су протекле те три године, до самог бомбардовања 1941. године, у којима су настали први обриси Новог Београ-да. Што је важније, испричао ми је како је сачувана једна тајна у чије одгонетање су, баш као и ви, многи уложили силан напор који је једино могао да се мери њиховим незнањем. Зато и лутате стотинама километара од циља који вам је можда био пред носом. Чудно је што нека-да морате да одете од места ка којем сте се запутили да би сте му се вратили када то заслужите. Такве животне усуде нисте вас двоје и ваша братија измислили. Они су недостатак свести о томе шта радите и зашто вам је то потребно.

Прича коју је Максиму пренео његов професор зби-вала се негде у јесен 1938. године. То је време када је ондашњи Београд доживљавао неку врсту процвата. На Сајмишту (које данас зовемо „Старо“) одигравале су се

спектакуларне изложбе; тих година предњачили су Вели-
ки јесењи сајам, као и Сајам аутомобила и Ваздухопловна
изложба. Испод прелепог висећег Моста краља Алек-
сандра, отвореног само четири године пре тога, пловиле
су осветљене лађе у част гостију који су се окупљали на
сајамским изложбама, са палуба је одјекивао добар џез,
дисало се пуним плућима, као да рат никада неће доћи.

27.

Са друге стране моста, оне која води према Ушћу, радило се пуном паром на насипању. До 1941. године ту више није било ни једне баре, а срушена је трошна зграда некадашње аустроугарске карауле која се налазила на новобеоградској страни Ушћа. Једно омање речно острво, које су тадашњи Београђани звали Врбак, такође је нестало јер је насут канал који га је одвајао од обале, па је постало њен део.

Радници су током једног летњег предвечерја 1938. године спуштали велике металне цеви које је требало да повежу дрвени, привремени гат, на којем је сутрадан очекиван *Сидхавн*, и део обале на којем ће бити испуштене нове тоне влажног песка. Био је то већ уигран, добро организован посао у којем се, после неколико месеци, врло добро знало ко шта треба да уради. Ништа није наговештавало да би могло да се догоди нешто неуобичајено.

Максим је говорио као да има све време овог света. Истини за вољу, ми смо му то одобравали. Нигде другде нисмо желели да будемо у том тренутку, него овде, с њим.

– Када је цев, чији је профил био већи од једног метра, била спуштена на песковиту подлогу, одјекнула је експлозија – наставио је. – Срећом, нико није био повређен, мада су два радника била у великом шоку, а због силине удара остали су неко време заглушени.

Максим се, причајући, сасвим уживљавао у осећања људи о којима је приповедао.

– Слушајући којекакве приче о људима и животињама који су остајали заувек заробљени у живом песку на левој обали Саве, радници су били спремни на свакојака изненађења, али на бомбу или мину – то свакако не. Откуд овде? Ко их је саботирао? И то на овако драматичан начин? Зашто?

Марамицом је обрисао зној са чела док је и нас „увлачио" међу људе на градилишту и атмосферу која их је затекла. Објашњавао нам је како се безброј питања нервозно мешало са страхом који је чак нарастао како се бука од детонације утишала, а тишина дошла по своје. Радници су збуњено кренули ка инжењерима који су били надлежни за радове, али ови су већ јурили ка месту одакле се све чуло. Безглаво су срљали једни другима у сусрет, и једни и други немоћни да одговоре на питања која је изливао изненадни страх.

– Мој професор је био разложан човек који није дао паници да га брзо победи. Знао је да је опасност макар привремено прошла и да би и здрава памет морала да каже своје. Гледао је место где се све одвијало, негде преко пута тадашње Ђумрукане, отприлике тамо где се сада налази Музеј савремене уметности и леп ресторан поред њега. У том тренутку ту није било ничега, ни једног обичног дрвета. Само полегнуте цеви, песак који је до тада био извучен са дна Саве и кратер од мине. Група инжењера згледала се без много речи. Радник који је био дoполa гo извукao je однекуд флашу ракије.

Максим ипак изнедри један шеретски осмех у тренутку када то од њега нисам очекивао. Па рече:

– Овде се зна шта не сме да се ради док се ради, али и шта мора да се ради када не сме да се ради. Попили су по једну, стресли се од лоше домаће брље, а онда је Професор схватио шта се догодило и мирно је рекао: „Вратио нам се рат.“

Једна реченица била је довољна. Ни реч више. И сви су све схватили. У Србији је само реч „рат“ одмах свима јасна.

– Експлозију је изазвала граната која је заостала иза бурних битака у Првом светском рату и опсаде Београда од стране аустроугарске војске – настављао је Максим. – Да би иронија била потпуна, то је била српска граната којом су браниоци града гађали непријатељске бродове и артиљеријске положаје иза њих, на другој савској обали. Зато ова бомба није била једина. У то су били сигурни.

Затим нам је објаснио како је Професор имао пријатеље у војсци, и како је било природно да их позове. Данци су, сасвим логично, препустили њему као човеку одавде да тај посао организује, већ прилично забринути за будући ток радова и због могућности да пробију договорене рокове.

Наш приповедач тада направи паузу, помало искушавајући нашу стрпљивост, али смо остали мирни и нисмо ништа рекли. Није нам падало на памет.

– Београд је тада био мала варош, имао је тек нешто више од триста хиљада становника и сви важни људи су се познавали, или су макар знали једни за друге – лежерно је наставио. – Тако је и Професор знао који је званичан пут да затражи војну помоћ, јер без експерата Краљевске војске посао не би могао да буде настављен, али је знао и за незваничан – да позове једног пријатеља са којим је имао и друге блиске везе. То је био неко кога ћемо такође назвати по чину, а не по имену, рецимо, зовимо га „Капетан“. Тај оштри, маркантни војник имао је и широко образовање, које је стекао још у породици, а Војна академија га је само „истесала“ и дисциплиновала. Остаје питање шта је то Професор видео прегледајући место експлозије, када је имао потребу да поред отвореног, омањег кратера прво позове неког од највећег поверења? О тајни тог догађаја мало људи тек понешто зна. Један од њих сам и ја.

„Није могуће…“, помислио сам. „Они су га нашли још тада…“

– Знам шта мислите – Максиму ништа није пролазило неопажено. Ни једна гримаса. Могло му се. Он је био опуштен, већ је знао све. Ми смо били у кавезу сачињеном од нестрпљења и радозналости.

Истим гласом је наставио да описује место где је граната експлодирала, а затим и Професорову и Капетанову шетњу до њега. Мудри градитељ је прво хтео да пријатељу покаже оно што други нису видели. Нешто необично је вирило из песка. Нешто што не би одмах сви требало да виде.

– Професоров страх од овог места брзо је умањио школовани војник који није веровао да би две исте гранате из тог доба могле да се нађу једна близу другој. „Не ударају никад у исто место“, сећао се лекције са Војне академије – настављао је Максим да нас води кроз причу.

– Закорачили су дубље у кратер на свеже насутом песку. Цев која је изазвала детонацију била је деформисана. То није била велика штета, начин да је замене био је брз и јефтин. Али шта је било оно што су угледали испод, питали су се, какав је то метал који је био заривен тако дубоко у песак? Рукама су полако скидали пешчане слојеве, сада се све мање плашећи. Ускоро су потпуно заборавили на страх. Испод њих је било блато које је покривало руб неког ковчега. Ковчега? Погађате... Ту је некада текао Дунавац. То је била река у којој су сахранили Атилу. Ко је сејао приче и предања која су нама била путокази, то сада више није важно. То су радиле и генерације радознаца, приповедача и маштара. Постојала је река коју је било лако преградити, била је свима довољно близу и далеко, сви су се плашили мочваре која ју је опасавала, а ако је било некога ко би тражио Атилу у њој, вероватно би нестао заједно са оним што је од њега остало.

Максим онда једноставно објасни како је Капетан, после свега што се догодило, у маниру генерала после битке све једноставно објаснио: сакрили су га тамо где га други неће тражити.

– Једино што су нам оставиле Атилине војсковође после сахране било је предање – већ помало иронично говорио је Максим.– Знали су да ће неко тражити његов гроб и могли су да се играју колико год хоће. Закопали су га тамо где се нико није надао. Размислите, из њихове перспективе нису постојали археолози. Сви који су раскопавали места где су сахрањени имућни покојници били су пљачкаши гробова. Зар не? Уосталом, питање је да ли је можда тако и остало? Шта је друго ваш Мајкл, или како год да се зове?

Видео сам како су се Маријани зацаклиле очи. Није било ни трага оном бледилу од пре само једног или два сата. Мени је све било и даље нестварно, али сада је постајало могуће. Нисам имао онај тмасти утисак у глави који ме није напуштао док смо се мотали приобаљем Тисе. Ово што сам чуо од Максима имало је смисла.

Пронашли смо Атилу, иако се томе ни једног тренутка нисам надао.

У ствари…

– Где је сада ковчег? – нисам издржао.

– Тај одговор бисмо могли да сачувамо за следећи сусрет.

Знао сам да Максима не треба притискати.

– За кратко време сте ме убедили да вам верујем – рекох, слутећи да ћемо се ускоро растати. – Па ипак, не могу а да вас не питам шта ће бити ако нас двоје све ово испричамо колегама кад нас буду видели ујутру?

– Прво, то вам нису колеге, а друго, не мислите ваљда да би вам поверовали? Уосталом, то би био беспрекоран начин да истовремено испаднете глупи и у њиховим и у мојим очима.

Погледао нас је дугим, значајним погледом, а онда је наставио.

– Очигледно је да имате енергију, чак и пристојно образовање, али нисам сигуран да знате куда сте пошли. Од ваших до мојих година пут је стреловит и кратак. Немате више много простора за дилеме и трошење времена за цупкање у месту. Не доцирам вам ништа, можете и да одседите у кафани остатак времена, очајавајући над судбином или се препуштајући благоутробију. Са друге стране, имате разлога и да будете задовољни оним што сте до сада урадили. Многи би били. Миран боемски живот на крилима две-три књиге. Пар деценија брзо прође док не стигну пензија или цироза. Али ми се чини да можете више. Не тако како сада размишљате док ме слушате, него другачије. Уочио сам један таленат који ретко користите. Знам да сте некада говорили млађим колегама: „Кад видиш да сви трче на једну страну, окрени се на другу!“ Сада ви сами већ дуго то не радите. Ево, док ме слушате увиђате полако да сте сада старији него што сте били тада. Не бринете, и даље ће бити само тако.

У суштини, све време је говорио о оној Маријаниној речи „искорак“. Када сам сагледавао неке тешке ситуације, умела је да ми каже како су ми „оштре ивице“ онога што видим и да ми је потребна мудра дистанца.

– Постоји безброј изрека о стању духа у којем се налазите, што само говори да нисте први који је негде застао на путу – имао је потребу да ми и то каже. – Једна од њих је да „сваком Бог да бицикл за по један круг“, а на вама је да видите како ћете га одвозити.

Није ми пријало што сам се нашао „на тапету“ и што ми један ипак страни човек даје животна упутства. С друге стране, већина његових речи била је на месту, али мени се никуд није журило, нисам баш никуд пожелео да отрчим. Озбиљне животне мисли биле су ми окренуте ка деци, а то је одлична исприка за одустајање од тражења смисла сопственог постојања.

– Имаћемо још о чему да разговарамо када за то дође време – најавио је растанак.

Опростили смо се тако што смо га одвезли на Теразије, љубазно се поздравио с нама, али овог пута је забележио број мог мобилног телефона. Нема више вребања поред реке, јавиће се кад завршимо експедицију са Мајклом, слути да ће се то десити ускоро.

28.

Скоро да смо долетели назад, јер сам пустио Маријану да вози. Сабирао сам минут по минут који смо провели током протеклих сати. Судбина некад удеси да прође гомила безличних дана, попут оних поред Тисе, у којима нисам знао шта ћу са собом, а онда ме претрпа суштинским догађањима која немарно нагура у неколико сати.

У ауту је било нестварно тихо. Да је сада улетела она мува, овако напет за трен бих је разлепио по стаклу.

Уплашен да би могла да заспи за воланом погледах у Маријану, али и њој је било исто као и мени. Размишљала је о Атили.

– Наука би једноставно рекла да је могуће све што није немогуће – изговорила је. – Мораћу добро да размислим о свему што се десило. Нисам у стању прецизно да мислим док ми се све не слегне. Верујем да је и теби сличан хаос у глави.

– Волим те јер увек мислиш исто што и ја.

– Шта си рекао?

– Да мислиш исто што и ја.

– Пре тога.

– Пре тога сам хтео да убијем муву.

– Коју муву?

– Није важно.

– Мнооого је важно.

– Зашто ти је, побогу, толико важна јадна мува?

– Није мува, идиоте.

– Немам појма шта сам рекао. Вози, бре.

Извукох се.

Шта ми би?

Поред пута, близу Тисе, једна жена је намештала стол-њаке у малој кафанској башти. Да свратимо? Брза кафа? Погледах у њу.

– Наравно.

Опет смо мислили исто.

– Не буди толико брижан – рече Маријана. – Више немамо где да закаснимо. Комедија је завршена.

– Они то не знају.

– Пустићеш их да живе у илузији? Душо моја правдо-љубива, каква си ти замлата.

– Пуштам тебе да процениш шта би требало рећи. Кад си тако паметна.

– Мени треба Мајклов новац. Желим да ме плати, заиста ми све остало није битно.

– За шта да те плати?

– За моје време које сам утрошила на њега.

– А ја мислио да је тражио прилику да ти пронађе неки ангажман. Да је имао и неку жељу да ти помогне. Овако је могао само да ти пошаље паре, па да те не тера да са мном и овим вагабундима роvariш по војвођанској каљузи.

– Ти баш не разумеш, је л' да? Ја морам доћи до новца. Морам.

– Па што се не удаш?

– Ко каже да нећу?

Сасула је остатак кафе и отишла ка лади.

„Заиста", помислих, „ко каже да неће?"

Ушли смо тихо у двориште куће у којој су спавали наши сапатници, ловци на оно што смо ми већ нашли. Њима је остало да открију неку нову „Табулу смедеревиану". Било је време за устајање, па смо на брзину скували кафу, правећи се да смо се пробудили први.

„Прегураћемо један дан без сна", убеђивао сам себе. Док сам гледао у шољу кафе која се пушила у руци, тамна течност ме је подсећала на мрак у тунелу испод Саве. Осећао сам се као да сам стварно тек устао после силовитог сновиђења, а кафа би требало да ме разбуди и покаже да сам све само сањао. До сада сам много пута дочекао јутро после чудних снова, збуњен могућношћу да су се баш у мојој глави замешале такве слике. Овог пута луда глава није ништа скривила.

Маријана је била једина која је знала какав русвај садрже моје мисли, мада нисам веровао да је њој било много боље. Нисам је чуо док ми је тихо прилазила с леђа. Само је шапнула:

– Чула сам шта си рекао у колима. Рећи ћеш ти то опет. Чекаћу, да знаш.

29.

Први пут се појавио на терену после пуне две недеље од када смо почели са радовима. Мајкл је показивао знаке незадовољства, али господствено, не замерајући нам ништа. Руку на срце, није имало шта да нам се замери јер смо по цео дан радили оно што нам је речено.

Једино сам ја, за све ово време, имао комфор да врлудам около ту и тамо, али то није реметило посао него моју савест. После авантуре са Максимом и тај осећај је престао да постоји. Један од задатака које ми је Мајкл одредио био је да, како знам и умем, спречим веће интересовање људи из околине како не би ометали радове. То је учињено уз много мање напора него што сам стрепео. Од Пере лађара сам добио само пуну дискрецију и пацке које сам и овако већ лупао сам себи, а у кафани је добродушни Архимед одрадио цео посао уместо мене.

Мајкл није крио разочарање што ништа нисмо пронашли, гледао је сатима мапе на којима су му Клаус, Маријана и Влада показивали места која је означио и дуго је проучавао начин на који су их обрадили. Ангажовао је професионалце, заиста их је и добио, али са њима није стигао и резултат.

Свима је било јасно да је његов извор омануо, њему је било јасно да је нама јасно. Био је то тај неко ко га је убедио да је ово његов животни посао. Знао сам да му није било лако. У његовим годинама нема много поправних испита, можда је и он желео неки свој искорак.

Помоћи му није било, а Маријана и ја смо то знали боље од свих.

У тренутку сам чак помислио да би било згодно када бисмо, овако „у залету“, могли да пронађемо макар нешто што би представљало компензацију за снове нашег оседелог вође у дечачкој маштарији коју смо изводили. Нешто што би било веће од аварске гробнице. Али баш тада сигурно не бисмо пронашли ништа.

У његовом свету је достојанство некако декларативно, подразумевало се да у оваквој ситуацији буде „изнад“ и да сви то виде. Па нека, лепше је тако. Дао нам је налог да полако почнемо да пакујемо опрему, а он нас све позива на вечеру за два сата. Још је питао да ли овде, у самом месту, постоји неки пристојан ресторан.

– Има у центру једна старинска кафана, сунчан је дан, башта је испод прелепе крошње, можда бисмо могли тамо – разбрбља се Маријана.

„Ћути, несрећо…“

Мајкл је пристао. Зашто да не, требало би и ово извести на аутентичан начин.

– Знате ли где је то место? – упитах га, за сваки случај, како бих му објаснио како да нађе кафану.

– Ако је у центру, онда преко пута цркве.

Сад је било моје време да ућутим.

Упутио сам се тамо први, Маријана је пошла за мном. Може јој се. Одједном је престала потреба за формом која је била захтевана све ово време и цура је решила да се опусти.

Замолио сам домаћине да споје столове, доћи ће десетак гостију, све им је наговештавало леп пазар и добро расположење. Иако се завршавала једна бесмислена авантура, баш као што сам предосећао на самом почетку, било ми је помало жао. Сета се односила на плавушу која је седела поред мене. Пред другима смо дискретно крили да смо блиски, а сами пред собом ионако нисмо знали да одговоримо у ком смо статусу. Истини за вољу, једном ме је питала да ли је сада она моја девојка, а ја сам одговорио да, са четрдесет година, може да буде све осим девојке. После није питала више ништа.

Маријана се брзо променила. Зјапећа, панична потреба за новцем нагло ју је усплахирила, па је постала врло нервозна.

– Мислиш ли да ће сад бити и исплата, ако већ најављује растанак? – забринуто ме је питала.

– Немам појма. Не изгледа ми као неко ко остаје дужан. Велика је он зверка да би се брукао „на мало“.

– Ех, ти све знаш. Колико пута су мене преварили…

– Колико?

Погледала ме је неочекивано тужно. Постојао је неки непријатан наговештај у изразу њеног лица, али сам решио да му не поклањам много пажње. Знао сам да не треба да знам све, ако ми већ није речено, а слутио сам да постоји много онога што не бих ни волео да чујем.

Поред мене су се већ неподношљивом брзином одвијале две приче. Једна, ова са Атилом, требало је да буде при крају, али је Максим донео потпуно нови преокрет, и сада ми је било јасно да више не тражим ја одговоре, већ да они траже мене.

„Друга прича" је треперила поред мене на столици, нервозно очекујући новац за који је била сигурна да јој припада. Њен немир наговештавао је силину оностраног живота који је водила у неком удаљеном, мени страном свету.

– Мајкл и остали ће стићи за неколико минута – рече тек да би потрошила време, или да би мене бар мало натерала да се отворим.

– Па шта? После тога ће и отићи. Отићи ћеш и ти, зар не?

– Чекај да видим шта ће бити с новцем. После ћу можда знати.

Пола сата касније кафана је била пуна.

– Имате ли плодове мора? – развеселио ме је Клаус обраћајући се келнеру.

– Не, пријатељу, овде имају само плодове копна – добацих.

– Откуд ја знам…– осетио се кривим.

– Ово је кафана – кренух да објашњавам. – Овде нуде оно што имају надохват руке. Али је зато увек добро.

– Не љути се, навикао сам да тражим оно што волим.

– Знам, то сви стално радимо.

– Незгодан си данас.

– Само сам мало пргав кад сам разочаран.

– Господо, ако је већ време да говоримо о разочарању, онда бих ја могао да вам кажем највише – поче Мајкл своје опроштајно излагање, пошто је чуо наш разговор.

Седео је у челу стола, како је већ био ред.

Био је крут, наборан, уредан, намрштен. Форма је задовољена, хајде да чујемо суштину.

– Моји пријатељи који су располагали озбиљним информацијама о овој области наговестили су ми где би требало да трагамо – говорио је разговетно и полако. – Био сам сигуран да нећемо погрешити, али увидом у све што сте до сада урадили схватио сам да је посао завршен, **нажалост, без резултата.**

Изговорио је још неколико уобичајених фраза а онда је нагло завршио причу формално се свима захваливши. Убацио је за крај ону килаву фразу о томе како је живот борба и како морамо даље, што нисам хтео да тумачим. Ваљда је само остао гадљив израз на мом лицу па ме је Маријана дискретно ћушнула ногом испод стола.

– Шта ти је? – обрецнух се на њу шапатом.

– Немој сада да га љутиш.

– Па видиш да тупи.

– Немој сад! Слушај шта ти кажем. Важно је.

„Добро. Слушаћу шта ми кажеш.“

Трансформисала се у блазирану ученицу нижих разреда основне школе са снисходљивим осмехом. Значајно је трептала према Мајклу, тобоже упијајући сваку његову реч. Када је почела да клима главом, мунуо сам ногом ја њу.

– Дај бре, снајка, сабери се мало! Види се на шта личиш.

– Ћути.

„Да знаш да хоћу“, одлучих и изађох напоље, испред кафане. Изашао сам да запалим цигарету. Ето, Мајкл не воли кад се пуши пред њим. „Море, 'бем вам матер западњачку наркоманску“, прошиштах у себи, већ помало збуњен што ме је Маријанино понашање толико избацило из такта.

– Је ли, бато, кажеш Архимед? – јавио се глас неког од оних момака који ми сад баш никако није требао.

– Архимед, него шта! – дрекнуо сам. – Кад ме умочиш у чисту воду изађе напоље онолико срања колико сам тежак!

Није му било смешно. Није ни мени.

У целом мом раздрнданом животу било ми је најважније да ме нико не дира онда када ја не желим никога да дирам. Зашто је толико тешко оставити на миру човека који се склонио да другима не смета?

Наслонио сам се на орах. Већ је био сутон и крошња дрвета ме је заклонила тако да ме нико не види. Некада се од сапете нервозе нешто разлије и тешко је то контролисати. Одавно сам научио да своја лоша расположења оставим за себе и да не говорим. Никада нисам зажалио кад сам ћутао.

Из кафане су изашле две силуете. Светлост која је допирала иза њих омогућила ми је само да препознам контуре, јер им нисам могао видети црте лица, али су ми биле одмах препознатљиве, као када се деца играју сенкама на белом зиду.

Она трома сенка био је Мајкл, а ова са коњским репом и качкетом… дабоме, Маријана. Шта раде њих двоје напољу?

Пружио јој је нешто, у мраку ми је изгледало као коверат.

Опа, снајка, била си најбржа. Честитам. Ниси стрпљива али си ефикасна. Хајде сад пољубац за маторог мецену, тако, у један, па у други… јеботе… шта је ово?!

Тако се не љубе маторе мецене у образ. То није био образ. Или се ја не разумем у ту врсту цмакања.

Ушли су у кафану. Он ју је срдачно пљеснуо по стражњици.

Уђох за њима. Пет минута после. Ја никог нисам пљеснуо. Мада ми је мало бридео образ. Сео сам на своје место и поново запалио цигарету. Сад ме није погађало да ли то Мајклу смета.

– Ви пушачи сте врло непријатни људи – не издржа он…

Грешни, времешни Мајкл… А лепо сам свима рекао да ме не дирају… Или можда нисам? Е, сад ћемо то да исправимо…

– Сећам се да су Индијанци измислили пушење дувана – одговорих. – Не сећам се да их је он потаманио. Зар вас не мрзи да живите од дроге, а прогањате пушаче?

– О, па то су цивилизацијски обрачуни – обрецну се он. – Знате, сви ћете вечерас добити хонораре за свој труд. Ево их у ковертама са именима.

Затим стави коверте на сто, па погледа у Маријану да свакоме дода онај на којем је његово име.

– Видите – настави да говори гледајући ме у очи. – Ја имам седамдесет година и у солидној сам форми. Разумем систем у којем живим, подржавам га и добро се осећам. Створио сам пристојно богатство иза себе. Ви не изгледате као неко ко ће у тој мери успети у животу.

„Лепо сам ти рекао…"

– Видите, ја сам пре неколико дана напунио четрдесет. Нисам уопште у форми. Помало сам депресиван. Али још умем да се смејем. И сигуран сам у једно: ако бисмо сада фаустовски направили трговину и ја вама понудио да ми дате све, али баш све своје паре под условом да се заменимо у броју година, брзо бих вас убедио.

Бесно сам га гледао у очи. Није требало да ме дира. Сад је имао још већи проблем: како да ме заустави.

– Хоћете ли да наставим? – питао сам даље, док ме је запањено гледао у очи.

Ухватио сам се божијих ингеренција. И гле, када их човек узме у своје руке, одмах постану ђавоље. Богу божје, човеку вражје…

– Хоћете ли да се ценкамо у мање? Да ли бисте дали све паре за једну деценију? А? Само десетак буђавих година? Или би се спустила цена и за годину дана, кад би могло? Колико на тржишту коштају сва четири годишња доба? Хеј, па то је цео Вивалди!

Пребледео је, ја нисам, кажу да сам био зајапурен, што је природнија боја од његове, али исто тако није добра, није требало да ме дира… није требало да дира ни Маријану, који је тек њој враг, 'бем ли и њој…

Само неколико минута касније Маријана је изгледала безбрижно, правила се као да није било мог вербалног испада, њена нервоза потпуно је нестала, осмех се вратио на лице и све је било савршено.

– Ови се ускоро разилазе. Вечерас је последња ноћ у кампу, сутра идемо одавде. Шта мислиш да се негде провозамо? – само је сипала речи.

Било ми је свеједно. Зашто не бих пустио неког другог да прича? Она је била добро, ја нисам. „Хајде, лутко, води ме.“

– Хоћеш ли ти да возиш?– питао сам је.

– Ко би други?

Истина…

Сада ће бити мирна бар неко време, овај новац јој много значи, па то је чиста куповина мира, је л' тако да је разумем… Наравно, како не бих разумео. Коверат јој је вратио расположење, није престајала да прича, непрестано се смејала…

Убеђен сам да умем да ћутим и да не треба да почнем разговор баш кад ми мали, црвени ђаво стоји на рамену и говори: „Реци нешто!“

– Ти си баш срдачна са маторим? – не издржах.

– Са којим маторим?

– Са Мајклом, што се правиш луда?

– Што бих се правила луда? Па рекла сам ти да је он стари породични пријатељ.

– И да се дружи са твојом мамом?

– Па да.

– Лутко, твоја мама у животу није мрднула из Београда, а он овде није био тридесет година.

– Шта хоћеш да кажеш?

– Да стојим доста лоше са математиком, али су један и један обично два.

– Добро, Мајкл је мој пријатељ. Да ли ти је то довољно? – развуче мазан осмех и приђе да је пољубим.

Склонио сам главу.

– Шта ти је?

– Зар не правиш макар пристојну паузу?

– Шта ти је вечерас? Какву паузу?

– Између два пољупца са два различита мушкарца.

– Шта је с тобом, човече?

– Био сам испод ораха када си га љубила, пре пола сата.

– Ма ти ништа не разумеш…

– Наравно да не разумем. О томе ти причам.

– Да ли ти заиста мислиш да бисмо Мајкл и ја… Не могу да верујем! Па где су ти очи?

– И ја сам се то исто питао када сам вас видео.

– Ма то је стари обичај, нека врста интерне шале, фолклора, зезања… Ниси ваљда због њега љубоморан? Па побогу, он је једном ногом у гробу!

– И руком, што се мене тиче…

После се још дуго ишчуђавала над мојим „задњим мислима", а онда ме је отерала у кревет. То је било последње што сам помислио да ћемо радити док сам пре пар сати стајао у сенци оног ораха.

„Нису оне криве", помислих пре него што сам, после свега, утонуо у сан. „Нико од мушкарца не може да направи већу будалу него жена."

30.

Када би неким чудом били укинути мобилни телефони Маријана би умрла из места, без размишљања, двоумљења или тестамента. Овај последњи би јој понајмање требао јер у заоставштину не спадају тешка сећања, расуте емоције и деца. Али шта је живот без мобилног?

Није се растајала од њега, понекад је имала по неколико апарата, носила их је у торби, стално је неки пиштао, тада сам јој говорио како јој свира стражњица.

Када је зазвонио овог пута, дешавало се нешто озбиљно. Погледала је у екран апарата, удаљила се од стола и почела да галами, а затим и урла.

Нисам је никад видео такву, а сад, док сам је посматрао, схватио сам да ми је жао што сам близу. Грч на лицу, псовке, салва псовки, стегнута песница руке у којој није држала апарат – ништа није слутило на добро.

– Хајдемо одавде – брзо је рекла, повлачећи ме за руку.

Стигао сам да бацим мало новца на сто, како бих подмирио кафански рачун, и излетео за њом напоље. У улици је било неколико кафеа поред којих смо пролазили ових неколико пута када смо се виђали у Београду. Беспомоћно сам је следио док је отреситим корацима шибала улицом. Гледала је између кафанских столова, а онда је повикала.

– Ево га! Е, сад ћу да му кажем!

Нисам схватио шта се догађа док смо стајали испред мирног, ушушканог кафеа у којем смо се прошли пут смејали и пили вино. Опет је погледала кроз излог омањег, мирног свратишта и начас се окренула према мени, као дете које јавља родитељима да нешто брзо мора да уради, али нема времена за њихов одговор или одобрење. Док сам покушао да схватим шта се догађа, у два корака била је унутра. Пришла је столу за којим је седео један човек нагнут над отворене новине. Испред њега је стајало неко безазлено пиће, мислим да је била кафа. Једва да је стигао да подигне поглед када је Маријана почела да виче.

Гледао сам закуцан за врата, суновраћен у ненадани призор њене расправе са бившим мужем. Одмах сам схватио да је то он, али не и откуд тај човек овде.

Тешко да бих могао да препричам штури монолог ове разјарене жене. Остала ми је слика бурне гестикулације, њеног махања рукама и буке коју је правила док су се људи који су се затекли у кафеу окретали. У једном тренутку зграбила је сто за којим је човек седео, одигла га неколико сантиметара од пода и с треском спустила натраг. Кафа се расула, остављајући флеку пред мени непознатим мушкарцем којег је она, заузврат, врло добро познавала.

Кратко ошишан човек, којем нисам могао да одредим висину, мирно је седећи гледао Маријанин наступ.

Лицем му се рапростро циничан осмех али ништа није говорио. Док је она завршавала, не спуштајући глас, питањем: „Јеси ли ме чуо?!", он је, чинило ми се, само још чвршће одлучио да не проговори ни реч. Злуради осмех и чврст поглед завршавали су на њој, а он је био довољно упоран да јој не узврати речима. Театар је био завршен, она се окренула и отишла од стола.

– Ух, како га мрзим – прошиштала је док је пролазила поред мене, онако шокираног, на вратима.

Изашла је, а мени није остало ништа друго него да кренем за њом.

Понешто сам знао о мржњи. То што сам знао увек ме је плашило.

Вратили смо се за сто за којим смо седели до пре пар минута, ћутао сам, она је исто тако ћутала. Бректала је, уздисала, као да се управо попела степеништем на врх солитера, а сад ће она поново, још један круг, само да дане душом...

– Стани, побогу...

– То је био мој бивши муж.

У оваквим ситуацијама се никад не пита: „Шта хоће?"

– Шта хоће?

– Хоће одмах и што више, али не зна тачно шта.

– Нисам сигуран да бих волео да знам.

– Па ту си. Требало би да знаш.

То је била она друга половина нечега о чему нисам желео да мислим. Истина, било је нужно. Требало је да знам, ако сам већ поред ње. Или би требало да одем, ако већ нећу да знам. Згрчио сам се, напео трбушне мишиће, очекујући јак ударац у плексус, и спремио се да чујем причу...

Говорила је дуго. Слушао сам знајући да не могу све да запамтим. То ми се догађало и раније и био сам сигуран да после оваквих исповести нећу успети прецизно да запамтим реченице, него ће ми остати слике које твори утисак саткан од онога што сам чуо.

Њен први човек склон је насиљу, непредвидив је, плах... туче жене... Има сада неку другу... Није брига њега за њу, он жели само да јој напакости, све ради само да би био сигуран како она пати...

„Сваки садиста има свог мазохисту", сетих се.

– Не могу више овако да живим, он не даје новац за издржавање, а ја се сналазим и потуцам по белом свету. Човече, само да нађем неког богатог деду, негде тамо у Француској, да му перем гаће целог века, само да девојчицама обезбедим основно за живот. Немају, бре! Ништа више од Бога не тражим.

А онда је лавина наставила да се ваља низ падину ка мени.

– „Била си лепа", кажеш, па јебем ти ту лепоту, да сам макар упола мање била привлачна не бих привукла толику гамад на себе. Запамти, лепота је проклетство. Тобоже су ми се отварала врата, а тек када би ми се залупила иза леђа схватала бих да не улазим ни у какав дворац, него у клопку. Тако сваки пут. Сви су, бре, хтели да ме јебу, нико да води љубав са мном! Разумеш? Ма разумеш ти курац! Сав си ми углађен, свима си добар, вицкасти боем... Нико те не дира, никог не дираш. Такав као ти у Паризу би умро за три дана.

Ћутао сам. Било је време да удари по мени. По неком је морала. Чекао сам да се расплаче, али то јој није падало на памет. Ако је то некада и радила, пазила је да је нико не види. Она је, у ствари, не успевајући да победи околности, живела од данас до јуче.

Ништа из човека не може да извуче душу као занесен поглед жене која би хтела све, а нема ништа…

Искуство ме је учило да јој у оваквим ситуацијама брзо треба променити перспективу, окружење. Мора се извући из тока мисли које је муче.

– Водим те на вечеру – пресекох је.

– Шта ти је одједном?

– Плаћам цехове твог бившег мужа. Не брини, и мојој жени неко плаћа моје. Само затварам круг. Зар ми ниси рекла да су сви у праву?

Успео сам да извучем осмех. „Ниси још за бацање, матори…“

Сада, када је тумарање за Атилом завршено, а експедиција распуштена, недостајала ми је лада.

– Како би било добро да је сад овде она крнтија – сетила се и она.

– Не рече ли Максим да Бог сваком да бицикл за по један круг? Е, срећо, ти си свој у лади одвозила. Добро је да смо извукли живе главе.

– Бољи сам возач од тебе.

– Видећеш ти кад ја обујем штикле.

Загрлио сам је и кренули смо полако улицом. На другу страну од кафеа у којем је седео њен бивши. „Сви смо некад нечији бивши“, помислих.

Нисам пре тога проверио колико имам пара у новчанику. Заборавио сам да једе као међава…

Пуштао сам је да пред мене распе чисту генијалност и исто такво лудило. Негде сам био спокојан и знао сам да све то мора да иде у пакету. Нисам лагао себе, као што то знају да раде многи мушкарци мрзовољни да одрасту и спремни за комфор средњих година. Истраживало ми се њено лудило, желео сам да се предам јарким бојама које је носила подлога њене душе.

Хватао сам варнице њене располућене, снажне али непосвећене љубави.

– Ти си добар према мени.

– Не мислим, лутко, да сам добар. Када Господ буде правио распоред, а ми стигнемо Њему на истину, видећу рајске капије само под условом да је у паклу све пребукирано. А тамо је оштра конкуренција око смештаја. То је шанса за моју грешну душу. Једино у шта сам сигуран јесте да су многи око нас још гори.

31.

Као и много пута раније, околности су доносиле одлу-
ке у моје име. Поучен старим саветима, покушао сам да
направим селекцију, па да мењам оне које ми не одгова-
рају, а да трпим оне које не могу да мењам.

Маријанин бивши муж је био изузетно утицајан у
њеном животу, иако је она, у границама својих енерги-
ја и моћи, желела на сваки начин да га одатле избаци.
Убеђивала је и себе и мене да он, суштински, више не
постоји, а све ме је то подсећало на гест који су правиле
моје кћери док су биле сасвим мале – стављале би ручице
преко очију и викале ми: „Не видиш ме!"

Проблеми се деле на оне због којих је Хемингвеј добио
Нобелову награду и на оне због којих је сачмаром про-
свирао себи мозак.

Године које сам нанизао за собом нису ми дозвоља-
вале да будем глуп. Мрзела га је. Још је био у њеном
животу. То иде заједно. Сви који су некада били с нама
део су пакета који товаримо онима са којима ћемо тек

бити. Уме ту да буде „финог света“ и повелике гужве. Чаролија зрелог доба…

Њено искуство било је прича о ружном пачету, само наопако испричана. Била је лабуд, онда је све кренуло низбрдо, и сада је одлучила да је време да се све врати у светлу фазу. Гребала је и зубима и ноктима показујући енергију која је била незаустављива. Нисам видео жену која толико експлозивно, у континуитету, без предаха и одмора може толиком снагом да захтева оно за шта мисли да њеној деци припада. Када је тражила подршку и новац од родитеља и пријатеља, није осећала нелагодност, напротив, узимала је заостатке које јој нико није дао у детињству. Сматрала је да су то њена следовања, њени заборављени оброци. То је била хистерична реакција безброј пута остављеног детета у њој. Сваки покушај да јој неко објасни да ствари можда стоје другачије био је чисто губљење времена.

Имејл који ми је стигао тог јутра био је већ два дана на мојој адреси, али сам био учмао и нисам се обазирао на евентуалне пошиљке. Почео сам да радим, отварање поште била ми је свакодневна церемонија, одмах после јутарње кафе, али ме је безвољност до те мере отупела да сам обављао само оне обавезе које су биле нужне. Тако сам и на мејл заборавио. Товар који ми је лето натоварило на леђа још ми није довољно добро легао на кичму, мада ми је одавно „пребројао“ пршљенове, и пустио сам да све дође на место само по себи. Другачије нисам ни знао ни могао. Надао сам се да ће Максим да се јави; без завршетка приче који ми је остао дужан моја половина није значила ништа. Био сам пун којекаквих „половина“, док су одлучујући други део негде са собом носили други људи. Маријана је била ту, али и она истовремено и присутна и одсутна.

И даље је зрачила енергијом која није попуштала, и када бих помислио да је време да се повучем, требало јој је само неколико речи да сруши све коцкице моје трапаве грађевине, а када је била ту, било је подједнако лоше под теретом свих невоља које је носила на леђима. Нисам знао како да јој помогнем, али нисам знао ни како да понесем њен крст. Нешто ту није било добро распоређено.

Зато сам био потпуно затечен писмом:

...Париз је град светлости, пробаће опет, тамо су шансе увек веће, у неком прикрајку сигурно постоји неки деда који просто вапи да му неко пере гаће, ма разуме она мене, ваљда разумем и ја њу, ја сам одрастао у топлој породици, није хтела да вређа, ономад, она своју породицу саставља целог живота, нико је није волео кад јој је требало, то никад не сме да се деси мојој деци, да се не играм главом, убиће ме на месту ако то заборавим, њу су сахрањивали са две, петнаест и седамнаест година, а она ће њих само једном, онда када за то буде време, достојанствено и без мржње, ја то не разумем, боље је да не разумем...

И да знам да ме воли, и то је написала.

Оде она.

У само праскозорје прво се јаве врапци. И тог јутра сам се још једном окренуо на другу страну постеље у нади да ћу ипак заспати пре него што се заиста раздани.

„У реду, опет је свануло", помирио сам се са тим да ми кревет изгледа као да се неко тукао у њему. Кренуо сам да купим цигарете, иако сам их имао довољно. Панично сам тражио разлог да изађем напоље, на сунце.

Мисли су ми постајале подношљивије када сам изван затвореног простора. Зато сам умео да пешачим дуго, понекад бесомучно, пуштајући улицама да ме воде и саме изаберу којом од њих ћу кренути.

Дуготрајне шетње биле су најбољи филтер који сам знао да применим тих дана, јер је квалитетан умор умео да умањи тежину суморних мисли. Не могу да кажем, падала ми је и кафана на памет, као диван медитативни простор, али овог пута ми је нешто говорило да бих одласком тамо могао да изгубим жељу да се вратим.

Десетак километара пешачења, туш, топла кафа и био сам спреман да „почастим“ реалност својим присуством. Још да прелистам новине, и одох на посао.

Звоно.

Ко ли је у ово доба?

Поштар, добровољни прилози, Црвени крст, Јеховини сведоци… Не долазе пре подне.

…Можда је она, личило би на њу да једноставно бане, кретену, шта си обећао себи, никад од тебе човек, толике си године прегазио, а разлупа те обичан сентимент, где ти је памет, лепо си себи објаснио да си је прекомандовао међу успомене, нашао си и леп рам, пусти, бре…

Заиста је стајала пред вратима. Она. Трудила се да развуче осмех, не толико успешно, али бескрајно шармантно и уплашено. Баш се трудила.

…Оне окице су светлеле као ономад у тунелу. Није било тунела, побогу, то је само твоја фикција! Нема везе, светле, кад ти кажем…

Наједном, почео је да ми се магли вид. Њена фигура је ту, пред отвореним вратима почела да вијори и да се топи, као када се на ужареном асфалту, у време летњих врућина, губе аутомобили који долазе у сусрет.

Покушао сам да се концентришем, шта је ово са мном, несвестица, све се преливало у измаглицу...

Јастук је био потпуно мокар.

Чули су се врапци напољу.

32.

Дочекао сам и њега. Две недеље се није јавио, а онда се то ипак догодило. Био је један од оних осунчаних септембарских дана, док се лето још бори за опстанак, а у души се већ скупља страх од новембарског сивила.

Ходао сам уобичајеном стазом од Новог Београда ка Кнез Михаиловој улици. Београђани не воле да шетају преко Бранковог моста. Смета им саобраћај, шта ли… Мени не смета. Волим туда да корачам док ми Сава протиче испод ногу. Поред реке су ми се се по правилу ројиле оне мисли које сам некако дуже чувао у себи, нисам их расипао и заборављао.

Током телефонског разговора Максим је био уобичајено одмерен, рече како би било лепо да се нађемо негде уз кафу. Што да не, башта *Коларца* ми увек прија, ето и симболике, тамо где сам почео са Мајклом завршићу са Максимом.

Он се није променио, ја вероватно јесам. Пустио сам њему да отпочне разговор.

– Делујете мало запуштено.

– Тако се и осећам.

Некада речи одмах дођу на своје место. А некад се цеде недотупавне и недоречене као монотона јесења киша.

– Очекивао сам да ће шармантна дама бити с вама.

– И ја сам.

Умео је да се заустави.

– Схватам.

Није говорио ништа неколико тренутака, видео сам да размишља шта ће да каже. Ваљда и људи као што је он могу понекад да буду затечени.

У мојим годинама човеку не приличи луксуз из младости да вапи за изгубљеном љубављу. Не волим ни то што сам пушач, али понека вајда буде и из тог порока. Макар церемонија током које рука са цигаретом крене ка пепељари, још неколико колутова дима у ваздуху, длан лагано задрхти, а опушак ускоро остане затрпан у пепелу. Као да сам нешто заустио да кажем, али нисам рекао ништа, и баш је добро што је било тако. Оно што сам осећао није било време које пролази, већ сам то био ја који нестајем у њему.

– Не бих био спокојан на вашем месту. Велике ствари морају да решавају групе људи унутар којих мора да постоји потпуно поверење. Највеће увек морате да решавате сами.

– Мислим да је овај проблем био већи од мене – нерадо сам настављао разговор.

– Питања срца су немилосрдна. Ту је само кајање извесно, а све остало је лутрија.

– Ако сте хтели да ме утешите, не иде вам баш добро.

– Немам намеру да вас тешим. Зрео човек мора и самоћу да поима као нужност.

Протицало је време током којег нисмо ништа говорили, па је кашичица у шољи кафе ударала као црквено звоно.

– Желео сам да вам испричам причу која би вам помогла да схватите наш разговор и догађања која смо прошли заједно – почео је јасно, како то њему и приличи.

– Колико сам разумео, никоме нисте причали о томе.

– И сами знате да ми нико не би веровао. Пустио сам да протекне неко време и разумем да ми недостаје епилог да бих знао о чему треба да мислим. Повратак у свакодневицу ме је ионако уморио и приближио реалности.

– Реалност ћемо већ додирнути разговором.

Затим је почео да говори о времену које ми је било познато из књига међу које сам се радо враћао. Он се упутио у 1521. годину и дан када су Турци победили Угре на Београдској тврђави. Почео је приповедање лагано нижући чињенице. Причао је и о томе да је међу хришћанским браниоцима града био значајан број Срба који су насељавали тадашњи Београд. Слушајући почетак Максимове приче, почео сам заједно с њим да се враћам у то време и да препуштам сликама града у којем су живели ти људи да се споро смењују преда мном. Почео сам да осећам како су се тадашњи Београђани радовали, туговали и битисали током свог века.

Извирале су слике далеких предака који су у души носили још свеже ране Косовске битке, знали су какав моћан град је направио деспот Стефан Лазаревић пре њих, имали су, у не тако давној прошлости, ужасну најезду Турака, када су се чудом одбранили 1456. године, а сада су поново очекивали налет Азијата спремни да гину за хришћански крст.

Све је узаврело и мирисало на смрт и пропаст, те 1521. године. Са ове временске дистанце, историја Београда изгледа као пренатрпана збрка чију хронологију и безбројна крвопролића није лако запамтити. Опет је био тежак август месец, а један од војсковођа, Ахмед-паша, ширио је лажне гласине међу својим војницима да је тог дана Видовдан, датум српске погибељи на Косову. Тако је показао кога су се Турци у Београду највише плашили. Одбрамбени бедеми су попуштали, пораз је постајао известан, а угарски заповедници су спас налазили предајући се један по један, док последњи међу њима није спустио кључеве града на длан султану Сулејману Другом.

– Тада се одиграва једна од најтежих и најсликовитијих прича наше прошлости – полако је Максим почео да приповеда своју причу. – Велики део бранилаца Београда је погубљен, док су преживели становници прогнани у Турску. Предстојало им је дуго и мучно путовање, када су пешке, према неким записима током шездесет дана, ишли за Истанбул. Понели су своје највеће светиње – мошти свете Петке и чудотворну икону Богородице, која је вековима пре тога међу Србима сматрана највећом драгоценошћу града.

Максим је говорио смирено, не кријући поштовање према људима чију су причу потоње генерације заборавиле. Уз тако злехуду историју, крцату погибијама и жртвама, много тога је можда и морало да буде заборављено да би се могло даље.

– Тај народ је насељен на ободу турског престоног града, где је дуго постојала Београд-махала, део насељен нашим људима – настављао је Максим причу коју сам познавао. – Знам да сте писали о томе, као и о данашњој Београдској шуми, Белград ормани како је Турци зову. Тачно је да је овај део града назив добио по нашим прецима, и сачувао сам ваш текст из новина којим сте упозорили оне који себе називају потомцима „старих Београђана“ да би то могли да буду само ако су наследили оне из Константинопоља.

Променио је „Истанбул“ у „Константинопољ“, али нисам коментарисао, чекајући наставак.

– Ево, данас ви и ја о томе говоримо као о романтичној причи, заувек окончаној асимилацијом тих људи. Дуго су имали своју православну цркву, која је изгорела у пожару у другој половини 20. века, а очигледно је да није било оних који би имали снаге да је обнове. Утопили су се, рекао би неко…

Тамо, у непрозирној, депресивној празнини 16. века почела је једна друга прича.

– Све што данас знамо јесте да је постојала група младића, Београђана, која је чувала успомену на изгубљени град и своје очеве, погинуле и сахрањене у њему – наставио је Максим. – Мало знамо о њима, осим да су пут Константинопоља сигурно кренули веома млади, као дечаци, јер су одрасли углавном изгинули. Одрастали су под окриљем побожних мајки и успомена на убијене очеве. Били су немоћни да се освете, жељни да преживе, сувише побожни да би малаксали, млади да би одустали…

Када би успевали да се отргну од утиска омалене касабе којој су до тада припадали, гледали би пут Аја Софије, византијске светиње која је претворена у џамију. Пред њом су се учили стрпљењу. Ево зашто: када су постали

становници Истанбула сазнали су да се овде налази нај-
већа богомоља коју је створила људска рука, али такву
грађевину никада раније нису могли да виде. Београдске
цркве које су памтили биле су драге, али безначајне у
односу на овог џина. Гледајући очима ондашњих људи,
пре су је доживљавали као право чудо, него као нешто
што је човек могао да направи без Божје помоћи.

Максим је настављао мирним, приповедачким гласом,
а моје интересовање је нагло нарасло, јер је отпочео део
приче о којем никада ништа нисам чуо.

– Највећа благодет коју су доживели, намучени и прог-
нани у свет који је био бескрајно удаљен од дома, било је
сазнање да та свемоћна грађевина није настала као ода
богу њихових освајача, већ као место где се вековима
пре тога молило Христу, којем су њихови очеви градили
храмове тамо, у свом далеком Београду – говорио је мир-
но, спокојан јер је заокупио сву моју пажњу. – Они своје
цркве нису памтили као мале, напротив, то су у њиховој
младости биле највеће зграде у које су улазили, јер се у
касарне и међу војнике и зидине није смело долазити.
Али ово здање је све око себе почело да чини малим...

Када би долазили на вечерњу службу у својој Београд-
-махали, пуштали су машту да се распламса, замишљају-
ћи како је ту, у том граду, некада таква служба одржавана
у оном громадном храму.

У својој малој, дрвеној цркви имали су свештеника
који је с њима дошао из завичаја. Његово знање није
допирало далеко у прошлост, али је могао довољно да
их подучи Византији, тој чудној, огромној држави која је
постојала овде, где они сада живе, и у чије златно доба је
постојало изузетно људско благо – сазнање да није важно

да ли је неко пореклом Грк, Сиријац, или стиже из било којег другог поднебља, већ да је православац.

Изгнанички живот је био ипак – живот. Почела су да се рађају деца чије постојање је потискивало бол за напуштеним завичајем, а Београд се спремао да се у том свету пресели међу предања и сећања о којима ће потомци његових некадашњих житеља још дуго причати својим унуцима.

Иако сам био уљуљкан ритмичном причом, очекивао сам кулминацију која је предстојала.

– Некако баш у то време када су дечаци постали младићи, у недостатку мушких глава приморани да стасају брже него што би то било у неко мирнодопско време, у Цариград је стигла још једна необична група момака – наставио је Максим, поново мењајући име града, овог пута сигуран да га нећу прекинути. – Испоставило се да су истог порекла и из сличног поднебља, али су се у граду нашли због потпуно другачије судбине. Било их је око четрдесет и доведени су овде из Босне и из херцеговачког крша. Ту се ломе различите приче, историчари укрштају мишљења неусаглашених хроничара на чије тврдње се не може лако ослонити, тек једно је важно: да ли у оквиру ове групе, или можда оне која је прво отишла у Једрене, био је и момак чије крштено име је било Бајо, а кажу да су га у јаничарску војску узели као момка од осамнаест година. Већ је био ђак у манастиру Милешева и знањем, мудрошћу и лепотом одударао је од околине.

Сурове животне околности нису пратиле снове његових родитеља, па је младић ускоро био намењен царском сарају, у групи оних који су постали „ичоглани“. Њу су чинили будући јаничари који су се до тада издвојили

памећу и стасом. Остали, који су били лошије среће, прво
би били упућени у села Анадолије. Тамо су учили језик и
међу новим људима покушавали да потисну носталгију,
па ако се покажу довољно добрима, бивали би позивани
и они. Бајо није имао такав пут. Преобраћен у муслима-
на, већ је имао најбоље предаваче које је моћна царевина
могла да му обезбеди и ускоро је знао многе тајне, како
турске, тако и персијске и арапске културе. Јасно вам је
да говорим о потоњем Мехмед-паши Соколовићу.

Знао сам за обе приче, али их никада нисам сврстао у
исто време. Када сам размишљао о историји мога народа,
по инерцији сам размишљао о догађајима у самој Србији,
не повезујући људе који су је напуштали отерани силом
прилика. Заиста, после великих битака са Угрима, међу
којима је била и она код Београда, турски султан је решио
да брзо обнови војску, а данак у крви, односно отима-
ње угледних младића из српских породица, од којих су
после постајали јањичари, нисам хронолошки повезао.
Срећом, било је оних који јесу.

– Тих година настало је предање које није записано
ни у једној од књига које се баве нашом историјом – био
је неочекивано званичан Максим.– Оно је најважније
за ваше и моје познанство, и оно што ја радим, а вас је
толико заинтересовало.

Тајно предање је преношено само изабранима и, како
сам схватио, имаћу привилегију да га чујем. Као и до сада,
неће ми значити ништа ако будем покушао да причам о
њему са пријатељима, јер ми опет нико неће веровати.

Овај човек ме је разоружавао, успешно дајући одгово-
ре на моја питања која су се тек спремала да буду изрече-
на. Онај „женски“ део интуиције, који први трчи испред

човека не питајући за разлог, говорио ми је да му треба беспоговорно веровати, али „мушки“, разумни део уносио је страх да после нећу моћи до краја да га објасним. Слушао сам.

– Бајо, или Мехмед, како би већ можда могли да га зовемо, једне ноћи напустио је сарај и онако вешт и сналажљив упутио се ка цркви у Београд-махали – приповедао је даље Максим. – Како је до њега допрла прича о постојању земљака, да ли га је мучила носталгија за родним крајем и Милешевом, шта га је одважило на овај рискантан потез, само можемо да претпоставимо. Ипак, дошао је у цркву одевен у турске одоре, што никако није приличило човеку као што је он. Када је почео да говори српским језиком, онима који су се ту затекли било је јасно да пред собом имају земљака. Када су се скупили младићи одбегли из Београда, видели су да имају брата.

Младалачка енергија је чудновата и није чудо што је стари са сетом призивају. Само романтична и побожна душа могла је да уприличи овакав сусрет, а искључиво младост да га изнесе без последица. У ствари, када боље размислим, последице трају и данас…

На окупу је било само дванаест мушких глава, укључујући и Мехмеда, а предање, које је сачувано међу малобројним и изабраним људима, говори да су младићи заједно ушли у цркву. Осим самих учесника, нема сведока који су присуствовали догађају. Макар предање тако говори. Ништа није записано о детаљима који би нам говорили шта су тачно у цркви радили. Зна се само да су се над чудотворном иконом Богородице, заштитнице напуштеног града, заклели на једну врсту братства.

Мехмед је до тада већ морао да пређе у другу веру, то је било неминовно као смрт. Али душа тог човека, раширена многим знањима које су му штура милешевска времена ипак приуштила, није усахла у њему. Тражио је баланс с којим би могао да сачува чистоту љубави са којом је живео у домовини.

Сви одреда заклели су се на љубав Богу. „У име Оца, и Сина, и Духа светога...“ И на обавезу да ће ту љубав сачувати и за оне потомке које никада неће упознати.

Ништа више. То је било све. Заклетва која не мора да се забележи, јер се лако памти. Ко је не запамти, не мора ни да је бележи.

Максим је угутао, прекрстио руке на грудима и завалио се у плетену столицу, која је благо зашкрипала док су се увијали прутови од којих је исплетена. То ме је разбудило и тргнуло из приче. Зраци сунца су ме из средњовековног Истанбула вратили у савремени Београд.

Тишина усред разговора допустила ми је да се присетим неких података које сам раније читао. Мехмед-паша Соколовић обновио је Српску патријаршију 1557. године, када је био трећи везир и још се није био попео лествицама у хијерархији до места које га је тек чекало. Пре тога је свом рођаку, испрва обичном монаху у манастиру Милешева, а нешто касније епископу у Гружи, помогао да од султана добије хатишериф о обнављању Српске православне цркве. Ако сам се добро сећао давно прочитаних редова, неколико потоњих патријарха потицало је из исте породице.

– Да не заборавим – присетио се Максим. – Постоји још једно правило које је оперативно, и односи се на само делање. Оно говори да нас је довољно ако нас је више од једног. Оно што је још важно да вам кажем јесте да та организација од тог дана до данас непрекидно постоји. И да сам ја њен члан.

Већ сам навикао да нагло завршава своје приче, али толико ефектно да ни једном нисам био спреман на то. Сигурно ми је на лицу остала гримаса запрепашћења, што је њему само појачавало осећај моћи у речима које је изговорио.

Навикао сам на дуга седења у кафани, али су моје ноге сада неизоставно тражиле кораке. Није ме држало место, а и њему је одговарао предлог да прошетамо. Кретање је бар мало ублажавало моју нараслу напетост, али није могло да заустави бујицу питања.

Био је припремљен и на ту реакцију, па је почео са одговорима пре него што сам успео да му упаднем у реч и разломим ритмику његовог прецизног говора и, сада сам то приметио – савршеног акцента. Сваку реч је изговарао прецизно и јасно, као да је само због ње постојала цела реченица.

– Да вам појасним ово што сам рекао – наставио је, док сам га пуштао да спорим ходом уђе у Улицу краља Петра, лагано улево, ка Саборној цркви. – Љубав према Богу подразумева све остале љубави. Ту нема шта много да се објашњава. Та мисао обухвата морал, породицу, жртву, посвећеност, искреност, можда понајвише одрицање од гордости и сопствене сујете... Све. А потомцима смо увек дужни. Какви год да они буду ми нећемо никада бити довољно добри, а колико год будемо успели да будемо добри, то ће њима значити. Наравно да не говорим о материјалном богатству.

Затим је нагло променио тему, док смо пролазили поред зграде Народне банке.

– Овде се некада налазио римски форум – говорио је са поштовањем. – Знам да знате за то, али зашто сте баш сада узбуђени том чињеницом, када вам ја говорим о њој? Одговорићу вам. Зато што смо отпутовали међу претке. То је магија. Када упалите свећу, осетићете на темену благ поглед оних који су се зарекли да ће мислити о вама, знајући да вас никада неће упознати.

Слутио сам да ће, као и сваки пут до сада, нагло да заврши разговор.

– Ова прича вам је сасвим довољна за данас – рече на растанку. – Виђаћемо се мало чешће наредних дана. Наравно, ако вам то одговара. Будите без бриге, јавићу се.

Окренуо се и отишао оним својим, равномерним кораком уз улицу, тамо где се ова укршта са Кнез Михаиловом. Кораке је слагао истом прецизношћу као речи у реченици. Док ми се пред очима смањивала силуета одлазећег човека, сетио сам се како је корачао низ сокак у оном војвођанском селу. Боже, како је то било давно...

Отишао сам на другу страну. У цркву.

33.

Мој прадеда Александар Здравковић почео је боље да се осећа оног дана када су му рекли да крећу назад, у Србију.

Шест пуних година пратили су га ратови. Те 1918. године почињала је у њему да тиња нада да се негде ипак назире крај пута којим је годинама ишао.

Пре тога, месецима је гледао воде Егејског мора. У џепу је већ имао неколико ситница које су припадале тројици пријатеља, земљака који су погинули, па је њему запало у задатак да однесе последња писма и малобројне драгоцености најближима својих палих другова. А ако он падне, онда ће комшија Милутин или већ неко други претурити и његове џепове, па ће он да носи успомене на четворицу…

Код куће, у брдима изнад Лесковца, чекала га је жена Цвета са петоро деце. Малишани га сигурно више не памте, давно је отишао, а не би ни он њих препознао, сигурно, деца брзо расту, године су прошле… Боже здравља, сетиће га се, само ако успе да се домогне куће и извуче одавде.

Александар је имао тридесет година и здраву, сељачку интелигенцију. Кад некоме Бог дâ дар да воли и разуме људе, онда му се душа некако рашири, а разум допусти да са лакоћом прихвати постојање оних који су различити од њега. Са друге стране, тада га више мучи неправда и веће је разочарање када види зло у другима.

Био је распоређен као посилни мајора Ђорђевића и то му је много значило. Није волео да га зову штапским пацовом, али задиркивање због тога није му тешко падало.

Човек који му је био надређени и о чијим стварима и одлукама је бринуо имао је десетак година више, а цивилне дане који су претходили рату провео је на високим школама у Европи. Његови су били имућни, па је Стеван Ђорђевић, проседи, маркантни брка, увелико загазио у озбиљну адвокатску каријеру пре него што је рат почео. Мој прадеда му је запао за око као бистар човек, па је у њему нашао саговорника који, због војне дисциплине, не сме много да му противуречи, али уме да слуша.

Током пауза између безбројних битака и маршева преко безмало целог Балкана, имао је сасвим довољно времена да свог посилног, мало помало, потпуно описмени, а касније и подучи различитим догађањима која су се тада одвијала у запаљеној Европи. Александар је пажљиво слушао сваку мајорову реч. Било је много разлога за то: када му већ други кроје судбину и терају га да гине све довде, до грчког мора, био је ред да бар зна шта га је стрефило; а после мирног али тешког живота на лесковачким њивама и у воћњацима, где је слушао приче својих дедова о томе како су их Турци мучили и прогањали, Александар је желео да свом једноставном, сељачком логиком схвати коме је он и шта скривио, и зашто га мрзе и пуцају у њега.

Природна надареност мога прадеде после неког времена омогућила му је да чита мајорове књиге, које му је овај са радошћу давао. Тако се између два војника родило поштовање у којем се у сваком тренутку знала хијерархија, мада је у разговорима два саговорника увек постојао простор за понеко незгодно питање које би мајора Ђорђевића терало да се озбиљно замисли. То му је, како је говорио, помагало да мало освежи „вијуге“ и поново почне да се служи већ заборављеном реториком коју је некада вешто користио у судници.

Зима које ће се сећати док је жив била је она кад су заједно прелазили Албанију. Само му је мало времена требало, чак и овде, у врелој Грчкој, да затвори очи и осети хладноћу која је, као ексери, пробијала све од одеће што је било на њему. Људи су одустајали, залегавши у снег, и тако су се спокојно предавали коначном сну. Александар није имао моћ да их одврати од тога. Сећао се једног међу њима који више није могао да устане. Само је говорио како је најзад стигао кући. На лицу му се видео спокој, мир човека који је допутовао.

Нити је мој прадеда имао снаге да га подигне кад је овај сео поред пута, нити је човек имао воље да устане. Сукобили су се воља и невоља и ова друга је победила, макар враћајући несрећнику илузију да му је добро пре него што му више није било ништа.

Умирало се, то се у рату ради, за то ратови и служе...

Све што је видео тих мучних, ратних година некако је долазило до ума мог прадеде. Нешто друго није, па је једном ипак решио да ослови мајора Ђорђевића. То се збивало оног дана када су већ стигли у околину Солуна, а њих двојица, обневидели од зиме, више нису имали снаге да се радују било чему. Једино што су имали уз себе било је сазнање да су живи, али то никако није рађало добро расположење, већ отупелост већу од мора у које су гледали.

– Господине мајоре, хтео бих нешто да вас питам – почео је службено, војнички, једне вечери, док је доносио официру вечеру.

После мајоровог климања главом у знак одобравања, мој прадеда настави:

– Причали смо о цивилизацији, пријатељима, ратовима који су били пре овог нашег, али ми опет нешто није јасно – поче Александар помало увијено. – Ми, богме, добро изгибосмо овог пута, а још ми се чини да нас неће претећи много док се не вратимо. Па кô велим да вас питам, док смо још обојица на окупу, све се бојим да и неки од нас не офали док се не вратимо.

– Питај.

– Је л' морало да буде баш овако?

– Чим је било значи да је морало.

– Па шта смо ми то Богу скривили?

– Нешто сигурно јесмо – сад се мајор замисли. – Али мислим да има ту још нечег, око чега и мудрији од нас разбијају главе.

– Могу ли да чујем и то, господине мајоре?

– Видиш, добри мој Александре, некад се сви питамо да ли је то што трпимо Божја казна, или патимо због дела оних који се ње не плаше.

Овај се замисли. Затим, као да га нико не слуша, рече:

– Тежак је тај посао, тамо на крају…

– Какав посао Александре?

– Па тај Божји. Кад му се дође на истину. Тешко је одвојити ко је ваљан а ко не.

– Зато постоји Бог. За себе је оставио најтеже.

Пустили су да кашике шкргуђу по војничким порцијама. Тихо су јели, као да је разговор дотакао све битно, објаснио све што је требало, па нема смисла разбацивати речи. Ипак…

– Што нас оставише онако, мајоре?

– Оставише…

– Рекли сте ми да су савезници пријатељи. Ми поцркасмо у Албанији, а њих нема. Могли су да дођу раније, да не умиремо онако, кô пси. Знате, мајоре, мени та реч „савезник“ некако баш и није јасна. Кад ти тако нешто уради пријатељ, он ти постане непријатељ. Или га бар више никад не пушташ у авлију.

Било је дана када мајор Ђорђевић није био пресрећан што је решио да сељачку логику мога прадеде заузда европским резонима.

– Убеђивали су Италијане да пређу на њихову страну.

– А нас су пустили да иструлимо, јер смо већ на њиховој страни?

– Тако некако… Изгледа да смо им били мање важни. Рат је то.

– Јебô му ја матер и ко га измисли – отресе мој Александар оно шта му би на памети и таман толико је било довољно да заврши разговор. Оте му се још једна. – Могу они да буду велики колико хоће, мој мајоре, али ја да вам кажем: неко је ту луд. Ђавоља је то работа.

– Колико ја знам, руски цар је запретио да ће се повући из рата ако нам савезници не помогну – додао је мајор Ђорђевић. – Зато су послали лађе и извукли нас оданде.

– А без тога не би? – враћао се прадеда у разговор.

– Плашим се да ти одговорим на то питање.

– Богме и ја, мој мајоре.

Поново су гребали кашикама по већ празним порцијама, а онда је посилни ипак имао још нешто да каже.

– Видите како ја мислим о томе: Бог је онај који нам даје небо, поље, жену, децу, па бринемо о томе. А ђаво све то некако хоће да отме. Када видиш ово све што смо видели нас двојица ових проклетих година, ђаво није нико други него људи који све ово раде.

– Тако испадне. Одавно је речено „хомо хомини лупус ест“. То су рекли још стари Римљани. То ти значи „човек је човеку вук“.

– Не знам за њих, једино што знам о њима јесте оно што сте ми ви причали, и то да су живели давно и имали највећу царевину. Па ето, ништа ми не знамо што они већ нису знали. Је л’ тако?

– Тако испадне.

– Џаба ти, мој мајоре, сва та твоја наука кад је све увек исто. Мене је страх да на крају ђаво не победи. И грдно се плашим да једном наша деца не забораве шта смо ово чинили. Ако они не запамте, то је као да нас није ни било.

– Онда нисмо чинили довољно добро, ма шта да смо урадили.

– Нешто би од тога морало и њима на душу. Макар заборав.

– Можда. Али добар човек се прави као да није тако.

– Ко је добар човек, мој мајоре?

– Онај који воли Бога и увек мисли на наредну генерацију. И гледа да, ако је то икако могуће, не буде сам у томе.

– Хоћете ли да ми кажете да је то наш усуд?

– То је, добри мој Александре, једини пут да преживимо ово што нас је задесило.

34.

После Солунског фронта и туче на Кајмакчалану мом прадеди Александру било је све горе и све више свеједно, у исто време. Горе му је било јер је око њега било све више призора који су му једноставно огадили постојање на Земљи. Превише насилно умрлих које је виђао учинили су да му живот више није деловао иоле драгоцено. Обузимала га је јака равнодушност јер је почело да му недостаје снаге како би све то разумео.

Сазнање да људи бездушно убијају једни друге могао је да оправда само њиховим страхом. Познати војнички рецепт за преживљавање сваког рата није се никада променио: убиј да не би био убијен. Кратко оправдање уместо озбиљног објашњења.

Лагани повратак кући ипак му је наговештавао да постоји место у које се може побећи од обезбоженог света. Човек који не може да се врати дому, не може стићи никуда.

Тако су измучени ратници дошли у један стари манастир на југу Србије. У њему се налазио храм Успенија

Пресвете Богородице. Скромну богомољу настањивао је само један монах, а нигде у близини није било никаквог насеља. Около се простирала само густа церова шума која је опкољавала цркву са свих страна. Пустињак који је чувао ово место да у њему не усахне божја служба био је један од ретких које аустроугарски војници нису дирали. У ствари, трошна, стара црква и колиба поред ње коју је калуђер звао „конаком" нису деловале ни једној војсци нимало привлачно. То је и био разлог што су још у турско време многа насеља ницала далеко од путева и извора, како би се налазила што даље од очију освајача. Моји преци су вековима били у илегали пре него што су други знали да тај појам уопште постоји.

– Свашта смо видели, мој мајоре, а видите какво је ово место. Некако аветињско, а опет добро, тихо.

Мајор се прекрстио и тихо рекао прадеди да ће се овде „чуда нагледати".

– Зашто овде? – беше нестрпљив Александар. – Па не изгледа ми као неки важан храм.

– Можда баш зато – остајао је тајанствен мајор. – Можда баш зато…

Нико није прецизно знао од кад је црква овде. Танка византијска цигла говорила је да постоји ту од прастарих дана и давно упокојене царевине по чијим узорима су је градитељи зидали. Била је скромна и мала.

Монаху, оцу Антонију, мајор Ђорђевић се некако чудно обратио, шапућући му прво нешто на уво. Александру би одмах необично то што су се двојица непознатих људи брзо осамили, имајући о чему дуго да разговарају.

Војници су били исцрпљени, полегали су брзо око ватре, али вече је било тек мало реско, рано јесење, па стрепња од велике хладноће није постојала. Једино што јесте постојало био је јак умор код свих, али после упорног живота који иде из битке у битку нису више били сигурни шта је сан, шта је јава, а шта је живот уопште. Њега, живот, одложили су за неко потоње време, када све прође.

– Господине мајоре, нисте вечерали – ослови га Александар, кад је овај окончао разговор са калуђером.

– Нека, нека…– одговори одсутно мајор. – Хајде сада унутра са мном, да ти нешто покажем. Јешћу после. Имам кад. Неће вечера побећи.

– Неће… – збуњено прихвати Александар неочекивани губитак апетита свог претпостављеног.

Прекрстише се па, приморани да погну главе пре уласка у омалени храм јер је и улаз био врло низак, крочише унутра у црквицу. У њој је горело неколико свећа, а на малом олтару стајала је икона. Била је чудна, урађена јасније, боље и некако другачије него све друге које је Александар икада видео. Додуше, није их видео много. Али ова је изгледала загасито а сјајно, као да сама зрачи, а не да отима оно мало светла од титраја свећа.

Унутра, у омаленом храму, чак је и мрак деловао некако стешњено, као да је гушћи.

– Ово је нешто што мораш да запамтиш, Александре – рече му мајор Стеван Ђорђевић. Није то било званично наређење. Али је имало тај тон, можда свечанији, мада су речи биле тихо изговорене. – Ово је икона Пресвете Богородице, заштитнице Београда.

– Откуд овде? – оте се мом прадеди Александру.

– Па где је сад Београд? – узврати мајор питањем.

– Како где је? Ваљда тамо где је и био?

– Није, добри мој. Град је тамо где су људи. Они су му душа. Сад је Београд полумртав. Само су жене и нејач у њему. Ови људи овде, што спавају испред цркве, ти и ја, ми смо Београд.

– А, јок ја! Ја сам из Лесковац.

– Добро, бре, Александре, разумем то. Ја сам Београд. Зато хоћу кући. Па кад се спојимо да опет буде цео. Разумеш?

– Морам ли да кажем?

– Не разумеш…

– Разумем, мајоре, него си се нешто разнежио, бре, као да причаш са женом. Нисам на тебе таквог навикао. Ето, кад питаш…

Мајор је ућутао. „Жена, Београд… да, у праву је Александар, разнежио сам се.“

35.

Јавила се телефоном из Париза једног јутра када сам био убеђен да сам увелико ушао у ритам који ме је удаљавао од тешких мисли. Обавезна јутарња пешачења у прво време су ми сметала, оптерећивала су ме и чинило ми се да уморан стижем на посао. Када су почела да буду правило, а не изузетак, било ми је знатно боље. Теорија коју сам склепао у глави, да ми кретање и отворен простор помажу да много боље сагледавам реалност, постепено се показивала тачном.

Соба у којој сам живео изгледала је пристојно, књиге које су ме окруживале биле су добри пријатељи, компјутер на којем сам ноћу радио потпуно је задовољавао оно што ми је потребно, али истина је да сам то место звао „пећина" и то је довољно објашњавало како сам га доживљавао. Ваљало је изаћи напоље, на сунце.

Вешто је изабрала време за позив, знајући кад крећем на посао.

– Добро јутро, овде Град светлости.

– Добро јутро – промрмљао сам, потпуно затечен.

– Не личи на тебе да се збуниш – била је отресита.

– Ни на тебе да се јавиш. Додуше, могла си и имејлом.

– Пусти имејл. Он је одрадио своје. Писмо је било практична ствар, јер ниси могао да ми упаднеш у реч.

– Био сам убеђен да никад више нећеш позвати.

– Лепо сам ти објаснила да ви мушкарци немате појма.

– Кад смо код тога, нешто си заборавила.

– Шта?

– Мелодију у гласу. Чини ми се да је ниси понела одавде. Жене увек забораве нешто да би после по то могле да се врате.

– Видим, понешто си ипак научио…

– За коју годину бићу добар почетник.

У телефону се чуло шуштање. Дуго није рекла ништа.

– Јеби се, баш сам спремила леп говор, сад си ме збунио.

– Немој да псујеш, мила.

Шуштање.

– Записуј, лутко, лепо сам ти рекао да је писање корисна ствар. Мада уме некад са собом да носи проклетство.

– Морала сам да одем.

Мој ред за ћутање. Наставила је.

– То се у шаху зове пат-позиција, је л' да? Оно, кад нико није победио, али више нико не може да мрдне. Да повуче потез? Је л' да?

– Јесте лутко.

– Видиш да знам. Е, па то. То је било с нама, зар не? Пат.

Сетио сам се како смо се неко време виђали само по новобеоградским шопинг-моловима (Боже, што мрзим тај појам!). Обоје смо патили од недостатка времена, згужвани дневним обавезама, па смо се виђали на „кафи с ногу“, тако што би се нашли док је куповала потрепштине за кућу. Никада није имала довољно пара, прискакао бих у помоћ када бих могао, али то није било довољно често да би ме чинило задовољним. Било је само довољно гадно по мој ровити буџет да бих касније могао да останем спокојан. Кришом сам почео да се „гребем“ од пријатеља. То није било добро. Почео сам да се осећам немоћним и недовољно јаким за свет у којем постојим. Суштина су биле паре, а ја их нисам имао доста.

Гужву разјарене сиротиње у шопинг-моловима нисам подносио. Једном сам је питао сећа ли се Богарта и *Казабланке*. Гледала ме је збуњено, док је нисам упитао како би изгледало када би се Боги обратио клавиристи тражећи да свира њихову песму, а затим изговорио легендарну реченицу: „Од свих самопослуга на свету, она је морала да уђе баш у моју.“ Тада се смејала.

– Морала сам да одем – понављала је, док сам схватао да је стварно заборавила „говор“ и да се дуго спремала да га исприча.

– Ниси – покушао сам да угушим шуштање у слушалици. – Некако бисмо се сналазили и у Београду. Видела си да из дана у дан мењамо планове, да се прилагођавамо. Ово је Србија, лутко, овде тако мора.

– Овде тако не мора – рече одсечно.

То је било тачно. За то нисам имао коментар.

– Ти си занесењак. Заволела сам те иако сам видела да никад нећеш имати пара. Снаћеш се ти, не кажем. Али се често сналазиш. Без обзира на несигурност, била сам сигурна да ћу ја моћи да зарађујем довољно. Када сам видела да не могу, нисам имала много избора.

– Да ли сад иде онај део приче како жене воле поете највише на свету, али да, јадне, морају да живе са банкарима? Ако је то, немој…

– Не замарај се, мили. Одлука је донесена и ја ти је само образлажем. Жене лакше одлучују од вас. То већ знаш, ти си велики дечко, толико си научио.

– Сад ми је јасно што покојни Стева никад није одрастао… Закопаше га маторог, а глупог.

– Не шалим се, мили.

– Па шта ћемо сад?

– Исто што и до сада. Ништа.

Када бисмо заћутали, изгледало је као да смо вечност издробили на парчиће. Трајало је бескрајно дуго.

– Најлакше се доносе најтеже одлуке – ипак је наставила. – Онда кад нема избора. Јеси ли ме тако учио?

Затим је нагло променила тему.

– Сањала сам те пре две ноћи. Тада сам знала да морам да те позовем и да ћемо водити овај разговор.

Поново шуштање у слушалици.

– Уснила сам те као Атилу. Био си обучен као он, руке су ти биле у ожиљцима… Прво ми је било смешно. У сну си баш „лепо“ попио, био си заразно весео, онако како ти умеш, сви су уживали слушајући те, били су озарени и насмејани. Полако сам увиђала да су на овој светковини окупљени сви наши пријатељи, било је то неко велико славље. Сви су пили вино. Чак и они за које знамо да никада нису узели чашу у руке. Тек, неколико тренутака пре него што сам се пробудила, схватила сам да је то наше венчање. Нагло сам се тргла из сна, сва у зноју, дрхтећи, премрла од страха да ћеш да умреш чим први пут одемо у брачну постељу.

Није то била једина кофа воде која ми се сручила на главу, онако свеже пробуђеном. Док сам размишљао о њеним речима, наставила је причу. „Побогу, шта сад има да се додаје, зашто говориш, жено божја?“

– Нисам могла више са тобом. Чекала сам те дуго и одустала сам од свега.

– Шта је то „дуго“?

– Ви мушкарци сте вечити романтици – била је неумољива. – Зато ви и пишете поезију. Жене то мање раде, иако их бије глас да су сентименталније. „Чекај ме и ја ћу сигурно доћи...“ Па то жена попут мене никада не би могла да напише. Поготово не данас, овде у Европи.

– Како не разумеш? – био сам очајан. – Ноћима не спавам због твоја два животна пута. Не моја, твоја! Ти имаш бившег мужа који је отац твоје деце, ти немаш начин да препливаш финансијске проблеме. Имам и ја децу, одговоран сам, јеботе...

– Сад ти немој да псујеш. Уз тебе то тек не иде...

– Ћути, бре! Изгибох да смислим начин како да ме буде довољно свима вама. Пролазио сам ово, лутко, са бившом женом. Када вам је доста, онда то не кажете, већ смишљате нови задатак човеку који је са вама, задајући му препреку за коју сте сигурне да неће моћи да је прескочи. Чак сте и разочаране ониме што сте „наручиле“, а овај, незнано како, успео да вам обезбеди. То је тренутак када бивша љубав прераста у чисту пакост, не причај ми то, на том сам универзитету докторирао.

– Улажем оно што имам. То је љубав. Ја те разумем много боље него други. Осетила сам ситне вибрације твоје душе до којих је теби стало, а нико други их никада неће ни наслутити, знам како ти је када те опхрва мрак,

када те обузму тужне мисли. Умем да се крећем ходни-
цима твоје меланхолије. Увек треба само мало па да се
пробијеш у њен светлији део. Тек онда имаш снаге да
загрлиш цео свет. Тек онда си неумољив и јак. Али на
том путу ти требам ја. Није те самоћа подигла превисо-
ко, да знаш. Окаменила те је. Ти само мислиш да се боље
бориш са ударцима, да их лакше примаш, а више ниси ни
свестан да их само игноришеш. Не бориш се. Бежиш из
борбе тражећи мудрост. То је у реду, али такви „мудра-
ци" остају сами. Бирај! Хоћеш да будеш монах који воли
једну жену. Жену, хеј! То не иде заједно.

– Требала си ми, јасно ти је да те волим – предао сам
се. То је било најјаче, најнемоћније и најбесмисленије
што сам могао да кажем. Више ничему није служило.

– Сад кажеш… Знала сам ја то. Рекла сам ти да ћеш
рећи једног дана.

– Нисам могао да носим и твој и мој крст у исто време.

– То јесте проблем. Имао си ме, али ниси могао да ме
имаш. Пусти еманципацију, то је феминистичка зајебан-
ција. Требала ми је сигурност да бих била твоја.

Говор који је претходно смишљала само се одмота-
вао. Вратио се са свим припремљеним ударцима који су
чистили њену, а бесомучно товарили моју савест.

– Сада сам с неким другим – одјекнуо је у слушали-
ци завршни ударац. – Он ме разуме. Није збуњен мојом
тешком ситуацијом, и можда најзад постанем нечија
жена. То сам одувек желела. Да некоме будем жена и
мајка. Ово друго сам одавно, а ово прво ми можда, после
свега, ипак успе.

После свих ових година нисам укапирао да жене увек
имају резервни план… На памет ми није пало. И да тај

план наступа тачно пет минута пре него што би ми таква могућност уопште деловала вероватно.

Нервирао ме је шум у слушалици, побогу, то се дешава увек када је нешто важно. Онда је рекла да ме воли и да се више нећемо чути. И није се више јавила.

Паметан мушкарац добро размисли о сваком растанку, често га претреса у сећањима чак и када прође неко време, а узаврела глава смањи паклени број обртаја. Дозвољава себи преиспитивање својих поступака, тера себе на размишљање о томе да ли је све могло да се одигра и на неки други начин. Тако упорно раскопава рану којој није у стању да дозволи да зарасте.

Паметне жене то не раде.

Да би се направио човек потребни су мушкарац и жена.

Да би се направила жена, потребна је само жена.

Тек сада сам укапирао лекцију из биологије. Ону са хромозомима, из основне школе.

36.

„Није нам Бог узалуд дао два ува а једна уста, много је теже чути него рећи.“ Ову стару изреку сам увек имао пред собом слушајући Максима. Био је учитељ вредан поштовања. Ето, отела ми се реч „учитељ“, а нисам прихватио статус ученика. Нисам нимало представљао неког коме приличи да седи у скамији. Уз њега сам се осећао као да сам знатно млађи. Није то био комплимент према себи самом, него више немоћ која је требало да ми покаже колико су озбиљне године које живим, а знање вечито крхко.

За утеху ваљда, сетио сам се једине фразе у енглеском језику коју сам волео. Словенски народи говоре како неко улазећи у озбиљне године једноставно – стари. У енглеском постоји термин *growing up* за одрастање, али и *growing old* који означава другу половину живота. Или трећу трећину. Или десету десетину. То је онај период када је човек већ спреман да призна да је стар. Али оно *growing* ми се свиђало. Идући према старости, у енглеском се ипак „нараста", не копни се. Макар је тако било језички гледано.

Максим и ја смо у међувремену увели нов начин дружења. Шетали смо парком на Ушћу, спорим кораком смо обилазили насип уз реку, без унапред утврђеног правила којим путем идемо ни када ће се шетња завршити.

– Тунел је настао после Другог светског рата, током изградње Новог Београда – почео је Максим да ми разјашњава причу чије окончање сам дуго чекао. – У то време имали смо чудну државу и прилично јаку војску – наставио је. – Један од стратешких пунктова везан за то доба била су важна командна места на Дедињу, као и овај подземни пут, ка сремској страни Војводине и Земуну. Та држава је у великој мери зависила од Запада, како ћу и убудуће говорити, али не од тих држава појединачно, већ од идеје која их окупља.

Сигурно знате – причао је даље – да је Југославија била привремена творевина и да сада, отварањем многих архива у свету, али чак и уз обична новинарска сећања, та теза постаје кристално јасна. После промене стања ствари у Првом светском рату и прекрајања карте Европе, било је упутно стрпати све југословенске народе у једну кућу, док се околности не промене. Када су се промениле, било је потребно вратити их тамо где је Запад мислио да припадају. Углавном нигде, разасуте по ободима Европе.

Наставио је да говори, пуштајући своје мисли да теку мирно, иако су му речи биле горке:

– То су послови који се обављају без много емоција и више личе на друштвену игру, као партија „ризика". У суштини обе речи су на месту: и „игра" и „друштвена". Ипак, овде је било много људи који су срцем били везани за постојање такве земље. На Западу постоји изрека да „ко се бизнисом бави срцем, завршава са срчаним обо-љењем“, али ово за многе није био бизнис, већ домовина. Када човек живи у једном времену, према њему не може да направи дистанцу. Када време прође, а очи му се отво-ре, најчешће је већ помало стар и довољно разочаран.

Наизглед је променио тему, али је остао ту:

– Мој професор је био диван човек, искрено побо-жан, али врло затечен и збуњен у послератном периоду. Дошло је ново време, по много чему сурово, и многа од својих знања и склоности морао је да сачува само за себе. Као један од малобројних врсних грађевинара учествовао је у изградњи тунела, а потписао је закле-тву да о томе никоме неће причати. Самог себе је на неки начин поделио изнутра, тако што је један део њега дубоко поштовао патриотизам, док је други стрепео од новог друштвеног уређења. Уз заклетву на љубав Богу и генерацији која тек долази, решио је да гради домовину, уради оно што може, а трпи оно што не може да мења. Као што видите, то је мудрост коју овде човек мора стал-но да користи. Знао је да ће „ново време“ ускоро постати „старо“, баш као што су то постајала и друга, претходна времена. Трудио се да ради оно што су радили паметни људи пре њега. Да сачува потомцима оно што за време његовог постојања ваља.

Чак је и мени, а дружили смо се више од две деценије, признао тајну о подземном пролазу испод реке тек неко-лико година пред смрт, када је већ озбиљно оболео и није било сумње да му је крај близу. До тада смо већ постали веома блиски, а одлуку да ми повери тајну о свом учешћу у том пројекту значајно су погурале околности. Онако мудром, било му је јасно да се идеја о домовини коју је поштовао поново променила. Постојала је жеља да се очува држава, мада је њена комунизација донела многима велике невоље. Међутим, од два зла је било боље бирати оно мање, јер смо били испоштени и буквално уништавани током сваког великог светског сукоба.

Гледао сам га ћутке. Није ме ништа ни питао да бих му одговорио.

– Зато сам ја вас одвео у тунел испод Саве. Он је био део исте приче. Данас су сви увелико, због различитих политичких ујдурми, упознати са постојањем подземне команде на Топчидеру. Зашто онда ви не бисте могли да знате за ову грађевинску инсталацију испод реке?

– Зашто сте је баш мени показали?

– Због нечега сте ми се допали. Мислим да у вама има још довољно идеалистичког и поносног што ме тера да вам верујем. Како кажу: не треба бити детињаст када човек одрасте, али треба сачувати дечака у себи. Зрелост не укида маштовитост и луцидност.

Сада сам заустио да га прекинем, али је већ наставио:

– Грађевине имају душу. Њоме је попуњено свако здање, од циганске страћаре до палате. Приметили сте да када кућа изгуби становнике, она се с временом сама сруши. Када људи живе у њој, чак и не одржавајући је, она некако опстаје и траје дуже него када је напуштена.

С временом, тунел је постао Максимова духовна грађевина, мада није учествовао у његовој изградњи. Био је део тајне његовог постојања, нешто што је „скривало" његову душу. Професор, на помен чијег имена је Максим показивао огромно поштовање, градио је овај подземни

коридор, а он, Максим, осећао је као да је лично учество-
вао у његовом настајању и постојању.

Осећај блискости са грађевином које више нема мени
је био веома познат. На сличан начин доживљавао сам
Мост краља Александра у Београду, који је претходио
данашњем Бранковом мосту. Постојао је непуних седам
година, од 1934. до 1941. године, а ја сам често скупљао
фотографије и цртеже који су га приказивали, па сам осе-
ћао као да сам некада и сам ходао по њему. Максимова
теорија о енергијама везаним за грађевине овде се уне-
колико разликовала – за мене је тај мост, иако срушен,
и даље имао душу која је врлудала заробљена око њего-
вих темеља на којима су послератни градитељи подигли
Бранков мост. Па и за њега данашњи житељи главног
града не могу са сигурношћу да вам кажу зашто носи
такво име. Првобитно се звао Мост братства и једин-
ства, али касније су га прозвали „Бранковим“. Разлог је
што се његова траса продужава Бранковом улицом која
излази на Зелени венац, а не зато што је са њега скочио
Бранко Ћопић, поета, писац и боем, када му се смучило
битисање на овом свету. У овом тренутку тај мост нема
име. То је типична београдска будалаштина.

Преко Моста краља Александра прошао је први трам-
вај према Земуну, а био је грађен од репарација из Првог
светског рата. Имао је сјајну висећу конструкцију и мно-
го више је визуелно приличио панорами Београда него
његов садашњи наследник. Срушен је кад и стари Желе-
знички мост и стари Панчевачки мост, после само неко-
лико дана априлског рата 1941. године, када је Војска
Краљевине Југославије очајнички покушала да спречи

надирање нацистичких трупа према Београду. Дакле, сами смо га срушили.

– Са техником којом су располагали мој учитељ и његови пријатељи изградња тунела била је прави подвиг – настављао је Максим. – Били су упорни јер су хтели сами себи да покажу колико су јаки. Он је био једно од оних дела која аутору покажу колика му је снага. У том усхићењу он осети величину креације и жељу да свако дело превазиђе наредним. Касније се догоди да је ово младалачко толико моћно да га више није могуће надмашити.

Сасвим логично, тунел је остао војна тајна деценијама. За разлоге тако нечег није било потребе да питам.

– Времена се мењају брже него грађевине – наставио је. – Већ дуго тунел нема никакву функцију. Он само постоји. Баш као што постоје наша сећања на подвиг који смо морали прво да кријемо, а сада и да заборавимо. Тако ће бити све док некоме другом не затреба, у чудној партији „ризика“ чије смо ми минијатурне фигуре. Или док не изгуби душу, па се сам, из беса, не уруши и пусти Саву да га потопи.

37.

Максим ми је дуго причао тих дана. Често сам имао онај панични осећај познат сваком новинару који се нађе без диктафона или бар папира и оловке у ситуацији у којој би требало да запамти сваку изговорену реч. После сваке завршене шетње журио сам кући да што пре забележим све што сам запамтио, а убеђен сам да је и сам страх чинио своје, па да сам неке детаље заборављао брже него што би се то десило да нисам био узбуђен и уплашен тим махнитим осећањем.

С временом, наши су се сусрети проредили, а он је престао да ми се јавља сваког викенда, већ ме је све дуже пуштао да са нестрпљењем очекујем наредне позиве. Правдао се проблемима са здрављем, мада ми није деловао оронуло. О његовом приватном животу нисам знао ништа, није било прилике да разговор икада потече на ту страну, а мени је изгледало као да није упутно да превише питам о нечему што он сам не потенцира.

Тим пре ме је једне вечери изненадило писмо које сам нашао у поштанском сандучету. У малој металној кутији са прорезом и плочицом са мојим презименом, која је стајала на зиду поред лифта, по правилу није било ничега што би ме обрадовало. Рекламе и рачуни су једино што би се с времена на време у њој нашло.

На коверти коју сам те вечери добио било је читко исписано моје име, калиграфски прецизним, ћириличним рукописом. Нестрпљиво сам поцепао руб коверте и чим сам извукао исписану хартију напоље, потражио сам потпис оног ко ми се обраћа на овај, готово застарели начин.

Максим…

„Зашто овако, шта ли му се десило?“, помислих и са нестрпљењем отрчах до стана. И у силној радозналости имао сам потребу да мирно укључим стону лампу и посветим се писму на исти начин на који је он изговарао реченице. Сталожено, пажљиво читајући реч по реч.

„Драги мој пријатељу“ – почињало је срдачно.

„Неколико дана зри у мени идеја да Вам се овако обратим, јер ће овај папир можда рећи мало више него што то умем речима да Вам кажем током наших шетњи. Искрено, недостају ми часови које смо проводили поред Ушћа, али мислим да је време да Вам у неколико редова, прецизно и без околишања објасним циљ и разлоге нашег дружења.“

„Па добро, дошао је час и за то“, помислих прекинувши на трен читање, тражећи руком упаљач како бих упалио цигарету која ми се већ дуго налазила у устима.

„О свему о чему смо разговарали током протеклих месеци Ви сте већ све знали.“ – читао сам даље. – „Знам колико радо бисте ми сада упали у реч, али ситуација у коју сам Вас довео овим писањем то Вам не дозвољава.

Готово све теме о којима смо до сада причали већ сте поменули у текстовима које сам пажљиво читао у новинама, а касније и у књигама које сте објавили. Сада се чудите да су све приче имале додир са Вама. Подсетићу Вас, једном сте ми рекли како сте свесни да је ваше знање о неким областима прилично обимно, али не и систематично. То је само донекле тачно. Истина је да нисте себи хтели да признате све што знате.

Знам да је ово помало болна констатација, али оставите сад сујету, она баш ничему не служи. У свакоме је важнија она друга страна. Зрео човек није у махнитој потери за прикупљањем нових знања, већ у разумевању онога што је до тада научио. Зато вас подсећам на реченицу коју сте сами изговорили: 'Кад сви трче на једну, ти се окрени на другу страну.'

На овом месту ћу да Вам набројим неке чињенице које добро познајете. Оне ће Вам разјаснити разлоге постојања Реда којем припадам.

Ако постоји место одакле се може црпети снага од предака, онда је то овде. Србија је готово архетипско место нестајања. Стално неко нестаје. Зато је пре нас било много више људи који нису стигли да проживе век како им је Богом дато. Њихова енергија, сапета и загушена још у настајању, била је пројектована на будућност, на оно што је још недоживљено. А стално су били подизани са њиве или жене како би морали да их бране.

Енглезима или Немцима је знатно теже да нађу ту врсту енергије међу својим претходницима. И њихови дедови су гинули, али ретко су то чинили код куће. Новија историја цивилизације је њихова битка. Они су родоначелници сејања смрти из похлепе. Њима је теже да се наслоне на себе и своју прошлост.

Нама је утолико лакше. Преци су нам одувек нечије жртве.

Душа и тело народа којем припадамо одавно су осуђени на заборав и коначан одлазак. Двадесети век био је само показатељ да је тако. Ми овде одавно сметамо. Можда и није битно коме, јер свакога кога означите као владара света наћи ћете као неког ко је веома тешко утицао на прошлост нашег народа током последњих сто, двеста или више година.

Сасвим је свеједно да ли уништитељима сматрате Турке, Енглезе или Немце, комунисте, католике или масоне, модерни Билдерберг или НАТО пакт. Готово да параноично звучи, али током протеклих векова свима смо били искључиво сметња.

Свет неминовно клизи ка неком најављеном месту у којем ће постојати вишак људи којих се треба ратосиљати. И то ће увек радити они који добро раде тај посао. Пандури и војници су вечите професије, баш као и проститутке. Човечанство не напредује, верујте ми…

И, ствари ће се догађати невероватно брзо. Јер, 'брзо' је увек за оне који су неприпремљени. За оне које нада тера да не гледају у оно што је очигледно. То је као поглед на Сунце у зениту.

Можда Вам све ово изгледа савршено црно, али сетите се: црна боја настаје онда када се смешају све остале, али нема светлости. А није тако мрачно. Тако ће бити само онима којих после не буде. Осталима неће.

Свет је вечито ратовао између љубави и моћи, између 'волети' и 'имати'. Данашњи изглед планете говори како је увелико победило ово друго. Знате, прво сам мислио да са зрелим, а затим и позним годинама човек постепено постаје тежак, утањених живаца, па самим тим помало туробан према садашњости, поготово што му она дуже траје. Међутим, мислим да сам успео да се приволим на објективност, којој мало помаже и одсуство младалачких страсти које доносе зреле године.

Догађаји који диктирају напредак смењују се муњевито. Надоградњу средстава власти не прати никакав духовни напредак, напротив. Власт се марљиво потрудила да буде тако.

Немам потребу да анализирам потанко сва којекаква тајна или јавна друштва, асоцијације или конгломерате оних који газдују планетом. Виђао сам људе који су укључени у те механизме владања, са некима сам имао врло дуге и понекад мучне разговоре. Питао сам и оно што није било препоручљиво да се пита, интересовало ме је све што сам могао да схватим, нисам хтео да се обуздам и пустим страху да ме надвлада, ако сам већ био у прилици да разговарам о ономе што је од животне важности, не само за мене, већ и за оне који долазе. Најјачи утисак, ипак, није био оно што су ми рекли него оно што сам видео. Уредно зачешљани старци нису били мудраци, већ филозофи стицања. Нису умели да ми говоре о деци, о томе шта и ко су они, како треба да разумеју своје место пред Богом, у космосу, већ како да буду јаки на Земљи. О томе Вам причам.

Нисам дирнут ничим што сам чуо, а уплашен – јесам. Власт је једна од непроменљивих категорија, која у људима на врху твори исто стање духа и које их је обликовало на исти начин као пре две или више хиљада година. То што су изнад других убеђује их да су ближи Богу, учествовање у одлучивању о туђим судбинама врста је афродизијака који увећава њихову страст према моћи. Заузврат, стичу харизму пред немоћнима који траже Бога на земљи. Све остало није вредно помена. Идеје као што су 'слобода, братство, једнакост' превазишла је елита која се попела на врх носећи пароле са овим речима као водиље. Људи духа су потпуно у повлачењу, интелектуалци су занатлије чије знање је намењено искључиво доношењу профита.

Тако ја мислим. Бог ми је сведок да бих највише од свега волео да нисам у праву. По цену живота. Али нема аргумената који могу да ме убеде у супротно. Волео бих да их видим, али их нема.

Зато се питате чему ово што радим, какав је то узалудан посао? Шта је оно што тражим, где видим свој пут, каква је то прича о потомству, ако стање ствари у стварности наговештава да га можда једном неће ни бити?

Добри људи раде на себи, лоши људи раде на њима. А ово је доба лоших људи. Погледајте такозване политичаре и елиту која сада влада вашом тобожњом државом. Видећете све одговоре. Умни људи су далеко од власти, сапети моралом који још живи у њима. Они који немају тај проблем лако се пењу степеницама наводног успеха.

Можда сам свестан да радим узалудан посао, али моја мисија је да истрајем на њему. То је оно што сматрам својим задатком, усудом, договором са Богом. Сада постоје велики, огромни тимови стручњака који усавршавају психолошке методе растурања породице као основе различитих друштава која су нам претходила. Телевизија и интернет биће основна средства за пласирање свих идеја такве врсте. Истовремено, људи ће дати све што могу само да не остану без ТВ-а и интернета. Сами ће жудети за комуникацијом која ће их условљавати новим осекама духа и обешчашћењем божјег потенцијала који им је дат. Власти се играју ниским поривима које људи воле. Намећу их јер маса жели да их прихвати. Они воле да урлају кад гладијатори човеку на бини расипају црева, док крв шикља на све стране. Не знају зашто, али воле да то виде. Уживају у томе. И зато ће тако и бити.

Љубав је тешка, тражи давање. Али доноси мир. Спокој. Радост. А то је оно што нећете наћи у тајновитим групама људи док се потајно договарају о новом земљотресу којим ће продрмати планету. Њима љубав не треба. Они и не знају за њу. То одрицање је цена да би сели у Столицу владања.

Зато је наш Ред био толико усамљен, а често и малобројан. Трудили смо се да окупимо људе од праве памети и моћи, али не и сујете, већ оне који могу да своју величину осете окренути вери у Бога и добробити за долазеће генерације.

Често смо се осећали потпуно беспомоћним.

Једино што нам је остајало била је вера да радимо нешто што је потпуно исправно.“

На листу хартије опет је остављен већи проред, а онда је својим китњастим рукописом исписао још неколико редова.

„После разговора које смо водили и слике коју сам створио о Вама, позивам Вас да постанете члан нашег Реда. Наравно да се нећу наљутити ако ме одбијете, али ако се одлучите на тај корак, ја ћу Вас чекати сутра на шеталишту, поред Музеја савремене уметности, у осам часова. Уколико дођете, сазнаћете све што је неопходно.

Срдачно Ваш, Максим.“

38.

Нисам се баш наспавао те ноћи.

Читав дан сам провео у ишчекивању и размишљању, шетајући градом. Поново ме није држало место и чинило ми се да су ми мисли боље на окупу када сам у покрету. Једва сам дочекао предвечерје, брзо се обукао најелегант- није што сам могао, у очекивању да ћу бити представљен мени вероватно непознатим, али битним људима.

Нисам ни једног тренутка био у недоумици да ли то треба да урадим. Идеја се наметала сама по себи, била је логична и потпуно исправна. Ови се људи нису удру- живали ни против кога, већ да би обогатили и сачували наслеђе својим потомцима.

Пола сата пре осам часова већ сам почео да крстарим шеталиштем гледајући у Саву која се спрема да уплови у Дунав. Преко пута новобеоградске обале угнездила се Саборна црква, мајчински гледајући на ову страну, на којој сам седео.

Волео сам да наручим кафу баш у башти рестора- на *Ушће* у којем сам се некада венчао. Нисам то више доживљавао као иронију, већ сам одавно ово место почео да осећам као различито од сплета мојих личних, животних околности које су га некада додирнуле. Поглед на Београдску тврђаву преко пута водио ме је у време које је било знатно више удаљено и од мог живота и од његових заврзлама.

Максим ме је видео и прилазећи дао ми руком знак да останем да седим. Придружио ми се носећи неку малу кутију у руци. Била је од тамног, лакираног дрвета, на њеном поклопцу је био само један елегантан, али дискретан крст од жућкастог метала. Јесен је увелико загазила у октобар, али су дани око Михољдана традиционално лепи и топли, баш као што је то био и овај. Хладна нес кафа је била пиће које је обојици пријало, предвечерје се претопило у густ мрак који су разбијала светла, углавном она преко пута, са Калемегдана.

– Данашња западна култура у великој мери почива на непоштовању Божјих заповести – почео је изненада, прескачући било какав увод. – То је мисија којој су властодршци потпуно посвећени. Питао сам се често зашто је то тако, али осим баналног разлога – да желе потпуно да завладају планетом, заиста нисам нашао ни један мудрији и бољи. Обест власти увек је била неприкосновена и необјашњива. Овог пута изазов је највећи јер се ради о целокупном човечанству. Звучи прилично морбидно, али ја сам убеђен да у некој мрачној соби, негде на крају света, седи десетак стараца и буквално се игра са светом. У корену настанка сваке велике идеје, попут слободнозидарске или бројних које су јој налик, можете срести генијалне људе који укрштају своја знања и моћи како би донели узмах и бољитак људском роду. Ту идеју увек прати зло које јој тражи практичну употребу, а она увек завршава на моћи. Човечанство је инфантилно. Бизарно детињасто. Мудраци траже камен мудрости, а моћници њиме гађају једни друге у главу. Запрепастићете се тражећи мудрост: увек је неко сведе на ниво баналности.

Знао сам и да су увођење наркоманије у модерни свет обавили Британци када су са Кином водили Опијумски рат од којег су баснословно зарађивали. Када су изгубили тај извор прихода, окренули су се тржишту које су зачас створили – у Лондону, код куће. Али то је толико пута изречено и написано, да не знам шта би требало додати. Данас је то једно од најмоћнијих тржишта у свету. Када би неким чаробним штапићем овог тренутка била укинута комплетна нарко-индустрија, планета би запала у такав економски колапс да не би могла да преживи. Планета је наркоман…

Нас није интересовао одлазак „на ту страну“ – наставио је Максим. – Борба са злом није једноставна. Када се неко одлучи да му је власт једини мото, а зло једино средство, онда је борба неравноправна. Добри људи су увек усамљени, тешко се удружују. То је старо правило. Они се увек преиспитују, траже потврду да су на добром путу, а зло такву подршку не тражи, оно само напредује. Идеја да породице буду потпуно разорене, да људи имају времена да размишљају само о послу, да наркоманија завлада као начин живота побеђених и немоћних, то су јасно видљиви токови које више ни слепом не треба доказивати. Запад стоји иза те идеје.

Његова, Максимова, водиља била је иста као и оно што је опредељивало чланове његовог реда. Повратак у прошлост. Не на наиван, немогућ начин. Они су желели поновно уважавање постулата који су очували нацију током претходних векова и спречавање њеног коначног пропадања које је увелико у току.

– Уопште нисам оптимиста – пресекао је нагло причу. – Можда вам делује помало скаредно, али шансе да добијемо овај бој безначајне су. Ипак, једино што нам преостаје јесте да радимо тако да оне буду макар како очуване.

Усред сивила разговора погледао је на мој сако видевши да сам спреман за свечаност иницијације у његов ред.

– Ми нисмо масони, мада је међу нама било и „браће“ која су била блиска идеји коју пратимо – додао је. – Многи масони су, поготово првом половином 20. века, урадили много за своју домовину. Ипак, постоји једна значајна разлика. Они се слажу са путем којим иде овај свет, а ми схватамо да наше домовине на том путу нема.

По начину на који сам се обукао претпоставио је како сам помислио да је масон. Објасних брзо да није тако.

Знао сам доста о масонима, поготово о њиховој историји, али нисам имао утисак да је Максимов ред део тог миљеа. Нисам знао где бих уопште такав, „Максимов“, ред сврстао и временом сам почео да верујем у његову аутентичност. Тим пре што ми је, чак и несвесно, пријало постојање неке овакве групације кроз историју. Осим масона и темплара и, са друге стране, малтешких витезова и розенцројцера, Запад је имао и тевтонске витезове, који су у суштини поражени у Другом светском рату. Православне државе нису имале такве редове, макар не као своје, аутентичне. Поједини православци, или чак читаве групе, били су део таквих друштава, али изворно их никада нису правили. Хтели то они или не, понекад су

служили њиховим интересима. Уз дипломатске способ-
ности које су многи од њих имали, успевали су да учине
велике ствари и за домовину.

– Нема вечерас никакве иницијације, ви сте већ уве-
дени у Ред чином доласка на овај састанак – рекао је
напрасно и отресито, како је често умео и пре тога. – Пра-
вославље не познаје такве редове, али има нешто друго
– православце. Никоме није отежан пут ка том циљу, сви
су део „братства“, само ако то пожеле.

Устао је, позвавши ме да наставимо разговор уз шет-
њу. Свеж ветар са Саве ми је мало бистрио мисли.

– Свет се страховито брзо мења, а сва је прилика да
ће се све одвијати још брже – наставио је. – Знате, бра-
ћа Рајт су полетела 1903. године, већ 1945. из авиона је
бачена атомска бомба на Хирошиму, а човек је слетео на
Месец 1969. године. Сваки, баш сваки изум на свету имао
је своју лошу страну, само је било питање времена да ли
ће се та страна појавити прва. Обично је било баш тако.
А модерна технологија ће нас тек дотући. Први пут је све
што се догађа под будним оком власти. Овог пута се не
чека нови проналазак како би се нашла његова прагма-
тична страна, већ је будућа примена већ смишљена, па се
онда финансирају програми контроле. Гледајући у том
светлу, није тешко закључити како је историја Нобелове
награде за мир историја светске срамоте. Новац је заме-
нио Бога, злотвори ће заменити људе.

Очекивао сам да буде ватренији док говори ове стра-
шне речи, али он је остао миран, и даље ритмично изго-
варајући реченицу за реченицом.

– Постоје многи људи на Западу који су свесни куда
води идеја чији су поклоници, и волели би да изађу из

те композиције која се сурвава у бездан, али су немоћни – наставио је. – Немају друго решење. Битка је почела, а они су већ солдати у њој. А рат се или губи или добија. Шта ће добити победник, то више нико не зна, али губитком се срља у пропаст. Зато сада нема стајања.

Вратио се причи о брзом протоку времена и ономе што сматрамо „напретком“.

– Када је технологија толико супериорна, а људи оволико дезоријентисани, какве су шансе да будућност буде другачија, него немилосрдна владавина мање над већом групом људи? И шта је ту ново? Из такве врсте апсолутизма увек је ницао терор. Ништа ново модерни људи нису измислили, само су мењали средства. Не желим да вас замарам. Суштина је у томе што је током Првог и Другог светског рата отпочео још један рат, само ми то још не знамо. У ствари, превише мало људи зна понешто о томе. А они не знају шта би радили са тим сазнањем. Тај рат, рат 20. века, константно траје и не видим како би могао да буде окончан него катастрофом.

Онда се окренуо ка мени, дуго ме је нетремице гледао не говорећи ништа. Спустио је руку на моје раме и сасвим тихо ми рекао:

– Добродошли у наш Ред.

– Станите, чији ред? Како то „наш“? Ко смо то „ми“?

Гледао је у мене док му је једна обрва одскочила ка челу и намрешкала дубоке боре.

– Можда смо сами. Ви и ја.

Окренуо се и наставио да корача. Увек истим, одмереним кораком, у истом ритму.

– Љубав према Богу, поштовање наредних генерација… И да вас је више од једног. Када ја одем.

Тутнуо ми је у руку дрвену кутију, махнуо руком у знак поздрава и окренуо леђа одлазећи. Пред очима ми је било полупразно шеталиште, никога није било са мном. Људи који су пролазили поред мене, обузети својим мислима, били су странци, осећао сам лом у души и ужасну напуштеност. Баш сада су ми се јавиле визије бивше жене и Маријане, хтео сам некога да ухватим за руку, да буде ту. Само да буде ту.

Никога није било. Само Београд и ја.

39.

Постојале су мисли које су се заривале у мене као у жртву и више ми нису дале да будем исти, ма колико да бих се батргао и покушавао да се вратим натраг, у некакву илузорну сигурност. „Све већ знате, само је време да себи то признате.“ И она, друга реченица: „Оно о чему смо до сада разговарали, већ сам налазио у вашим текстовима. Признајте себи све о чему говорите, и видећете много јасније.“

Суштина није била у мењању света, већ у прихватању себе. „Кад видиш да сви трче на једну страну, ти трчи на другу.“

У џепу сакоа остала је дрвена кутијица. Већ сам заборавио на њу под утиском Максимових речи и осећаја гадне, баш гадне самоће. Те вечери су ми сви недостајали. Опет, било је неког смисла у тој осами. Као што бисер може да буде и црн.

Нисам могао да одредим старост кутије коју сам ставио на радни сто. Лак на њој је попуцао на неколико места, што је могло да говори о њеној времешности, али и о немару онога ко jу је чувао. Крст на поклопцу је могао да буде начињен од неког метала, који је неко обојио, али и од правог злата. То ми сад није било важно.

Пажљиво сам отворио поклопац. Није било браве која би ме омела. Само место намењено за кључ, али није било ни кључа. Кутија је била отворена и откључана.

На дну је остављен савијен папир. Опет писмо. „Максиме, побогу, чему толико дописивање?" Али не, није то писмо, већ неки стари папир. Полако сам размотавао свитак да га не бих оштетио. Испод стоне лампе развио сам савијену пожутелу хартију.

Слова на њој само су ми осветлила улазак у лавиринт. Све што сам могао да наслутим јесте да су исписана на старословенском језику. По неку реч сам покушао да разумем, али незнање пред писмом мојих предака било је огромно и поражавајуће.

Поново ме је опхрвала туга. О Боже, како сам ноћас немоћан! Ништа нисам у стању сâм да урадим, требао би ми неко макар да се пожалим.

Пажљиво сам покушао да вратим свитак онако како сам га и нашао када сам отворио кутију. Руке су ми задрхтале и убедиле ме да тај посао треба урадити мало касније. Спустио сам папир на сто. Пребирао сам по глави листу свих познаника и питао се ко би могао да ми помогне да дешифрујем писмо. Где да тражим превод старословенског записа? На Филолошком факултету? У цркви? У кога могу да имам довољно поверења да белешку неће злоупотребити? Да ли у њој може бити нечега што се може употребити погрешно? Питања, питања…

Нервозно сам отворио поклопац кутије како бих вратио свитак унутра и, баш када сам хтео да га спустим, схватио сам да је на дну још један комад хартије, али је био спуштен тачно на дно тако да га прекрива, па га у први мах нисам могао разазнати. Узех и њега. Олакшање. Максимово писмо.

„Драги пријатељу, нисам желео да Вас оставим са невољом коју би вам донео старословенски језик. Зато вам шаљем превод тог папира. Чувајте и један и други. Срдачно Ваш, Максим.“

„Чувајте га...“, понових у себи. „Учитељи су понекад као досадни очеви који стално понављају како се зими треба топло обући. Па шта бих друго могао да урадим него да га чувам?“

Мало испод Максимових уводних редова стајао је текст исписан оним његовим истим, калиграфским рукописом. „Овде вам је само препричан превод са старословенског и неки важни изводи.“

Даље је писало:

„Црква Успенија Пресвете Богородице, место... [нечитко].

У овом здању сачувана је икона заштитница Београда донета у турски главни град 1521. године“ – бележио је Максим. – „Икона није изгорела у пожару, како су забележили они којима је тако казано, већ су је чланови Реда сачували тако што су је заменили копијом, а оригинал су склонили у ову цркву. Храм је обичан, стар и неугледан и уз њега је очувано манастирско братство. Постоји неколико манастира у тпм крају о којима се посебно води рачуна да се не угасе, већ је стално упућен неко од монаха да борави у њима. У околини цркве је, на посебно место, смештен и ковчег за који се верује да су у њему остаци хунског војсковође Атиле, упокојеног током шестог века. Он се не сматра никаквом реликвијом, али је процењено да би тамо требало да остане.

Немојте се превише чудити овој одлуци, она није много битна" – обраћао ми се даље Максим. – „Једноставно, у временима која долазе сакривамо по неку вредност која би могла да има значаја у покушају живота са Западом. Они намећу трговину као једини начин комуникације и своју једину духовну вредност, па морамо бити спремни да и томе одговоримо. Са друге стране, реликвије које ми заиста чувамо никоме другом нису ни потребне. Штавише, они са којима смо се сукобили у историји имали су само потребу да их униште, али не и присвоје.

Тако у неким црквама, али и на другим местима где то нико не очекује, чувамо по неку вредност која би једног дана могла да нам значи. Овде сте видели да имамо сакривену икону од највеће могуће вредности, али и Атилу – 'обичан' западни сувенир."

40.

Надолажење неочекиваног следа догађаја почело је да
мења моја гледања на живот, али и на мене у њему. Дуго
сједињавање са једном врстом животних проблема оме-
тало ме је у сагледавању просте чињенице да их је, у
ствари, много више.

Тако ме је Максим после два дана позвао телефоном и
рекао да би требало заједно да прошетамо Авалом. Хтео
је још нешто да ми покаже.

– Немојте одмах постављати питања везана за кутији-
цу – рече док смо договарали састанак. – Имаћемо време-
на, све ће доћи на своје. Без бриге. Можда ће доћи време
када ћете је ви некоме предати на неки сличан начин као
што сам је ја вама дао у руке. Сада је потребно да сазнате
за још неке делове мозаика који ћете у глави ионако сами
слагати. На крају, сви ми их сами нижемо и свако ствара
своје слике. Свако по својој снази и знању. Присетите
се свега што сте до сада писали о Авали. Можда ће вас
зачудити нешто што пре овога нисте знали.

Наравно да сам био тачан и сутрадан поподне кренули смо у шетњу најближом београдском планином, полако корачајући степеништем које води ка Споменику незнаном јунаку. Ишли смо врло лагано, јер сам пустио Максима да се пење ритмом који је њему одговарао. Видео сам да нема пуно снаге и да тешко дише, па нисам хтео да га пожурујем. Корачао је смењујући једну ногу за другом, уз напор који сам наслућивао јер није ни покушао да говори. Пустио је мене да то радим уместо њега, и врло брзо је узимао нови дах ваздуха, заузврат не изговарајући ништа.

Говорио сам му оно што знам о овом месту, мада је он све већ прочитао из мојих књига, али сам оставио речима да се поново распу и некако направе увертиру у оно што ја тек треба да чујем од њега.

– Овде је сахрањен незнани јунак којег је 1915. године убила аустроугарска хаубица – почео сам причу. – Његов идентитет никада није откривен, мада је између два рата било покушаја да се сазна ко је заиста био тај човек. Несрећник је прво сахрањен у кратеру од гранате која га је и убила. Окупатори су га само затрпали у њега, са крстом на којем је писало: „Овде лежи непознат српски војник“, а затим је 1924. године направљен пирамидални монумент испод којег је лежао док између 1934. и 1938. године коначно није направљен црни маузолеј испод којег почива и данас.

Бројне су претпоставке о његовом правом идентитету, али се зна да су чланови посебне државне комисије, отварајући раку, пронашли скелет очигледно младог момка скромне конституције. На себи је имао опасач који је остао да се клати око струка којег више није било, упртачи су се спуштали са десног рамена, а на ногама су му биле тешке цокуле. Оне су и коначно потврдиле да је човек био српски војник, јер су само они носили ову незграпну обућу коју су, уместо пертлама, често везивали телеграфском жицом. Пронашли су му и новчаник са три сребрна српска дводинарца са ликом краља Петра.

Слика која је мене увек наново терала да се присећам судбине овог човека и њега као симбола града у којем живим односила се на војниково срце. Комисија је установила да му је граната разнела леви део грудног коша, па је у авалском гробу сахрањен човек без срца. Када му је душа изненадно отишла ка небу, као да је и њега однео са собом. Расуто је негде по Авали…

Касније сам се, пишући о томе, из депоа једног музеја докопао и фотографије краља Александра који је, полажући камен темељац за нови споменик на свечаној церемонији, држао у руци сребрни чекић. То је била слободнозидарска церемонија, а споменик је, уосталом, направио масон Иван Мештровић. До Другог светског рата на њему је писало: „Краљ Александар Први Незнаном Јунаку", али су потоњи револуционари састругали слова, па је служио и новој власти. С тим што се њен лидер, Јосип Броз, никада није појавио да положи цвеће на споменику. О Титу уистину не знамо ништа или знамо мало, али је извесно да је у том рату био на другој, аустроугарској страни, па је као нови лидер избегавао одавање поште жртви у коју је и сам могао да пуца. А пошто толико мало знамо о њему, претпоставка је да много мање знамо и о мотивима његовог делања и одлука.

Попели смо се на врх испред споменика. Рекао сам још да су се ту сликали и сви учесници највећег европског међуратног конгреса слободних зидара 1926. године, баш на врху Авале, где тада још није било маузолеја.

Максим је споро хватао ваздух, постепено је почео да мирно дише и био је спреман да говори.

– Романтично говорите о свему томе – рече. – На чудан начин тражите симболику. Други је често тако не виде. Признајем, чак ни ја. Нико у својим гледањима на Авалу и овај споменик није толики значај посветио несрећниковој трагедији и чињеници да је сахрањен без срца.

– Рекосте малопре да сви гледамо по својој снази и знању – одговорих. – Често осећам причу. Не бележим је, чини ми се, само је преносим.

– То радите на свој начин. Али зар сви то не чинимо?

– Шта вам у њој смета?

– Можда не видите све онако како јесте.

– А како јесте? Онако како види неко други? Са тим сам се давно помирио. Много је више оних који нешто скривају од других који желе нешто да открију. Само радим онако како осећам да треба.

– Било је скривања… то је велика истина. Зато смо и дошли овде.

Кренули смо у обилазак споменика, али одлазећи према његовој другој страни, оној на коју посетиоци никада не обраћају пажњу. Било ми је чудно све то. Шта ћемо тамо?

У подножју црне монументалне грађевине налазила се просторија са решеткама на прозору без стакла. Никад је нисам видео, иако сам био овде много пута. Ако је неко ову одају направио с намером да ником не привлачи пажњу, онда је успео у томе. Пришао сам прозору и између решетака погледао у унутрашњост.

– Унутра нећете видети ништа значајно, вероватно само неку старудију, као у напуштеном подруму – предухитрио ме је Максим док сам прилазио решеткама. – Сада ту нема ничега што би могло да буде важно.

– А шта је некада било унутра?

– Још једно место за играње судбином.

– Чијом судбином?

– Других људи. Само храбри стављају своју судбину на коцку. Сви други се коцкају туђим.

– Максиме, где се налазимо?

– На Авали, господине мој. Толико сте писали о њој, био би ред да знате због чега заиста настају ваше приче. Зар не? Уплетени смо у непознате слојеве збивања за која увек сви мисле како их разумеју. Тек када се издигнете и погледате надоле, из неке друге, више тачке, схватите да они који су остали доле, испод вас, ни изблиза не виде суштину неког догађаја, а још мање разлоге свог веровања да је тако било. Овај споменик је био посебно место за окупљање елите слободних зидара пре Другог светског рата. То му је била најважнија намена.

– А ова просторија?

– Обредна. Место где су седели и одржавали своје „радове“. Постојао је посебан тајни ходник који је водио доле ка хотелу. Да све не личи на тајно, средњовековно окупљање, већ да могу да дођу овде тако да их нико не види. Осим њих самих.

– Хоћете да ми кажете…

– Да је, као и све остало, споменик направљен као обредно место на којем ће се скупљати масони, а не као маузолеј Незнаном јунаку? Па наравно. Нека буде, у ствари, и једно и друго. Увек постоје они који верују у званичне верзије. У суштини, њих је увек највише.

– Слутио сам нешто овако – признао сам. – Нисам знао шта ме тачно збуњује, али сам био сигуран да постоји нешто необично.

– Сада видите да је ваша прича о срцу несрећног војника можда мање битна у односу на оно што се овде заиста догађало.

– Мени није. Напротив. Сада ми је још више важна.

41.

„Што будућност буде одмицала даље, биће мање људи који ће поуздано моћи да вам кажу за неки догађај да се непобитно одиграо онако како мислите да јесте. Цивилизацију ће појести њен сопствени маркетинг.“

Нису ово биле једине Максимове речи са којима сам се слагао као да сам их и сâм изговорио. Његово преимућство у годинама и статус који је имао у мојим очима пружали су му довољно простора да отпочиње разговоре оваквим мислима. Затим је из џепа извукао свежањ кључева. Било је очигледно да је спреман да отвори врата на улазу у мермерни споменик посвећен палом борцу из Првог светског рата.

Већ је био сумрак, у вечерњим сатима баш нико није долазио на сам врх Авале. Није било много посетилаца ни током дана, једину гужву могле су да направе ђачке екскурзије. Сада није било ни тога. Није било никога. Ко би ноћу долазио овде?

Отворио је врата која су цвилећи одагнала сваку сумњу да овде нико дуго није улазио. Мрачну просторију осветлио је спремљеном батеријском лампом.

– Зашто ми нисте рекли да ћемо у мрак? Могао сам да понесем и ја једну светиљку – разломио се мој глас по мрачној просторији.

– Зато што ће нам довољна бити једна – беше кратак Максим. – Ближи смо када само један носи светло.

– Натераћете ме својим метафорама да се смејем и на оваквом месту – не издржах, а видео сам да се и на његовом необријаном, благо набораном лицу опет распламсао благи осмех.

– Кренућемо ходником који води одавде – најавио ми је ново изненађење.

На средини невелике просторије још су стајала два стуба нешто виша од једног метра, око којих се расплела паучина. Густа, лепљива паучина. Увек ме упетља у неко време у којем нисам учествовао. Сада ми је било јасно да смо у напуштеној масонској ложи, ово су били стубови Јакин и Боаз, централни декор у просторији у коју би слободни зидари долазили на „радове“, како су звали своје састанке.

У дну мрачне собе постојало је нешто што је личило на врата, али тај пролаз никако не бих уочио да му Максим није врло одређено пришао и руком кренуо ка њему. Поново кључеви, резак звекет у мрачном простору одзвањао је много више него да је било упаљено светло. Када се загуше сва чула, оно које прво добије прилику да се прене подигне узбуну како би пробудило остала.

– То је ходник којим се силазило до хотела – сменио је Максимов говор режање кључева.

– Зашто ме тако често водите испод земље?

– Зато што се најважнији догађаји одвијају тамо где их нико не види. Није ово једино место где ћу вас одвести.

Макар мало морате да знате на основу чега доносите закључке које имате у души и са којима се саживљавате. Већина других то одавно не ради. Данашњи свет воли игру. А игра са људским умовима је игра незабележене страсти и профита.

Крочио је у мрачан ходник пред собом. „Све се догађа тамо где други то не виде…“, мрешкале су ми се његове речи по утрнулој свести.

Одједном ми паде на памет обала Тисе, насмејано Маријанино лице и жамор који смо направили у кафани на растанку. Колико су ми сада далеко ти људи, све то што смо радили тобоже тражећи Атилу, колико смо енергије уложили у нешто чега није било… а колико тога јесте, али не знамо куда да пружимо руку како бисмо га дохватили.

Први кораци кроз ходник били су лагани, пажљиви, остало је унутра неколико неочекиваних предмета. Један стари бајонет стајао је на испусту ходника, направљеном као да је лажни отвор у бочном своду озиданом од цигала. Као да би ту требало да буде прозор, али пошто нема куда да гледа, остављена је ниша. На њеном положеном делу лежао је стари бајонет, још увек у корицама. Бојажљиво пружих руку према њему. Погледах Максима очекујући прекор, али ме је он само нетремице гледао, пуштајући да извадим скоро столетни ратнички бодеж из корица.

Ништа посебно. Обичан бајонет. Као много таквих које сам видео и држао у рукама. Али ипак…

Напрасно струјање ваздуха ме је снажно протресло и донело ужасну визију експлозија и оштрих удараца куршума, неко је јечао поред мене чим сам затворио очи, зашто сам зажмурио, упитах се на брзину, шта ме је на то натерало, да ли ово говори нешто споља, нешто што долази однекуд, или су то неки скривени удари изнутра, из мене самог...

Видео сам силуету мог прадеде Александра, вукао се кроз неки ров, натукао је шајкачу на очи (увек сам се питао одакле ратницима толика воља да пазе на капу?), јасно сам му разазнавао црте лица...

„Невероватно“, помислио сам, „никада нисам имао у рукама његову фотографију, а сада сам јасно видео како изгледа“. Могао сам да се закунем да је то он, мало је ствари у које сам био толико сигуран као у визију да је то мој прадеда... Моја крв, мој предак, мој давни ја...

– Шта радимо ми у овом тунелу, Максиме? – морао сам да питам, покушавајући да се извучем из транса који ме је обузео.

– Враћамо се.

– Куда?

– Питајте *коме* се враћамо.

– То осећам.

– Онда не питајте.

Њима, заборављеним. Њима.

Нема маркетинга и Холивуда. Они су постојали, Холивуд не постоји.

Тишина. Вратили смо се под земљу, дубоко испод света лажи који је тутњао над нама. Сваки нови слој скривао је људе попут мог прадеде дубоко у зони присилног заборава.

– Идемо даље, сине мој... – пресече ме Максим, овог пута неочекивано присним гласом. – Идемо даље...

„Зашто је важно то што је ово масонско здање?“, питао сам се. „Чему толика тајанственост?“

– Ништа није случајно, а све се може тумачити као тајна или као лаж – пуштао је Максим своје мисли да одјекују ходником. – Двадесети век је сакрио све од нас. У овим тунелима је можда одговор на то што вас тишти, питам се да ли је ово место одакле све почиње или се ту скреће у таму. Тешко је то једноставно протумачити. Зато је толико напорно судити о свему.

Почео је да ми говори како ће историја ускоро престати да постоји.

– Неће имати на шта да се ослони – прошапутао је. – Нећемо знати шта јесте, а шта није било. И – тада смо коначно изгубљени. Сами од себе, а затим и од свих осталих. Да ли су масони знали куда нас воде, ко су били они, ништа од тога што се збивало у двадесетом веку ми не умемо довољно прецизно да објаснимо. Ко је још био у тој причи? Ко је одлучивао о вашем деди? Или прадеди? Или оцу? Ко то зна? Херојство је ствар срца, политика је ђаволово ткиво. Али је важно да знате да постоје оаква места. Чак је и значајније од онога што су вас учили током школовања… Знате, једном је Марк Твен рекао…

– Знам шта је рекао Марк Твен! – прекинух га гласно. – Знам шта је рекао…

Погледао ме је, зачуђен због тако бурне реакције.

– Некада сам се смејао његовим речима…– прошаптах.

Ускоро смо стигли пред метална врата која су затварала излаз на крају ходника.

– Од ових врата немам кључ. Забрављена су споља – објасни ми Максим. – Не могу да вас одведем потпуно на другу страну. Можда је и то због нечега добро. Сада нас пут води назад. Мораћемо да се вратимо одакле смо дошли.

42.

Мој прадеда Александар био је обичан војник. Никада себе није сматрао бољим или лошијим од осталих. Само је у разговорима са „својим" мајором Ђорђевићем понекад наслућивао како нешто мало више осећа или види него неки око њега. То је био неки склад, разумевање божјег дела које је било расуто свуда около, али и неразумевање онога што људи чине не видевши га.

Нека места рађају страхопоштовање, попут мале Цркве Успенија Пресвете Богородице из које су мајор Ђорђевић и Александар изашли те вечери. Ушушкана међу високе церове на обронцима Бабичке горе, на југу Србије, богомоља је била спокојно и тихо место, па су и мој прадеда и његов мајор по изласку имали јаку потребу да ћуте. Унутра су се удаљили од ратничког живота који су теглили у својим војничким цокулама и обојица су били обузети неким тромим, потмулим унутрашњим поривом да о томе не говоре.

Сваки човек када се приближи Богу, или се макар удаљи од притиска оног што је тврдоглаво овоземаљско, има потребу да ћути. Речи кваре мисао и само прете да ће као игла да пробуше осећај усхићења који води увис, ка небу.

– Зашто је она икона толико важна, мајоре? – упитао је Александар када је радозналост дошла по своје.

– То је питање енергије и љубави, мој Александре. Много људи је силно волело ту икону и молило јој се од срца, чак и у данима који су били потпуно безнадежни. У њој је остало много врелине очајних људи.

– То је икона из Београда?

– Јесте, Александре.

– Зашто је овде?

– Сакрили смо је.

– Ко то „ми“?

– Моја браћа.

– Нисам знао да имате браћу.

– Ту се ти и ја не разликујемо.

– Како то, мајоре?

– Имаш их и ти, него не знаш.

Много пута су Александар и мајор Ђорђевић разговарали, али никада прича није текла на овај начин, нити је војник смео да покаже како се због нечега наљутио.

– Хоћете да кажете да ви имате браћу, а ја то не знам за све ове године ратовања, а да имам и ја, а да за то нисам знао?

– Тако је.

– Је ли, мајоре, да нисте ви мало звекнули главом у црквени довратак кад смо излазили? Сећате ли се кад је каплара Стеву оманула она греда по тинтари, потпуно је побудалио? А? Да није и вас мало чукнуло?

– Није Александре – насмејао се мајор Ђорђевић кроз густе бркове. – Сећаш ли се шта ти ономад рекох? Шта нас може спасти од ове невоље?

– То сам запамтио! Једноставно је, нема ту шта да се заборави: љубав према Богу, према наредној генерацији и да никако не останем сам. Тако, је л'?

– О томе ти причам, Александре. Они који тако мисле су моја браћа.

– Па где су они?

– Тражимо се стално, мој Александре. Тражимо се, јер су свуда около, али се, изгледа, често не видимо како треба.

– Зашто се зли људи лако препознају, а добри се скривају чак и једни од других?

– Нећу моћи још дуго да ти објашњавам. Мораћеш да почнеш да са̑м тражиш своје одговоре. Знаш ли кад је човек зрео? Кад престане да поставља питања, него почне са̑м да одговара. Ниси ни осетио како на многа питања која ми постављаш већ имаш одговор. Само пушташ мени да га кажем.

– Сад ћу вам рећи, мајоре, како ја то видим… Добри људи морају оно што желе с неким да поделе. Шта ће ми све злато овог света ако немам с ким то да делим? Па чак и памет сву да ми дају? Шта ако и с њом опет останем сам? Ето, Бог све зна. Код њега је сва мудрост. Па је опет нас направио, да има то с неким да подели.

– Поделићеш, Александре, када стекнеш оне с којима то треба да радиш. Ништа се не дели на силу. Тада се само разбацује и губи.

– Ваљда… – прихвати овај и ућута.

Сведоци су касније причали да је ускоро уследило наређење за даљи покрет и да је јединица мајора Ђорђевића одмах кренула. Требало је сићи доле ка путу и обезбедити га како би артиљерија могла да прође и настави ударе по непријатељу који се повлачио. Затим је следио нови задатак, па за њим следећи и почели су да осећају мирис завичаја који им је долазио у сусрет. Истина, они су ишли ка дому, али све је мирисало као да се он споро шуња ка њима.

Шта се на крају заиста догодило, нико није могао тачно да каже. У мојој породици остало је само предање, односно сећање на прадедину погибију. Макар је такву причу знао мој деда. Њему је речено да му се отац налазио у строју који се кретао путем када је однекуд стигао залутали метак ударивши баш на њега. Последње речи су му биле: „Погибе ја!“

Није стигао да изусти ни једну више.

Све што данас знам о мом прадеди Александру Здравковићу јесте да је погинуо негде током повратка кући. Односно, да је прегурао све гадне битке Првог светског рата, оне најпознатије и најкрвавије, а да га је ударио куршум на самом крају војевања.

У помоћној згради, у дворишту мог деде Антанасија, постојао је велики војнички сандук какав су имали сви редови Војске Краљевине Југославије. Имао га је и мој деда. У њему сам, као стасали двадесетогодишњак, пронашао Албанску споменицу мог прадеде Александра, умрљану али са читким словима. На њој се краљ Александар Карађорђевић захвалио „свом ратном другу“, а у дну је био читак потпис Павла Јуришића Штурма.

Још је чувам. Потпуно свестан да у данашњем свету не могу ни да погинем као човек, па да на тај начин учиним било какву услугу неким нерођеним потомцима којима сам дужан услугу какву је мени учинио прадеда Александар.

43.

Чиме би новинар почео дан него прелиставањем штампе? Мада, дуго се већ нисам осећао као новинар, већ само као човек који ради тај посао. Док сам окретао листове, смењивале су се научене стране преда мном. Политика, добро, данас то нећу да читам, економија, баш да видим где ми се дична домовина још задужила… читуље, у реду није журба… Огласе увек прескачем, чекај, шта је ово…?

„Српски културни клуб представља план својих делатности у Паризу. Конференција за новинаре уз приказ важних археолошких експоната који ће бити приказани наредног месеца француској публици. Налазишта са балканског дела Подунавља представиће Маријана Фонтен-Лефевр.“

– Ма немој да причаш…

Снајка „набацила“ ново презиме.

Прва помисао ми је била како ћемо се званично срести у дворани у којој ће свако имати своју улогу, невезано за терен, ископавања и јурцање у лади. Бићемо одевени како приличи официјелном догађају, без необавезних фармерки, њених пуфнастих папуча док у бадемантилу спрема кафу…

Једина разлика била је у томе што сам ја био сигуран да ћу доћи тамо, а она… Да ли макар слути да бих могао да се појавим? Нисам знао шта очекује. Могла је да претпостави да ћу бити део аудиторијума, знала је да ме такве ствари интересују. Опет, шта ћу ја тамо, ако је у питању ствар поноса?

„Ма је ли?“, опет сам организовао малу породичну свађу са самим собом, онако срдачно и фамилијарно, и решио да одем. Шта бих друго?

Нисам хтео да размишљам шта ће се десити, али сам био радознао да то видим. Направио сам заседу обома, чекајући како ћемо одреаговати свако понаособ. Нисам имао благу представу ни шта ћу ја да урадим…

Сала у прес-центру у Кнез Михаиловој улици није превелика, тако да говорник може јасно да види црте лица или гримасе сваког посетиоца. Сео сам у други ред, чекајући излагање. Патетика ситуације би налагала да се нађем негде у дну сале, прикривен, али баш намерно нисам урадио тако. Не би то личило на мене. Или сам ту, или нисам.

Прошло је четири месеца од како међу нама није постојао никакав контакт. Код мене су ствари остале углавном исте, осим напретка у пријатељевању са Максимом, за које сам био свестан да у мој живот уноси значајне промене. Код ње је, осим свега о чему нисам знао ништа, постојала једна ствар о којој сам слутио све: ново презиме.

Троје говорника који ће нам се обратити ушло је и село за конференцијски сто, она је била најближа оном делу сале у којем сам се налазио и ја. Дворана је била половично испуњена, најзад, био то је обичан културни догађај са малим изгледима на ефектну пијанку која би могла да уследи, па организатори нису ни очекивали велики одзив „пасионираних" припадника седме силе. Новинске стране означене вињетом „култура" све су мање читане у београдској штампи. Сутра ће се у новинама појавити понека вест о томе како ће домаћи археолози излагати нешто у Француској, и на томе ће се све завршити.

Уобичајена, додуше мало наглашенија, шминка, елегантан комплет из два дела, и све је било спремно да дама чврстог става заузме своје место и најзад погледа ка сали, како би се припремила за обраћање посленицима писане речи. Она је гледала према свима, ја сам гледао према њој. Тада су нам се погледи срели. Када се овакав „сусрет" одигра у саобраћају обично уследе бука и шкргут искривљеног метала. Овде су само звучни ефекти изостали.

„Није ме очекивала", закључих скоро гласно, када сам схватио да је видела како је нетремице гледам. Нагла промена погледа и јако руменило говорили су да јој није пријатно. Прекрстио сам руке и утонуо у столицу. Нисам чуо шта говоре, само сам био опседнут чињеницом да је опет ту. Маријана Фонтен-Лефевр. Наће снајка неког филозофа. Макар се онај тако презивао. Овог пута брак је био ударац искусне, промишљене даме, са стилом и јасном визијом статуса. Могао сам да се кладим.

У Београду само новинари умеју да једу обема рукама истовремено, тако што у свакој држе по један залогај. Тековине западне цивилизације и тамошњих пријема са закуском углавном су жестоко развиле овдашњу дисциплину „руковођења" послужењем са невероватно добрим пролазним временом. Увек иста група људи посећује све пријеме и промоције, за које је извесно да ће на њима бити хране и пића, и просто су незасити. Запрепашћујуће је да сви углавном имају витку линију, што собом повлачи неизбежан закључак да их код куће нико не храни…

Када сам стигао да се домогнем чаше вина између већ десеткованих послужавника, појавила се и она. Грациозног држања, знала је да изгледа привлачно. Пришла ми је прва, имала је и она своју тактику. Када је већ суђено да се видимо, ето, она ће да почне…

– Једино што сам запамтила из разговора када смо се последњи пут чули телефоном било је да ме волиш – пуче она као из топа.

Нико је није чуо, остали смо сами у углу поред пепељаре, свако држећи по цигарету.

„Опа, снајка, кренули смо ниско. Нисам очекивао…"

– Сјајно изгледаш – започех комплиментом. – Можда ти је руменило дискретно јаче. Или је такав тренд?

– Сасвим је у тону, не брини.

– Могу ли нешто да те питам?

– Само изволи.

– Зашто га стављаш по ушима?

Стари, бруталан београдски штос… Прва је почела…

– Ма јеби се, ништа се ниси променио – ипак је пустила природном осмеху да се пробије кроз маску.

– Немој да псујеш, лутко – рекох, али речи као да су одјекивале из неког давно прошлог света. Нагло су то престале да буду моје речи упућене њој, већ су биле обичан ехо који је требало да разбуди успомене.

Боже, као да је све било пре пола века, како брзо смо прешли преко свега… Људи стално нешто закопавају у себи, све док и њих коначно не закопају.

– Хоћеш ли да ми кажеш како си? – постадох озбиљан. – Сналазиш ли се у далеком свету?

– Можда ти и кажем. Али сигурно не овде. Има неких давежа од којих покушавам да побегнем током целог дана, и мислим да је коначно дошло време за то. Завршила сам посао и спремна сам да прихватим позив на вечеру.

Опет ја и Спајдермен. Куд ћу сад…

Лакше је тако, идемо у један ресторан, зна она, ту је у центру, пристојна клопа, умире од глади, е баш ме запрепастило да си гладна, да зовем кума, можда има неки динар у штеку, ова изјелица ће опет да ми унакази буџет, ма нека ће, само да је чујем изблиза… Идемо, лутко, само кажи…

– Па ово је Скадарлија – морао сам да јој разјасним где је пронашла „добар ресторан“.

– Добро што си тако прецизан, брзо сам навикла на места у Паризу, ипак Београд лошије памтим… – настави она. – Деца су ми још код мајке, спремам се да их одведем у Француску, заслужила сам и ја мало мира. Богами, и оне са мном. Прошле су неке много гадне године, имам ужасну потребу да се смирим и поређам све догађаје на своја места, да све лепо спакујем у фиоке и витрине, сваку ствар на своје место. Разумеш?

– Разумем…

Као да никад нисмо били заједно. Тај осећај необавезног, женског отпочињања разговора са неким с ким су некада биле увек ме је приморавао на дивљење. Ништа се није десило, гледај од чега се живи, идемо даље, разумеш, разумем...

Гледала је задовољно у тањир испред себе. Аперитив је био само један, наручила је вотка-ђус. Одавно ми је објаснила да ни у сну не сме да претерује са алкохолом. Због оног искуства када људи који су били зависни од дроге направе замену пићем и таблетама. Знао сам за то. А мени се баш претеривало. Ово је била једна од оних ноћи када надошли адреналин потпуно потре сваку кап коју сам попио, и на крају останем будан и трезан, мада би већина нормалног света остала залепљена за кафански сто, без благе илузије да од њега треба да устане.

Подигла је поглед са трпезе, бојажљиво ме погледавши у очи. На исти начин који сам запамтио када ми је залазила под кожу, а ја то нисам наслућивао.

– Да ти одмах објасним оно што те највише интересује – решила је да почне причу.

– Нисам сигуран да сам смртно заинтересован.

– Јеси, него лажеш.

– Добро...

– Он је наследио ланац радњи за израду накита, стабилан је и способан човек наших година.

– Добро...

– Пажљив је и воли ме.

– Добро.

– Жели да ме учини срећном.

– Баш добро.

– Хоће да брине и о мени и о деци. Девојчице му не сметају, он нема деце.

– Одлично.

– Не сери више, мајке ти.
– Нећу…
Ништа друго ми није остало, него да завапим.
– Конобар!

Пришао је услужно, брзо сам му показао руком на флашу са вином, јесте, до пола је пуна, шта тебе брига како се мени мења тема за столом, хоћу још једну, и попићу је теби за инат, нисам му то рекао, знао је шта му мислим…

„Зашто се жестиш, није свака жена рођена да с тобом јурца за Атилом по војвођанском блату", ударао сам у себи по посрнулој сујети.

– Мислим да не би требало да престанемо да се виђамо – рече изнебуха и погледа ме упитно.– Да будем искрена, ти си човек са којим не бих волела да изгубим контакт. Једном, док сам била млада, наишла сам на једну Хесеову реченицу да из сваког човека може бити створен цео космос. Све – реке, планине, небо, звезде… Онда сам направила своју поделу људи и почела сам да их сврставам у оне који у себи не садрже небо, у оне који у души немају жубор реке… Мало је оних за које сам мислила да имају све, макар у траговима, у дубини душе… Код тебе сам нашла комад од свега, нешто што други често немају. Заузврат, мало си ускраћен на неким другим местима. Мени је та твоја светла страна много значила, увек ми је било добро када је додирнем и осетим је поред себе.

– О чему то, лутко, говориш?

– Зашто да не? Ја ћу и даље долазити у Београд. Родитељи су ми и даље ту. Ти знаш колико сам кивна, колико су ми бола задали, али осећам дужност, обавезу према њима. Долазићу, свакако... Па ово су модерна времена, постоје имејл, телефони...

– Бојим се да не познајеш један део мене – морао сам да је прекинем. – Пред нама су постојала само два пута.

– Опет тај твој фатализам.

– Аха.

– Ти се баш понашаш по неком сулудом, словенском кодексу.

– То ми је једини који имам. Наслеђе, ваљда.

Слутила је одговор и спретно се трудила да га не чује, или макар одложи.

– Нас двоје смо увек разговарали само на твој начин – није хтела да се заустави. – Стално си ме приморавао да будем искрена, и то увек више него што сам мислила да треба. А када сам помислила да могу потпуно да се отворим и препустим, ти си се повукао и тад смо пукли. Тих дана сам се осетила ускраћено, језиво. Помислила сам да могу да живим на твој начин. То би било лепо.

– Нас двоје смо могли да будемо или једно или нула.

– Зашто сад желиш да све окончамо?

– Из истих разлога због којих си се ти удала.

– Не разумеш...

– Никако не разумем.

– Нисам имала избора.

– Јеси, чим си изабрала. Сад се држи тога.

После развода сам говорио да ми треба „пола жене“. Нисам трпео сећања на брак и неслагање под истим кровом. Требао ми је онај њен део који буди, а не онај који гаси. Маријана ме је полако, из дана у дан, убедила да моја душа тражи своју другу половину, а не неке разбацане патрљке, како сам ја, онако бесан, умислио. Сада се све окренуло. Њој су требали моји остаци.

– Мила, ја сам ти некакав традиционалиста, или како се то већ зове. Клоним се ствари које ми сметају, које нису у складу са мном. Не бијем се с њима, знам да не могу да их мењам, али гледам да се не одвијају близу мене. Ево, не волим тетоважу и пирсинг. Не волим. Морам ли то да ти објасним?

– Мораш – завpнула је рукав показујући на својој мишици истетовиране крст, ружу и лептира.

Нисам могао да не наставим.

– Јасна ми је потреба за аутентичношћу, чак и здрава жеља да се привуче пажња, али не мислим да због тога треба да гурам мастило испод коже и бушим обрве и нос шиљцима. Мода је некад толико скаредна да чини људе отворено и бездушно јаднима. Када би била организована бесомучна кампања из Париза и Милана како би жене у тренду требало да носе шешире од осушене крављe балеге, то би постао модни хит. И то са онолико ватрених заговорника колико би за то било потребно. У то немој да сумњаш ни трен, сигуран сам да је истина. Исто тако не могу да будем са женом која мирише на неког другог. Еј, са женом, како ти умеш да кажеш! То је животињски, одвратни, посесивни инстинкт који се зове љубав. Такав сам.

– Знам, али од тога се не живи.

– Тачно, лутко. Од тога се умире.

Спутила је рукав кошуље, покривајући тетоважу.

– Знала сам да ћеш доћи на конференцију за новинаре – покушала је да одагна тему.

– Ниси имала појма. Видео сам, не лажи ме.

– Тамо у Паризу би ми поверовали.

– Овде, у Београду, ја не бих. Не познајеш ни ти мушкарце довољно, лутко.

– Не познајем тебе.

– Једном ћу ти одштампати упутство за руковање.

– Е, то би била подебља књижурина.

– Само ако је посвећена теби.

Предложила је да прошетамо. Ја бих се још мало посветио оном вину, знао сам да ћу још много пута премотавати кадрове из ове ноћи, па сам хтео да их запамтим. Скадарлију, стару калдрму и извртање штикли на њој.

– Изућу се до горе – показивала је ка врху улице.

Учинила је баш тако. За трен су јој ноге остале без ципела, које је задржала у руци. Ходала је голим стопалима и даље елегантно. Боса жена, а дугонога и без штикли… Кораке је грациозно низала, као да у шетњу води малог, несташног пса, па пази како ће закорачити.

– Јеси ли некада имала куче? – упитах.

– Јесам, давно, веома сам га волела. Откуд ти одједном то питање?

– Видео сам га поред тебе.

– Кад?

– Сад.

Застала је и погледала ме истим погледом који сам запамтио оне ноћи када смо седели поред Тисе и правили роштиљ говорећи о алхемији.

– Ти си луд – отресе. А потом тихо рече, готово шапатом: – Волим и ја тебе.

Одоздо, од Ушћа, муње су обасјавале небо, слутећи на кишу. Неко је циновским блицем правио фотографије које су мени требале за ону прашњаву фиоку…

– То ти се само учинило. Не говори такве речи, незгодно одјекују кад се спрема киша.

Двоје брбљиваца на скадарлијској калдрми коначно је ућутало. Али не задуго.

Хтео сам да мењам тему, време је истицало, изговорене су речи које не воде даље.

– Бар ти је Бог дао фигуру, кад памети немаш – наставио сам са подбадањем.

– Зашто је забрањено ићи бос? Лакше ми је тако. Видиш како не знаш да радиш ствари због којих би ти живот био једноставнији.

На врху Скадарске улице опет се обула, левом руком се ослањајући на моје раме. Усправила се, два пута трепнула и рекла:

– Готово! – А затим упитала: – Сећаш ли се оног лагума у који си ме водио први пут?

– А не, душо, било би патетично. Да завршавамо тамо где смо почели? Амерички филмови… Фуј.

– Ја нећу ништа да завршавам – одједном је била изричита. – Ти завршавај шта хоћеш, ја нећу. – Била је бесна и одлучна. – Хоћу сутра да ме отпратиш на аеродром. Нема никог да оде са мном. Нећу сама да одлазим из Београда. Шта ме гледаш? Хтео си вечерас да направиш опроштајно вече? Велике речи и тако то? А? Када би у позоришту постојала улога за тебе, звали би је „драмосер".

– Хтео сам…

Зашто сам се осетио као дете које је прозвано на часу, док немоћно стоји испред школске табле јер не зна лекцију?

– Како стално успеваш да се ја осећам кривим – питао сам. – Како, ако то нико нормалан осим тебе не би могао да тврди? А баш ми је тако. Ко је овде луд?

– Па ти! Мени је добро.

– Важи, лутко. Како би било да се ја сутра оженим?

– Ти? Не лупетај.

– Откуд ти знаш?

– Пише ти на челу.

Ујутру сам је покупио и одвезао на аеродром.

Нисам хтео да је водим у лагум у којем смо први пут попили пиће, него сам је пратио на место на којем сам је дочекао, оног мајског дана кад сам носио таблу с њеним именом. Заљубљен човек не може а да не склизне у патетику.

Нисмо много разговарали. Док је трајала ноћ пуштали смо речи да трчкарају поред нас, како би нам куповале време. Сада је било другачије. Ово је било прво јутро које смо почели заједно, а да није носило бар некакву трепераву слутњу… Тамо, поред Тисе, док смо тражили Атилу, ни једна ноћ није била окончање, свако свитање је обећавало…

Возио сам ћутке, оно мало километара које нас је делило од аеродрома одужило се. Напунили смо кабину аутомобила тишином.

– Не могу да верујем да ме ниси ништа питала ни за Атилу ни за тунел – подсетих је.

– Сада ме то заиста не интересује.

– Не верујем. Била си запрепашћена исто колико и ја.

– Можда ће то бити лепа успомена једног дана, а можда ћу се стварно заинтересовати онда када будем осетила да ми је живот сређен. Сада не могу о томе да мислим, целу причу осећам само као сан.

Дочекали смо лет за Париз.

„Моле се путници да полако понесу своје кофере и оду тамо где им је место“, могао сам да се кладим да су те речи одјекнуле на разгласу. Она није тако чула.

Пољубац двоје збуњених људи које је напустила магија претходне вечери, образ уз образ, баш лепо, срдачно; хајде, снајка, и тамо те неко чека, треба ти широк осмех…

Обоје смо истерали своје. Ја сам се опростио, а она је била убеђена да прича има наставак. Опет смо имали свако своју половину приче, и поново нису чиниле једно цело.

44.

Максимов повратак био је промишљен и сада сам разумео да ме није случајно остављао да се обрачунам са задатим лекцијама. Схватао је када треба да се повуче и врло је добро знао зашто то чини. Било ми је потребно време како би се све што је од њега долазило ка мени уобличило и сазрело. Почео сам да навикавам да је ту када треба. Његови изостанци ме нису више плашили, мада сам слутио да ће доћи дан када ћемо и коначно кренути различитим путевима. Почео сам да схватам шта значи потреба „да нас буде више него један".

Када ми се следећи пут јавио, била је дубока јесен. Дани које сам проводио били су препуни промена расположења, и то је понекад умело да ме наљути јер је доносило бес према себи самом. Живот је много лакши када се све негативно подводи под туђу кривицу. Помисао на Маријану и њено постојање тамо негде, у далеком свету, кварило би ми дан, а мисао да са неким другим импровизује разговоре које смо некада водили она и ја будила је у мени пристојну дозу лудила.

Док је била ту уносила ми је огромну нервозу и забринутост, тутњећи кроз мој живот као ходајући вулкан невоља, а када је отишла очекивао сам да ће се појавити макар благи осећај олакшања. Више нисам морао да размишљам где је, како ли се довија да прикупи новац на начине које нисам желео да знам, шта је са њеним бившим и да ли можда опет урла у телефон говорећи му шта мисли… После свега, олакшање је изостало, а сета и ја смо се вратили и утврдили на својим положајима као искусни супарници у тешком рату који се води у рововима. Пуцали смо једно на друго из све снаге, али су се положаји врло тешко мењали и фронт је, без обзира на жртве, опстајао стално на истом месту.

Покушавао сам наново себи да је објасним. Маријану и њено место у мом животу. Али то је био претежак задатак за мој нагњечени разум. Ниједна реченица коју бих успео да испишем, у нади да ћу себи одгонетнути Маријану, није била довољно опширна, свеобухватна, да „загрли" њену улогу у мојој чежњи.

Трудио бих се да се посветим послу, што би ми заокупљало мисли само током једног дела дана, а чим бих се вратио деци, све би се само од себе релативизовало и постајало мање важно. Нисам себи давао за право да пуштам сетним мислима да ме надвладају, јер сам осећао да сам према деци увек дужник.

Онај део у којем ме је опседао Максим постепено је постајао најважнији део мог времена, када сам осећао да је негде у оквиру тих сазнања и његовог „братства" део одговора који ће ме, на крају, учинити спокојнијим.

Тако је било и када ме је поново позвао и наговестио „интересантну шетњу која ће ми разоткрити одговоре на нека питања која још нисам стигао да поставим".

У договорено време стајао сам испред Студентског културног центра, зграде у којој сам провео неке интересантне младалачке дане и где сам као момак често одлазио на рок концерте.

Као и многе зграде у Београду, и ова је саграђена са потпуно другачијом наменом. То здање направио је крајем 19. века краљ Александар Обреновић старешинама своје војске, па се у складу с тим и звало Официрски дом. После се одиграла још једна од безброј српских саркастичних прича, када су га ти исти официри убили у преврату 1903. године.

Помислих на свог поручника са Ташмајдана. Да ли је и он некада седео овде? Засигурно није, јер је сахрањен пре него што је гробље морало да буде исељено 1886. године. СКЦ, како данас зову ову зграду, настао је касније. Ипак ми је била драга помисао на „мог“ поручника.

„Шта ћемо овде“, питао сам се, док је Максим прилазио својим вечито одмереним кораком.

– Знам шта све знате о овом месту – почео је без околишања. – Некада је постојао тајни пролаз према згради Војне академије која се налазила у данашњој улици Кнеза Милоша. Постојао је и подземни пролаз ка вишеспратници која се налази преко пута, поред трамвајске станице у Ресавској улици. То је била кућа у којој су живели високи официри Краљевине Југославије.

На том простору сачињене су маштовите сценографије испод плочника вечито усталасаног града. Испод данашње улице Краља Милана, или Српских владара, или Маршала Тита, или како год је ко звао, налазио се још један пролаз који није ушао у историју, мада му је тамо било место. Поред зграде у којој је заседала Влада

Србије, у овој улици, сада се налази празан плато. Некада, почетком 20. века, ту је била зграда Руског посланства. У време пре Првог светског рата, када је цео Београд врвео од аустроугарских шпијуна, тадашњи престоло-наследник Александар Карађорђевић и руски дипломате виђали су се кришом у пролазу између двора и руске дипломатске зграде. Један податак је посебно необичан, а то је да је управо у овом тунелу један руски посланик доживео срчани удар када је чуо да ће дефинитивно доћи до Првог светског рата. Од тога је и умро.

Сада су многи од тих пролаза пресечени темељима нових грађевина, а неки су просто урушени или су пре-пуштени зубу времена који их је доглодао. Ту и тамо постоји неки остатак заборављених пролаза, колико да разбуди машту радозналаца какав сам био ја.

– У склопу свог истраживања ипак нисте могли да уђете на једно место где се не улази непозван – наговеш-тавао је Максим још једну тајанствену причу, упорно ми доказујући непотпуност мојих сазнања. – Боље би било да се у све то уверите сами.

Ушли смо у улаз испод великог свода зграде у Ресав-ској улици и одмах се запутили степеништем ка подруму. Извадио је из џепа свежањ кључева и отворио решетка-ста гвоздена врата. Иза њих налазили су се уобичајени дрветом ограђени простори за старудију, коју, не знајући када, станари планирају да опет изнесу на светлост дана. Мада то обично никад не ураде.

Ту су била још једна врата, забачена на крају ходника, а на њима је стајао велики катанац, наговештавајући да и она нешто скривају. Прво ми се учинило да би то могао да буде улаз у подстаницу или кућицу за лифт, али када је Максим пришао катанцу схватио сам да се иза крије нешто веома важно. Поново ми је прорадио адреналин као у тунелу испод Саве, све је мирисало по јакој мемли, али је и тај ружни мирис доносио слутњу нечег тајанственог, заборављеног и бурног.

Врата су тако оштро зашкрипала да ми се учинило како су ми међу зубима остали зарђали опиљци.

Неколико степеника водило нас је у мрачан ходник, а мој учитељ је имао спремну батеријску лампу, знајући да тамо нема осветљења.

После хода мрачним, дугачким ходником, стигли смо пред још једна врата. Нови катанац, нови кључ… Поново шкрипа. Пред нама су се отвориле двери мистичне одаје прекривене паучином и прашином. Када је Алфред Хичкок обилазио Римски бунар рекао је да је такав призор за њега права посластица, а да је видео ово, не знам какав би епитет морао да смисли.

Овакву дворану нисам очекивао. Мислио сам да није остало много тога што би могло да ме изненади, после толико времена остављеног испод града у тражењу издробљених делова прошлости.

Била је то велика просторија у облику квадрата, са странама које су морале имати макар по десетак метара. Са једне стране остао је дрвени сто преко којег се наталожила прашина, и чинило се да би се истог тренутка срушио када би га неко додирнуо. На зиду су се видела места која су некада покривале слике. Поред њих био је и један држач за заставе, сличан онима који се још виде на зградама изграђеним пре Другог светског рата.

Све је одисало напуштеношћу и празнином. Ту магичност неких простора осећао сам и раније. Када сам се неколико пута нашао у природним пећинама у које дуго нико није улазио, или просто нико у њих никада и није крочио, мир је био потпун, а сваки детаљ унутра био је на свом месту, утопљен у склад. Када бих се, опет, баш као и сад, нашао у просторијама у којима су некада боравили људи којих већ дуго није било ту, по правилу бих осећао напуштеност, ишчезлост присуства некога ко је пунио тај простор енергијом. И акустика у таквим одајама је мало затупаста, онај ко ту покуша нешто да изговори осети како му нешто сече звук говора, сапиње га...

– Овде је настала Југославија – прекиде Максим тишину.

Више ме ништа не би могло изненадити. Са Максимом је све постало другачије, али и извесно, реално. Чињенице су се преламале кроз другачије стакло од оног кроз које сам навикао да гледам. Имале су тежину као стоматолошки инструмент који испитује упаљен зуб. Док сам се осећао као да сам на зубарској столици, и даље сам имао жељу да контролишем бол, али сам реаговао рефлексно јер се све одвијало близу мозга. Зачуђујуће ми је било то што је осећај који сам имао после оваквих разговора с Максимом носио собом и неко олакшање, као излазак из ординације, какво сам имао некада, док сам био дечак. Пустио сам његове речи да загушено звоне овом чудном просторијом.

– Ништа није као што се десило – рече. – Ништа није било као што је било. Све зависи да ли пуштате себе да нешто доживите као „тајну" или као „лаж". Те две речи стоје на две стране гигантске полуге која покреће историју.

Глас му је био читак. Јасно су се разазнавали сви сугласници и самогласници у речима које је изговарао.

Док сам га слушао, разгледао сам салу, лагано пуштају-
ћи кораке да је премере. Корачао сам по њој спуштене гла-
ве, дозвољавајући ципелама да глођу разгажену акустику.

– Ни комунисти ни Јевреји сигурно нису спалили Рај-
схтаг, али већ сада је много оних који тврде да ни њујор-
шке „Близнакиње" нису срушили терористи. Догађаји
који покрећу свет нису случајни. Они једино морају да
буду драматични.

Тако су се и у овој просторији одвијали најважнији
разговори везани за историју Балкана у 20. веку. Када
испливају на површину „умивени су" и дотерани. Овде
је настала Југославија, заједно са почетком рата који је
избио 1914. године, а траје до дана данашњег...

45.

– Требало би да изађемо напоље, мислим да ми није добро – рекао је Максим необично храпавим гласом, придржавајући се за зид.

Притрчао сам му и извео га из просторије док су му колена клецала. Добри старина је изгубио свој стабилан корак, али за трен ће му бити боље, сигуран сам, само да дођемо до излаза…

– Ево, сада ћемо на ваздух, на сунце – бодрио сам га.

– Добро, добро…

Прешли смо улицу и после пар корака се нашли у парку, на клупи. Видео сам му грашке зноја по челу, одједном је потпуно побледео. Када је примакао руку грудима, знао сам да немам много времена. Срећом, улице у центру града су прометне, лако је наћи такси. Убацио сам га некако на задње седиште и викнуо возачу да крене ка Ургентном центру. Близу је… Знам да је код срчаног напада најважније што пре стићи до лекара.

У ходнику Ургентног центра био сам безброј пута. Као новинар морао сам да долазим тамо увек када бисмо

„ловили" последице којекаквих саобраћајки, несређа или мафијашких обрачуна. Максимово понашање је чак и мени, као лаику, указивало на срчани напад, а тако су одмах проценили и лекари који су га дочекали и одвели на колицима.

Све што ми је остало било је да стојим у ходнику и чекам.

Када у Србији неко има прост бирократски, шалтерски проблем, прво се запита „имам ли кога тамо?", мислећи на познаника унутар институције чије услуге би требало да преживи. Када се ради о здравственој невољи, то питање често прераста у вапај, а осећај напуштености је прво што жртву натера да се упита да ли је нешто успешно урадила у животу кад ни у болници нема везу.

Срећом, Док је мој пријатељ још из раних школских дана. Овај надимак смо му наденули јер је први дипломирао, а и сада је једини од ширег младалачког друштва који је понео докторску титулу. За време тешких година рата и хиперинфлације, Док је успешно у себи активирао неку врсту одбрамбеног механизма, тако што се посветио науци. Често сам се шалио на његов рачун тако што бих му говорио како су му, још као малом, мама и тата рекли да треба да иде у школу, али су заборавили да му кажу да одатле понекад треба и да се врати. Мој пријатељ Док ради као психијатар и кажу да је одличан у свом послу.

Окренуо сам његов број телефона, на брзину објаснио шта се десило, али сам добио одговор који сам очекивао.

– Пусти људе да ураде свој посао, доћи ћу чим будем могао. Сачекај ме.

Колико сам могао да се сетим, Док ради у близини Ургентног. Баш као и сви остали, нисам волео да га посећујем у болници у којој ради, више сам волео дружења на свим другим местима. То му је неки усуд психијатријског посла. Нисам био једини.

Како то често бива са људима који се нагло унервозе, испоставило се да ми уопште није требала веза. Максим је био у сигурним рукама. Али није било лоше да се Док појави овде, за сваки случај. Како ли је тек њему, колико ли пута њега питају за услугу...

– Да ли су у питању године или је то само стање духа у којем се јављамо пријатељима само када смо у невољи? – почео је Док, док ми је пружао руку у болничком ходнику.

– Када бих ти се јављао стално кад сам у невољи, не бисмо се ни разилазили – одговорих. – Виђао би ме чешће него рођену жену.

– Не постоји „рођена“ жена, ко ли је тебе то научио...

– Тако се каже...

– Свашта се „тако каже“ па опет није. Зато си се и развео.

На брзину сам му објаснио откуд ја овде и да је Максим мој познаник с којим сам се упознао на послу. Изузетно га поштујем, научио сам пуно од њега, не могу сад баш све да објасним...

– Остани овде – рекао је кратко, док су поред мене возили неке људе на болничким колицима, а други су седели опкољени завојима које су управо стекли...

Онда је нестао иза оних врата, иза којих обично нестају лекари.

На оваквим местима часовник уопште није потребан. Свако време проведено у чекаоници је предуго, без обзира на то шта сат показује. Тера на нервозно шетање и бесмислене покрете који служе искључиво да се сатре време које ничему не служи. Када би постојала банка улудо утрошеног времена, оног за које би сви волели да што брже прође, одавде би се напајала изворима који не пресушују.

– Твој пријатељ је имао инфаркт – биле су прве Докове речи кад се вратио. – Нисам сигуран, али је могуће да му то није први, мада не изгледа преозбиљно. Колеге сада раде детаљна испитивања, и биће боље да дођеш сутра. Сигурно ће бити задржан у болници неко време. Његово стање је стабилно, то је сада најважније, а ујутру ћу се ја већ довољно распитати, тако да ћеш по подне, у време посете, имати неке прецизније информације.

Стигли смо да проговоримо још неколико уобичајених, конвенционалних речи, распитали се за малишане и договорили се да сутра, после посете, свратим до њега. Биће дежуран, па да попијемо кафу на миру, Психијатрија није далеко...

„Тога се ја и бојим...“

46.

– Онај први је био „шегрт", али овај други је прави „калфа", баш је ојачао – дочекао ме је Максим речима које нисам одмах разумео.

Изгледао је исцрпљено, коса му није била онако уредно зачешљана, а боре су се појачале, додатно истичући упале очи. Није изгледао добро. Наставио је да прича, трудећи се да буде ведар.

– Тако овде зову различите срчане ударе. И оне мождане. Трећи је обично „мајстор". Он је прави, неприкосновен. Велики ауторитет.

Пре неколико година већ је имао инфаркт који га је добро уздрмао. Сада је имао потребу да ми детаљно опише то осећање. Говорио је мирно, као да прича о нечем потпуно свакодневном.

– Имао сам дијалог са Богом, кренуо сам ка њему – настављао је, навикнут да га не прекидам. – Осетио сам блаженство, тамо уопште нема бојазни када осетиш куда си кренуо. Тада нисам потискивао страх, једноставно га није било. То је осећај који не постоји. Све је потпуно изван времена. Било ми је добро, и било је баш добро што сам тамо. Али ми је речено да се вратим, и ево ме опет овде. Овде није добро.

– Полако Максиме, речено ми је да могу да вас видим накратко, али да не смете да се узрујавате – покушао сам да га смирим.

– Нема више много тога од чега бих морао да се чувам – наставио је истим тоном. – Замори се човек. Знате, када млад човек, који још нема много животног искуства, размишља о смрти, она неминовно мора да му делује трагично, фатално. Када то чини неко ко је попут мене прошао оволики пут, онда она није страшна, пре дође као пристојно исходиште, коначна капија, одговор на позив који сам ја, ето, већ имао. Не ради се само о чину умирања, страху од бола, већ и о осећању везаном за проживљено. Све је мирно, на свом месту… Оно што сам урадио чини ме спокојним, а оно што нисам морало да је остане недовршено. Тамо куда сам кренуо нема стреса и секирања.

– Доста је за данас – рекла је сестра која је ушла у болесничку собу. – Ако га није убио инфаркт не морате ни ви. Видите да не изгледа добро.

– Довиђења до сутра Максиме – стигао сам да прозборим.

– До виђења брате – промрмљао је. – Сутра ћу вам испричати још неке необичне ствари.

Силазио сам полако низ степенице, одбројавајући једну по једну. Ово „брате“ ме је посебно протресло. Ословио ме је као члана Реда. „Његовог“ реда? Припремио сам цигарету пре него што се сударим са кишовитим сумраком.

Не волим јесен. Пријају ми само конкретна годишња доба. Или лето, или зима. Само да је сунчано. Није ми добро кад пада киша. Сав сам расквашен, и изнутра и споља.

Послушао сам Дока и успентрао се уз следеће степенице. Овог пута ка психијатрији.

– Мислио сам да ћеш ти мени имати шта да испричаш, али ми се чини да ћу овог пута ја говорити теби – дочекао ме је пријатељ.

– Прво ми реци да ли је ово приватни или службени разговор.

– Па, да видиш, одговор на оба питања је „да“.

– Ништа са Максимом није једноставно.

– Био сам код њега јутрос. Болесници његовог типа, по правилу, немају сновиђења или нека халуцинантна стања. Они су некада уплашени, понекад разочарани, или чак нестрпљиви да изјаве последњу вољу или сачине тестамент. Дешава се и да имају жељу да виде оне о које су се огрешили како би замолили за опроштај. Имају потребу да рашчисте неред иза себе, уколико мисле да су га оставили.

– Са њим је било другачије?

– Јесте. Нашао сам га у необичном стању које се у пракси изузетно ретко виђа. Лично, такве случајеве познајем само из литературе и кроз разговоре са колегама. Знам да су неке озбиљније анализе радили у Француској.

– То што си видео је нешто опасно?

– Не ради се о томе. Само је изузетно необично.

Пријатељ ми је испричао како неки, додуше ретки, људи, који су доживели тешке повреде главе или су имали страховито стресне ситуације, напрасно почну да говоре језиком који не познају. По њему, Максим је управо то урадио. Док је био под јаким притиском, почео је да говори на неком архаичном језику у којем је Док препознавао само ретке речи.

– Могао бих да се закунем да је то српски језик, али онај који су говорили неки наши далеки преци – објаснио ми је. – Ти знаш да бисмо ми сада имали проблем да добро разумемо оно што су говорили људи у Београду пре само двеста година.

– Разумели бисмо их, али би нам многе речи биле непознате – надовезао сам се. – Знам за то, проучавао сам документа градских власти из тог времена и имао „пристојних“ проблема да се снађем у њима.

– Ово је било нешто слично – допунио ме је Док. – Знаш, теза коју заступају француски стручњаци јесте да у мозгу постоје одређене супстанце које нису задужене за наше лично сећање, од самог рођења, већ нам преносе сећања наших предака. Под посебним притиском неки људи су проговарали језиком својих дедова, при чему је било потпуно сигурно да га не познају…

– Хоћеш да ми кажеш да је Максим јутрос говорио старословенски или неки језик од пре неколико векова?

– Мени се чини да је тако. Знам да је необично, да ми ниси пријатељ можда те не бих ни питао, али пошто знам да „имаш нос“ за необичне људе, хтедох да се распитам ко је тај човек?

– Ево, већ неколико месеци постављам себи исто питање, и нисам се много приближио одговору. Једино у шта сам сигуран јесте да му верујем.

47.

Прво питање које сам морао да поставим Максиму, када сам сутрадан дошао у посету, чак и пре оног очекиваног како је, било је да ли зна старословенски.

– Ма не, немам појма. Одакле вам то? Размишљали сте о ковчежићу и поруци? Нисам ја превео тај запис, урадили су то неки моји пријатељи. Нисам имао времена да учим мртве језике. Мислим да су ме увек привлачиле друге ствари.

Имао је спремљену причу коју је хтео да ми исприча. Није се дао омести у томе, уосталом, као и никада пре тога.

– Знате ли који је, за мене, најпотреснији део приче о Арчибалду Рајсу? – питао је скоро заједљиво.

Знао сам да нећу тачно одговорити, мада сам о Рајсу знао подоста. Његову књигу *Чујте Срби* има скоро свака кућа у Београду, али је мало ко разумео шта у њој пише. Слично је и са *Библијом*.

Рајс је био Швајцарац пореклом, природњак, доктор наука, али и стручњак за кривично право и судску медицину. Са Србима је прошао све што се могло проћи у Првом светском рату и видео све што други нису хтели да виде. Постао је искрен пријатељ ове нације. Чак је и тестаментом то показао, направивши несвакидашње завештање. Дао је налог да му тело буде сахрањено на Топчидерском гробљу, али срце на Кајмакчалану. Необичан човек, могло би много да се говори о њему. Зашто ли је сад Максиму пао на памет?

– Трагичан део приче о Рајсу јесте начин на који је окончао – наставио је. – Знате ли како се то догодило?

– Заиста не знам.

– Умро је од срчаног удара после свађе са бившим министром Капетановићем који је неовлашћено користио пут поред његове куће, намењен само пешацима – скоро ликујући је објашњавао Максим. – Позлило је несрећнику и умро је нервозан и бесан због типично српске, крајње баналне неправде. Ја не знам за бољу причу о модерној српској држави.

Српска власт еволуира наопако. Свака наредна је гора, а рекао бих и глупља. Иначе, овде је познато да се властодршци, а сада је модерно рећи „политичари“, деле углавном на две групе: покварењаке и будале.

После приче о овој тешкој анегдоти брзо се примирио и променио израз лица. Гледао сам га нетремице, изгледао је намучено.

– Желим да вам говорим о нечем другом – нагло је прешао на другу тему. – Не знам о чему ћемо још и колико дуго причати, али ми се чини да нам није остало много времена. Желим да вам кажем нешто много важније.

Погледао ме је очима које су још више упале него јуче, капилари су у њима попуцали правећи непријатно црвенило.

– Намерно сам пустио да из мене према вама крене и најцрње огорчење – почео је мирно да говори. – Знате, у Србији кажу да нико не воли своје чедо као мајка лудог сина. Младићу, управо овде, у овом поднебљу постоји корен, вредност која се тешко рађа на другим местима. Наћи ћете је у понеком манастиру, међу људима јаког духа, јер их овде има. Горштаци се рађају на ветрометинама, а не уљуљкани међу швајцарским планинама грицкајући чоколаду. Нису они ближи Богу јер су Алпи високо, нити зато што је неко смислио државу у којој се чувају паре. Њих ни Хитлер није смео да пипне.

Мало је застао да ухвати ваздух и промени тему.

– Најтеже је бити члан братства које је тако малобројно, али га чине само они чисти духом. Дабоме да је Тесла био наш члан. И владика Николај. И многи други. Нема ту позива, сине мој, ни папира са потписом, ни плакета, ни свечаних одежди, ни фракова… Има само веома тешких, до Бога тешких питања са врло једноставним одговорима. Све сам вам рекао, само треба да покушате да своју душу пустите да прати упутства: љубав према Богу, љубав према нерођеној генерацији, и да никако не останете сами. Свако од та три правила подразумева она друга два. Не могу једна без других.

Пустио је тишину да се поново увуче међу нас. Није више било ничега што би требало рећи, нити што би уопште могло бити исказано, а да буде достојно претходних речи.

– Умало да заборавим – ипак је навукао осмех на посивело лице. – Остао сам вам дужан још један одговор. Онај који се односи на Атилу. Можда би вам било интересантно да га ипак потражите, ако вам уопште буде нешто значио. Мада верујем да сте тражећи њега пронашли све остало. Није он био безначајна личност. Напротив. Можда се по његовом узору понашала цела западна култура, а не по узорима који су декларативно преузимани из антике, како се често тврди. Ето, Атила је покоравао све око себе, приморавао их да га признају и уважавају, а уживао је у разарању онога што је настало пре њега…

Поново је застао да ухвати дах. Покушао сам да га упозорим да се не замара, али није хтео да слуша.

– Оно што смо ми нашли сигурно би вас разочарало – закључио је. – Било је то само неколико шака пепела у, додуше златном, ковчегу врло несолидне израде. То је био „ваш“ Атила.

„Ништа није као што је било“, одзвањало ми је у души. Ускувао се неки тмаст, унутрашњи алхемијски процес у мени. Увек се нешто догоди што ми измакне тло под ногама, што ме убеди да је планета почела да се окреће наопако. Само истина је недодирљива, све остало јесте.

– Увек постоје слике које треба тражити – настављао је Максим. – Оне извиру дубоко из нас и свакоме су дате. Додуше, мало ко их следи. Ви сте своје нашли у свом граду. Већина људи око вас не жели да види оно што је очигледно. Ваш Београд је и Вавилон и Јерусалим. Све што треба пронаћи и видети већ постоји у њему. Бескрајно је мистичан, загонетан и недоречен. Коме треба мудрост не мора да одлази далеко од куће. Никоме не треба Атилин гроб осим њему самом. Али трчање за лажним траговима је цивилизацијски усуд, нисте ви први смислили ту глупост, нити сте се једини одазвали на лажни позив. Ваш позив је дом. Ваш дом.

48.

Вест о Максимовој смрти потресла ме је до сржи. Нијед-
но умирање није искључиво лични чин.

Још више ме је зачудило када сам у болници сазнао да
није живео сâм и да има супругу. Она је везана за инва-
лидску столицу и није могла да га посети, али ми је остало
необјашњиво зашто ми никада није говорио о њој.

Рекли су ми да могу да понесем удовици Максимове
ствари, ако већ она не може да дође. Да ли им је он рекао
да смо блиски, или је његова супруга наложила да ми
буде пренет такав налог, тек, сада сам се нашао у ситуа-
цији да се упознам и са њом.

Адреса на коју сам се упутио била је на Котеж-Неи-
мару, кућица је била ушушкана међу неколико великих
стабала, зарасла у бршљан, па се није видело колико је
времешна. Унутра је већ било јасно да је помало сапета
и трошна, као и њен доскорашњи домаћин.

Када сам зазвонио, иза врата сам чуо женски глас који
ме је позвао да уђем.

Бојажљиво сам закорачио унутра. Не знам зашто сам осетио страх, језу, али је тога било у изобиљу. У мрачној соби, на средини, неко је седео. Тек када су ми се очи привикле на полумрак, разазнао сам женски лик смештен у столицу на точковима.

– Уђите, слободно…

Пришао сам дами и пружио руку. Неспретно сам изјавио саучешће, претпостављајући да је то Максимова супруга. Никог другог није ни било у просторији.

– Хвала вам – рекла је са оним старовремским поносом неговане даме. – Ја сам Вера. Седите, волела бих да поразговарамо. Максим ми је пуно причао о вама, а предложио ми је да прелистам и ваше књиге.

– Више ми ништа није чудно – рекох. – И с њим сам се упознао тако што је знао много о мени, а ја о њему ништа.

– Пре ће бити да је више знао о себи. Ви сте закорачили на пут који је њему био познат, па је лако слутио кораке које ћете направити.

Место на којем сам се налазио све мање ми је било сабласно, мада је свака кућа тек одлазећег покојника бар мало таква. Као да његов дух још тумара просторијама у којима је боравио деценијама, и полако поспрема за собом како он мисли да треба, пре него што коначно и неповратно напусти дом.

– Разговарали смо о вама, наравно, и вероватно постоји много тога што вам није рекао – настављала је госпођа Вера. – Плашила сам се његове болести. Он је био обазрив, знао је да се чува, али ето, човек једноставно дотраје.

Поучен разговорима са Максимом, нисам постављао питања, веровао сам да је са овом женом изградио сличан начин комуникације који је и сам волео. Промишљено, без сувишних речи које троше време.

– Оставио ми је нешто за вас – наставила је госпођа Вера, стављајући на сто испред мене малу плаву кутију.

Упитно сам је погледао, тражећи подршку да је отворим.

– Наравно, само изволите, то је сад ваше.

Унутра су биле беле рукавице. И један стари дрвени крст. Био је масон!? „Побогу Максиме, шта сад ово значи!?"

– Морате да будете врло обазриви када некога у Србији прихватите као величину – рекла је. – Таквих је веома мало у световном животу. Пре бих рекла да такве људе треба да тражите на скривеним местима. Мој Максим је стремио ка величини, јер је није желео. Трудио се да достигне дубину, а не висину.

– Не разумем став о масонерији – био сам искрен.

– Није као што сте помислили – благ осмех јој пређе преко лица. – Нисам стигла да вам кажем. Није Максим био масон, али јесте неко ко му је био врло близак. Ипак, масони су већ два века део српске стварности. Једна од форми постојања у савременом свету. Одавно је лако видети и њих и њихов утицај. Једноставно, ако погледате државу, знаћете каква јој је масонерија. Ако се држава распада и растаче, ни масонерија није боља. Они су стално свесно или несвесно лојални, али увек остаје отворено питање коме?

– Али откуд Максим тамо, међу њима?

– То питање је понекад постављао и сам себи, али није могао без дугачких разговора са значајним умовима који су словили као величине у том братству. Тешко је најести се, а не ући у кухињу. Ипак је имао јаку дистанцу коју није могла да ублажи ни наклоност према тим људима. Знала сам да има јаке, дубоке периоде у којима тражи себе и када се бори са својим идентитетом. Тада је одлазио негде на југ Србије, у Грчку или у неке цркве близу Васељенске патријаршије. То су била путовања о којима ја нисам много знала, али сам била сигурна да треба да одлази ка југу. Одлазећи одавде, од куће, враћао се дому. Свако иде куд му Бог заповеда. Мало је оних који то умеју да чују.

– Мени је наговештавао разлоге зашто је удаљен од слободних зидара, зашто су му далеки…

– Ништа, младићу, није црно или бело. Никада није ни било. Не можете судити људима који су седели у једној масонској ложи зато што је после једног века у некој сличној седео познати криминалац и убица. То не мења дух и ставове према животу оних који су ту били пре стотину или више година, већ говорио онима који су их наследили, недостојни да издрже терет духовности једне, сада већ можда посрнуле, идеје. Они некадашњи били су зрели људи који су међу слободним зидарима тражили одговоре на питања која су себи постављали, о својим коренима и пореклу. Данас је историја другачија. Надоградила се и испрљала много тога од тада. И напредак ка апокалипси је – напредак. Води ка разрешењу. Ако је оно већ толико неминовно, као што изгледа.

Нисам очекивао овакав разговор, поготово не на данашњи дан. Она ме је чекала, то сам јасно видео, са намером да ми све ово каже.

– Када сам наишао на реченицу познатог америчког индустријалца Хенрија Форда о томе да је целокупна људска историја потпуна бесмислица, деловала ми је новинарски атрактивно – покушао сам да објасним. – Ипак нисам могао потпуно да се саживим са тим сазнањем.

Читавог живота верујем у некакву фарсу која само у траговима наговештава да је настала на темељима велике истине, и никако се не пробијам до саме сржи, већ само до наивног веровања у оно што видим. А када истина истрчи испред мене, спремно јој кажем: „Добродошла, знам ја да постојиш, али ме пусти још годину или две да се играм овде, па ћу да дођем и код тебе.“

Насмејала се, као да ме је чула. По прозуклом звуку из плућа који је пратио осмех, схватио сам да не бежи од цигарета, мада до тада није пушила. Тек тад је извадила једну и замолила за упаљач.

– Ви сте доказ да новинари полако престају да размишљају и да почињу да раде онако како им кажу да треба, а не онако како их Бог учи. Ви сте сада само пропагандисти, занатлије чија је претходна професија умрла, али вам то још нико није објаснио. По чистој инерцији сте само заузели своје место у свету лажи.

Прешао сам преко тога.

– Дакле, Максим је ишао да се огреје на тој ватри…

– Знао је за опаску Николе Пашића да су масони „као топла пећ у хладној зимској ноћи. Можеш да се огрејеш, али и да се опечеш, ако јој приђеш превише близу“. Нема разлога да мењате мишљење о њему. Његов контакт са слободним зидарима био је чин личног стасавања. Имао је прилику да види, осети, огреје се или опече. Од кључања на том шпорету боље је разумео Ред о којем вам је сигурно говорио.

– Тај ред, дакле, постоји?

– То је увек било питање вере његових чланова. Колико ја знам, ви сте члан тог реда. Ви реците мени. Извесно је да сада много тога зависи и од вас.

Дефинитивно нисам човек брзе интелигенције. Можда јесам, али само када се шалим. Када сам у овако озбиљном разговору, пожелим да се зауставим, као неколико пута са Максимом, да размислим о свему, па да разговор наставим тек сутрадан.

– Видите, младићу, могла бих да вам кажем нешто из своје прошлости, можда вам неке ствари касније буду лакше схватљиве.

– Данас сам спреман све да чујем. Не верујем да би много тога могло да ме изненади.

– То ћемо тек видети. Дакле, да се вратимо неколико деценија уназад…

Била је смирена, говорила је као да има све време овог света, није било позе у њеним речима, само повремени прекиди када би уснама приносила цигарету и полако пуштала плавичасти дим у ваздух.

– Максимов млађи брат је оставио језив траг у нашим животима онда када је решио да се повуче из свога.

Нисам знао да је Максим имао млађег брата. Све ми је и даље говорило да сам премало знао о њему.

– Тај младић је био заљубљен у мене од тренутка када ме је угледао – наставила је. – Била сам верена са Максимом, али ме је он стално гледао на неки врло карактеристичан начин. То је био поглед због којег сам осећала енергију као да је фен уперен у мене. Признајем, као девојка била сам веома збуњена његовим наступом. Био је дискретан, крио је своје емоције, али док је све то у Максиму рађало само незнатну слутњу, у мени се одигравао један збуњујући, али еруптиван процес који сам с муком обуздавала. Као добро васпитана девојка из угледне породице, нисам себи ни за тренутак дозволила да помислим на њега. Ипак, срце ми је признавало шта би се догодило да сам се упознала са млађим, пре него што сам знала за старијег брата.

Уз ово признање поново је узела одмор, уз дим цигарете.

– Ништа се никада није догодило међу нама – наставила је. – Али обоје смо осећали да је могло да се деси. Преко те баријере се није могло, није постојао начин ни да се машта о томе. То је живот, са свим својим ограничењима.

Настављала је разложним тоном, па сам лако могао да створим слику о свему што се догађало између ово троје људи, ма колико да ми је све на први поглед деловало компликовано. Госпођа Вера је наставила даље:

– Максимов брат је тај који је био масон. Као младом човеку било му је лакше усадити идеје које су удаљене од традиционализма на којем је његов старији брат увелико био формиран. Младалачки насмејан и безбрижан, деловао је опчињавајуће на све својом раздраганошћу и лакоћом са којој је живео. Био је привлачан на једноставан, али неодољив начин. Али било је и нечега опасног у њему. Све до чега му је стало, што би му се допало, једноставно је узимао. И то без питања. Било је чак запрепашћујуће како су му сви то лако праштали. Њих двојица су била симбол свега што представља раскол. Један је био посвећен традицији и духу у којем је стасао. На њему је био задатак да очува породицу, име и традицију, у светом значењу те речи. Млађи брат је био потпуно другачији. Када би био љут, Максим би га лако окарактерисао само једном речју: „мода“.

Застала је на тренутак узимајући ваздух. Припремала се да искаже дугу и напорну мисао.

– Једног јутра сам само чула језиву вест да је млађи брат починио самоубиство. Била је то ужасна породична трагедија. Није за собом оставио никакву поруку, знак зашто се одлучио на такав чин. А ја, ево, до данашњег дана и разговора са вама нисам никоме признала да сам сигурна да је разлог његове погибије наша неостварена љубав.

Није пустила сузу, нисам очекивао то од ње, иако је нисам познавао. Само јој је глас незнатно задрхтао, па је застала.

– Од јуче, ја сам двострука удовица, и то од два рођена брата. У животу једнога од њих била сам релативно кратко, али сам оставила толико дубоку рану да је напустио све нас. Другоме сам била све остало. Обојици сам посветила живот бивајући им и мајка, и сестра, и жена.

Ћутала је држећи цигарету у руци. Догорела је дополa, али жар се зауставио ту, пуштајући паперјасти дим да се равномерно, непрекинут извија ка таваници. Као да сам гледао у залеђен призор ухваћен објективом фотоапарата. Врх цигарете се, ужарен, замрзнуо не горећи даље ка филтеру, њено лице обореног погледа није имало ниједну гримасу која би наговештавала наредну реч, ја сам се примирио потпуно свестан бесциљности сваког покрета који бих направио или речи коју бих изрекао. Све се зауставило.

– Максим ће бити сахрањен као што приличи, близу брата – нагло је „одмрзнула" кадар своје замрачене собе који сам ћутећи посматрао. – Њихови гробови ће још дуго постојати, као део историје ове породице. Ја сам себи наменила другачије коначиште. Када за то дође време, моје ће тело бити кремирано, а пепео расут негде на ушћу Саве у Дунав. Њих треба да памте, ја ћу ионако увек бити ту. Ја сам Вера.

49.

Живот је период у којем је човеку дато време да савлада неке лекције, а не да очајава због тога што је осећао јак бол док их је учио. Мада вечито недовољно залечене, ране су долазиле на своје место, остављајући пристојне ожиљке на телу моје душе.

Маријана је остала ту, њен ожиљак је био један од „лепших".

Била је то проста трговина. Изабрао сам да уживам у тренуцима које смо проводили заједно јер је то била магија међусобног стапања у јаким, концентрисаним таблетама. Знао сам добро да то не може да траје дуго, али сам био сасвим задовољан тренутком који је протицао поред мене и из којег сам могао снажно да захватим. Успевао сам да не мислим о томе како ће све неминовно проћи. Поред ове жене, макар за време које сам провео поред ње, поново сам био ја. Без погрешних потеза и кајања. Постојао је заједнички ход, тонови усклађених корака које смо заједно расули по тротоару, шта бих пожелео више?

На трен сам помислио како би било када би такав осећај могао да се растегне на неколико година? У том тренутку као да сам осетио благонаклон поглед, негде Одозго, који ме пита: „Да не претерујеш?"

Исто као кад сам ја Мајклу понудио Вивалдија.

Свако ценкање је вражја работа...

После сам схватио. Постоје посебни моменти заједништва који су моћнији од само једног тренутка. А таман толико трају. Тада смо превазилазили време. Били смо дуготрајнији од њега.

Затим смо морали да се враћамо у неизбежну ограниченост свакодневних живота, благо исцрпљени и срећни, моћни у томе што смо били немоћни да заувек останемо тамо. Разбили смо време, а то није било тако мало.

Све боље сам проналазио своје објашњење за уметност. То је био коауторски рад, чиста љубав преточена у трајање. Пробила је ограниченост и била оваплоћена, опредмећена у величанствености заједничког осећања. Нисам имао платно да некоме то насликам, али, осим ње, нико ми није ни требао.

„Гребао" сам се о њено присуство испуњен сазнањем да постоји ту негде, близу мене. Био сам запрепашћујуће миран због спознаје да никад до краја неће бити моја, али препун инспирације да због ње урадим нешто што је било веће од свега што сам мислио да ћу икада учинити.

Схватио сам да је љубав хватање за небо. Мерено овоземаљским аршинима, то не може да потраје. Одавде, са земље, све се мери временом: одрастање, старење, имање, немање, све је У ВРЕМЕНУ. Заједништво није време. Оно ЈЕСТЕ. Тако је човеку немогуће да остане да виси на небу. Чим неко поверује у време, откачи се.

Док сам размишљао о томе, ходао сам поред кафане у
којој смо умели да оставимо *време*. Некада сам то радио
са пријатељима, а онда и са њом, после повратка из Вој-
водине и јурења Атилиних трагова.

Била је збрка унутра, келнери су били заузети неким
бог те пита како важним послом иза шанка, а сви сто-
лови су били празни. Добро, помислих, рано поподне
је, али ипак је чудно да баш никога нема. Пријало ми је
да седнем баш овде. Пуштао сам лепа сећања да испуне
кафану, баш као што деца пуштају змајеве на пољани.

Сео сам за „онај" сто који смо сматрали својим. Чуд-
но је како људи прецизно одређују кафанску територију.
Келнер је пришао, одбио сам пиво, а затим је у салу ушао
још један човек. Био је у дугом мантилу, врло зрелих
година и необријан. Конобар је пришао и њему, али је
овај немарно одмахнуо руком, очигледно потврђујући
неки претходни договор који њих двојица одавно имају.

Пустињачки је седети у кафани са само једним чове-
ком и не прозборити ништа. Када је ресторан пун, онда је
то сасвим другачије и граја загуши ућутаност појединца
угруваног и самог за столом. Када су два човека сама,
све изгледа као да су зграбила свако свој кану једносед и
веслају некуд куда сигурно неће стићи.

– Цигарету? – понудих га.

– Не, хвала.

– Оставили.

– Тако некако.

– Здравље?

– Увек тако буде.

Био је мрк и ћутљив, мада ми се све више чинило
да га однекуд познајем. Додуше, већ сам навикао на тај

осећај. Због природе посла свакодневно сам се упознавао са много људи и више нисам имао воље ни умећа да им памтим имена. Физиономију лица сам некако паковао у меморију, али уз њу никад нисам лепио одговарајуће име. Ја сам се тешио да је то због великог броја људи које срећем, а године су мислиле другачије: оне су наговештавале да оне мале сиве ћелије имају ограничен рок трајања и бројност.

– Знате ли које је мерило пролазности времена? – упита одједном странац погледавши ка мени.

– Откуд такво питање? – одговорих збуњено.

– Зашто да не? Природно питање у оваквим ситуацијама.

– По чему је ова ситуација битна?

– По томе што ћете је памтити.

– Откуд ви то знате?

– Ето, рецимо да знам понешто.

Да нисам седео, пао бих.

– Добро, реците ми, које је то мерило?

– Љубав.

– Како то?

– Једноставно. Време је пре и после љубави.

– А у међувремену?

– Нема међувремена. Међувреме је љубав.

Немоћно сам ћутао гледајући странца како устаје. Поново је немарно одмахнуо руком конобару који је климнуо главном у знак поздрава.

– Довиђења, Максиме – отпоздравио је конобар.

„Максиме?!“, окренух се за непознатим.

Личио је на њега! Побогу, ипак не заборављам толико, шалио сам се, хеј, шта је ово...

Позвао сам келнера.

– Ко је био овај човек?

– Који човек?

– Па овај што је сад изашао из кафане?

– Није било никога, седели сте сами, господине.

Унео ми се у лице, са очима боје неочишћеног акваријума. Светлооки људи никад не би требало да пију. Са десет метара им се види водњикавост у очима. Ипак сам ја био затечен, а не он.

– Дајте да платим.

– Како да платите кад ништа нисте попили?

Гледао сам као да сам видео сотону. Много је да ме двојица незнанаца овако чудно злостављају за тако кратко време. Он настави да говори.

– Питали сте да ли можете да седнете неколико минута, иако реновирамо, да се сетите неких старих пријатеља и дружења – уносио ми се даље келнер у лице.

Разговетно је развлачио усне како би био сигуран да чујем оно што ми говори.

– Одбили сте и цигарету када сам вам понудио. Због здравља, наводно.

Само сам устао и отишао.

„КРАЈ“

Само та реч је стајала на пошиљци која ми је стигла на кућну адресу седам дана после Максимове смрти. Светла коверта са мојим именом, презименом и адресом, написана читким, ћириличним рукописом. Нисам је нестрпљиво отворио. Нисмо никуда журили ни она ни ја.

Бела хартија је била пресавијена напола, а на њој, пре него што сам је потпуно отворио, плавичасто мастило оцртавало је неколико великих слова.

„Није ми оставио много за читање“, помислих.

И није. На папиру је стајала само реченица:

„Сетите се свих оних због чије смрти одавно нико не плаче.“

Потрага за смислом трагања

Забелешке по читању романа
Зорана Љ. Николића *Град тајни*

Ко се раније није сретао са књигама Зорана Љ. Николића, а све су, колико памтим, имале поновљена издања, неће се изненадити што се аутор неколико изванредних књига о тајнама минулих времена, истраживачких, новаторских и са утканим нитима прекогнитивног у посматрању и анализирању времена и севремена, писаних по романескној шеми, с тим што је главни јунак историја или минула стварност, дакле, одлучио да нам се представи својим првим романом.

Један сам од оних који је читао Николићеве књиге с пажњом и радошћу читаоца који се среће са штивом које га дарује новим сазнањима о стварности и парастварности, паралелним световима и тајнама езотерије, а надасве обрадован што писац јасно слика наше просторе и наше животе у прошлости, давној и недавној, дајући драгоцену могућност читаоцу да сазна понешто што није знао и буде понукан да размишља о неким сазнајним меандрима о којима није размишљао.

И да се дотакнемо суштине: новог рукописа Николи-
ћевог. Николић је написао густу и мудру књигу о смислу
трагања, што ће рећи и о смислу трајања, написану по
узусима савремене прозе која бележи стварност, живот
у току, а да је истовремено и књига о временима далеко
иза наших трајања у простору и времену и, што је веома
битно за читатељство, питку и занимљиву књигу која
читаоца не оставља ни у једном тренутку суочавања са
текстом равнодушног и незапитаног. Пишући о Џој-
совом *Уликсу* у есеју *Џемс Џојс и Пекише* Езра Паунд
је рекао: „Тај роман иде у високу класу романа-соната,
тј. оних чија форма изгледа овако: тема, противтема,
сукоб, развој, финале.“ Тако управо можемо посматра-
ти и овај роман.

Млади новинар, склон истраживању и у животном
добу када бива опрљен разним неспоразумима са живо-
том, налази се у екипи која трага за Атилиним гробом
и ковчегом са благом. У том трагању суочава се са про-
мишљајем смисла сваког трагања за минулим време-
ном и тражећи једно проналази друго, много важније,
суштаственије, пресудно за налажење ослонца у поср-
тању животом пуним пораза и невоља, дакако, све по
пишчевом науму да причу отвара споро као кутију са
драгоценостима пред неким до кога му је стало, списа-
тељски идући ка заплету и расплету приче користећи
детаље из својих ранијих књига у вези са истражива-
њем и трагалаштвом. Наш јунак тражи а мисли да је
смисао у самом тражењу, чак унапред уверен да улази у
авантуру која неће имати успеха, али у знатижељи упо-
знавања нових људи, нових предела, могућих сретања
са неким тајнама које би могле да му помогну да нађе

излазе из својих залута, у нади сретања могуће љубави, нових пријатељстава, било чега новог и другачијег у равнотоку велеградског живљења. И књига се чита, посебно када писац убрзава прилазе расплету, као лепи пикарски роман, али са толико филозофског штива да би другачије пласирано било можда на уштрб читаочевог уживања у лепоти причања нашег писца.

Максим, кључни јунак овог романа, симбол свезнања и суштаствене људске потребе за емитовањем доброте, противтема основном романескном току, уводи нас у свет езотерије на начин уверљив и зачудан: учини нам се да се ради о стварном постојању тајног реда који сања идеални свет правде и истине.

У жељи да не препричавам пишчев роман обраћам се добронамерном читаоцу са извесним упутством старог читача – да обрати пажњу на странице које се измичу главном току приче, текст који се појављује као мисао алтерега нашег писца, на реченице које могу да му помогну у схватању свега што нам се дешава у суровим временима опорих година новог столећа. Има тих страница највише у делу књиге од тридесетог поглавља па надаље. Неке реченице и неки пасуси спадају у врхунску геополитичку анализу нашег времена и нашег простора омеђеног ретким победама и честим поразима.

Препоручујем књигу издавачу са високом наклоношћу према роману који ме је даривао радошћу читања.

Нови Сад, а с јесени 2010.

Перо Зубац

О аутору

Зоран Љ. Николић (1967), новинар и публициста, од 1997. године ради за *Вечерње новости*. Прву књигу *Београд испод Београда* (заједно са др Видојем Голубовићем) објавио је 2002. године. То истраживачко дело, које се бави заборављеним подземним објектима и другим тајнама које се крију испод престонице, за кратко време доживело је седам издања и често је на врху листа читаности.

Три године касније, 2005, као аутор потписује књигу *Масонски симболи у Београду* која истражује трагове које су у главном граду оставили слободни зидари и која већ има три издања и значајан број читалаца.

Априла 2007. године изненађује публику сатиричном књигом *Глобализација за неупућене* која се на саркастичан начин бави данашњицом, да би се 2010. године поново вратио истраживачком новинарству и публицистици, овог пута са Мирком Радоњићем, објављујући књигу *Тајна Новог Београда*. Током 2011. године објавио је и збирку поезије *Декада*, а *Град тајни* му је први роман.

Miomir Petrović

GALERIJEVE VATRE

Ovaj istorijski triler o poslednjim danima rimskog imperatora Galerija Maksimijana s početka IV veka, koji se od dačkog govedara uzdigao do carskog dostojanstva, koristi elemente kriminalističkog romana i lirske proze, ali istovremeno secira psihološki profil jednog vladara, njegovo poimanje vlasti i njenog uticaja na čoveka koji je nosi.

U uspeloj romanesknoj rekonstrukciji jednog davno minulog vremena na teritoriji današnjeg Balkana, pred čitaocima se na ubedljiv način oživljava doba širenja hrišćanstva i rađa univerzalna priča o zabludama i krahu preambicioznih ideja o ujedinjenju sveta. Geostrateški položaj centra Istočnog rimskog carstva, šarena demografska karta tadašnje Gornje Mezije, koju su naseljavali Tračani, Dačani, Karpi i Bastarni – čine slikovit milje jednog surovog i teškog vremena, gde se odvija radnja puna preokreta i iznenađujućih peripetija.

Branislav Janković

O VUKOVIMA I SENKAMA

U izmaglicama daleke prošlosti stari bogovi su ostavili ljudima Tajnu na čuvanje i nestali pred hrišćanima. Od tog vremena ne prestaje potraga za drvenom kutijom koja skriva Tajnu i Mudrost. Glavni junak romana Sibin Marković-Vuk, penzionisani major srpske vojske, iniciran je u „Verne", organizaciju koja vekovima čuva drvenu kutiju. Prema njoj aspiracije ima i glavna junakinja, Senka Bogdanović, kao pripadnica antiterorističke organizacije Srpske pravoslavne crkve. U borbi za moćnu posudu koja krije tajnu spoznaje učestvuju i templari, komunisti i neke veoma poznate istorijske ličnosti. Prelomni trenuci srpske istorije u ovom romanu viđeni su očima onih koji su, kroz vekove, dolazili u dodir sa njom. Sveti Sava, princeza Olivera Hrebeljanović, Stevan Sinđelić, Aleksandar Ranković... bili su samo neki od čuvara Tajne.

Ova knjiga je paralelna istorija Srbije, ali i paralelna priča o ljubavi koja spaja pripadnike sukobljenih strana, Senku i Vuka.

Dušan Miklja

AFRIKANAC

U romanu Afrikanac čitalac zaranja u jedan fantastičan svet u kome su književni junaci carevi i predsednici, princeze i vračevi, pesnici i avanturisti, gerilci i ambasadori, svet koji vrvi od mitomana, erotmana, srebroljubaca i medjunarodnih licemera, među kojima ima i ličnosti koje su obeležile možda najuzbudljiviju epohu savremene afričke istorije. Uverljivost kojom su opisani potiče iz činjenice kojom se može pohvaliti malo koji pisac – lično ih je poznavao.

Pustolovine koje se od onih u pikarskom romanu razlikuju jedino po tome što su stvarno doživljene idealno odgovaraju živopisnom ambijentu „crnog kontinenta": visoke planine, široke reke, prašume, jezera velika kao mora...

Laguna Клуб читалаца

ПОСТАНИТЕ И ВИ ЧЛАН КЛУБА ЧИТАЛАЦА ЛАГУНЕ

Сва обавештења о учлањењу и чланским попустима можете пронаћи на сајту **www.laguna.rs** или их добити у нашим клубовима:

Клуб читалаца Београд
Ресавска 33
011/324-60-94

Клуб читалаца Београд
Делфи књижара
Краља Милана 6

Клуб читалаца Београд
Делфи књижара
Пожешка 118а

Клуб читалаца Београд
Делфи књижара
Македонска 12
011 / 33-44-130

Клуб читалаца Београд
Делфи књижара
РК Београд - Миљаковац
Варешка 4

Клуб читалаца Београд
Делфи књижара
Булевар краља Александра 92

Клуб читалаца Београд
Књижара Лагуна
Булевар краља Александра 146

Клуб читалаца Нови Београд
Књижара Fitex
Булевар Арсенија
Чарнојевића 95а

Клуб читалаца Ниш
Делфи књижара
ТЦ Калча, приземље
ламела Е лок. 11, Ниш

Клуб читалаца Ниш
Делфи књижара
Вождова 4 Ниш
Ниш

Клуб читалаца Нови Сад
Књижара Лагуна
Краља Александра 3
Нови Сад

Клуб читалаца Чачак
Књижара Лагуна
Градско шеталиште 66
Чачак

Клуб читалаца Крагујевац
Делфи књижара
Краља Петра И 46
Крагујевац

Клуб читалаца Сремска Митровица
Делфи књижара
Трг Светог Стефана 32
Сремска Митровица

Клуб читалаца Ваљево
Делфи књижара
Кнеза Милоша 33
Ваљево

Клуб читалаца Пожаревац
Бигз Књижара Култура 20
Стари Корзо 3
Пожаревац

Клуб читалаца Лесковац
Бигз Књижара Култура 27
Јужни блок 1
Лесковац

Клуб читалаца Краљево
Градска књижара, КЦ Рибница
Омладинска 59
Краљево

Клуб читалаца Шабац
Књижара-галерија Сова
Трг ђачког батаљона 15
Шабац

Клуб читалаца Јагодина
Салон књиге Тил
Кнегиње Милице 83
Јагодина

Клуб читалаца Зајечар
Књижара Калиграф
Светозара Марковића 24а
Зајечар

Клуб читалаца Подгорица
Нова књига, Градска књижара
Трг Републике 40
Подгорица

Клуб читалаца Бања Лука
Књижара Култура
ТЦ Mercator, Алеја Светог Саве 69
Бања Лука

Клуб читалаца Бања Лука
Књижара Култура
Краља Петра I Карађорђевића 83
Бања Лука

Зоран Љ. Николић
ГРАД ТАЈНИ

За издавача
Дејан Папић

Уредник
Петар В. Арбутина

Лектура и коректура
Милан Глигоријевић

Слог и прелом
Саша Димитријевић

Штампа и повез
Margo-art, Beograd

Издавач
Лагуна, Београд
Ресавска 33
Тел. 011/3347-547
www.laguna.rs
info@laguna.rs

CIP – Каталогизација у публикацији
Народна библиотека Србије, Београд

821.163.41-31

НИКОЛИЋ, Зоран Љ., 1967-
  Град тајни / Зоран Љ. Николић. - 5. изд.
- Београд : Лагуна, 2012 (Београд : Марго-арт). - 311 стр. ; 20 cm

Тираж 1.000. - Стр. 309-311: Потрага за
смислом трагања / Перо Зубац. - О аутору: стр. [313].

ISBN 978-86-521-0652-3

COBISS.SR-ID 193228300